Queen's Heart

Queen's heart 1
정원용 판타지 장편 소설

초판 1쇄 찍은 날 § 2004년 2월 17일
초판 1쇄 펴낸 날 § 2004년 2월 27일

지은이 § 정원용
펴낸이 § 서경석

편집장 § 문혜영
편집책임 § 권민정
편집 § 장상수 · 유경화
마케팅 § 정필 · 강양원 · 이선구 · 김규진 · 홍현경

펴낸곳 § 도서출판 청어람
등록번호 § 제1081-1-89호
등록일자 § 1999. 5. 31
어람번호 § 제1-0452호

주소 § 경기도 부천시 원미구 심곡1동 350-1 남성B/D 3F (우) 420-011
전화 § 032-656-4452   팩스 § 032-656-4453
http://www.chungeoram.com
E-mail § eoram99@chollian.net

ⓒ 정원용, 2004

ISBN 89-5505-989-2 04810
ISBN 89-5505-988-4 (SET)

※ 파본은 본사나 구입하신 서점에서 교환하여 드립니다.
※ 저자와 협의하여 인지를 붙이지 않습니다.

정원용 판타지 장편소설

Rebirth
1

FANTASY FRONTIER SPIRIT

Queen's Heart
퀸즈하트

도서출판 청어람

CONTENTS

Rebirth

작가의 말 – 6

프롤로그 – 9

Chapter 1 좌절의 시작 – 13

Chapter 2 재생(Rebirth) – 85

Chapter 3 크레센트 – 135

Chapter 4 우아한 일상 – 203

작가의 말

에… 이로써 두 번째군요. 지면을 통해 두 번이나 독자 분들을 뵙다니 굉장히 운이 좋은 것 같습니다. 평생 써버릴 운을 한번에 다 써버리는건 아닌지 모르겠습니다.

전 판타지 마니아입니다. 판타지 소설을 광적으로 좋아하고 판타지 게임을 즐기며 판타지 설정의 만화와 영화들을 찾아서 거리를 헤매고 다닙니다. 부족하고 모자른 상식을 채우기 위해서 이런저런 책들을 들춰보고 여러 다른 분들에게 묻기도 합니다. 그렇게 이런저런 잡식을 늘려가면서 조금씩 제 세계를 구체화시키고 체계화시켜 나갔습니다. 그런 와중에 나온 것이 이번 두번째 소설 Queen's heart라고 할 수 있습니다.

전 제 글 속에 등장하는 모든 이들이 살아가는 모습을 보여 드리고 싶었습니다. 단순 노동으로 평생을 보내는 농부, 한 번의 전투를 위해 이십여 년을 수련하는 기사, 백성들을 다스리고 영지를 꾸려 나가는 귀족, 금화 한 닢을 위해서 발로 뛰는 상인, 왕국을 통치하는 국왕 등등. 이들은 사회의 한 축이자 이 세계를 만들어주는 중요한 이들입니다. 그리고 제 소설 속의 주인공들 역시 단지 이 대륙에 거주하는 일개인일 뿐입니다. 다른 점이 있다면 스포트라이트를 받으며 늘 독자 분들의 시선이 머무는 곳에서 움직인다는 점일 것입니다.

아직도 잘은 모르겠습니다. 도대체 판타지가 뭐냐? 무엇을 가지고 판타지라고 하는가? 이건 굉장히 형이상학적인 문제인 것 같습니다. 그래서 전 단순히 생각합니다. 판타지란? 우리가 사는 세계가 아닌 또 다른 세상. 죽는 자도 있고 죽이는 자도 있으며 기뻐하는 사람도 있고 실연의 아픔을 느끼는 사람도 있는… 즉 약간의 차이는 있을지언정 판타지 세계 역시 사람이 살아가는 곳이고 울고 웃는 이들이 한데 어우러져 사회를 이루는 곳이라고 생각합니다. 당장 제가 그 세계로 넘어간다 해도 별 무리 없이 적응해서 평범한 삶을 살아갈 수 있는 그런 곳 말이죠.

이 글의 모토는 단순합니다. 그저 살아가는 것입니다. 거창한 의무도 없고 영웅적인 서사시도 아닙니다. 일인극도 아니고 오페라와 같은 예술도 아닙니다. 거리를 걸으며 스쳐 지나가는 많은 사람들. 그 사람들 각각이 자신의 삶과 인생이 있듯이 그런 삶과 인생을 가진 주인공이 나와서 '나의 삶은 이랬노라' 하고 회고하는 것과 같습니다. 단순히 살아가는 것 그 자체일 뿐입니다.

끝으로… 커플 제국에 투신해 만인의 질투를 사고 있는 늑호님, 준경 찰화로 진화 중이신 백호님, 여전히 멋지신 재원님, 국가의 부름을 받고도 아직 사회에 떠돌아다니는 펜릴님, 작업실 만들자던 디온님, 복귀하신 으흥님, 여전히 예쁘신 나미브님, 조금 뒤 국가의 부름을 받을 필마린님, 란사마 만세! 괴할부지 만세! 은빛님, 라이브파 동지 아크님, 고생 많으신 프란님, 미르랑님, 미스트랄님, ak.jin님, 그리고 아진님과 스카이님, 방랑자님, 데스나이트님, 로리님, hobit님, broadcome님, K님, 사과내음님, 아이리스™님, windgod님, 파인서벳님, 케르사님, 루노비트님, 은빛환상님, SEI키르님, 리에나님, Annales님, paladin님, 은소님, 창공의파멸님, 무하님, DeVil-Rian님, 프리시커님, 무낙소년님, 유키에님, 냐나냥~님, EXILE님, 해아님, 무하님, 한리드님, 페르세포네님, 아르미안님, 미묘님, 에레니르님, 레지나님,

Nakshatra님, 나이트워커님, MEIN님, 샤르니아님, 샤윤님, 사일런스님, 바다속보석님, 카이루드님, 라스카님, 머찐우기님, 필리시아님, 호에~님, 놀님, 작살광끼님, PanZer님, valkeirie님, 태르호니님, 유리야네스님, 율스님, 넨넨님, s721015님, 지우군님, YuRi님, 고중장님, 운다인님, iothis님, 이비님, 레인지님, 리군님, 라미님, 모모이리카쿠님, ktu1112님, 샤르니아님, 설이님, 미르바나님, WindD님, 랴히님, 하르디아님, 예카리네스님, 하얀마녀님, ㅠㅠzz님, 그 외 지면 부족으로 이곳에 올리지 못한 많은 분들에게 감사드립니다.

2004년 2월 17일 가우 군.

프롤로그

―대륙력 991년 가을. 영광과 빛의 왕국 로세니아의 수도 로데리안 왕성.

나라는 자각을 하게 된 때가 언제일까? 내가 나일 수 있다는 철학적이고 현학적인 생각을 하게 된 시기. 아마도 내 나이 10살 때일 것이다. 내 이름은 아넬리안 폰 로세니아. 대륙 동부를 주름잡는 로세니아 왕국의 왕녀이다. 아버지는 레테이온 폰 로세니아 국왕 폐하이시고 어머니는 노드릴 남작가의 여식 아렐 폰 노드릴이었다.

난 천재는 아니다. 하지만 보통의 평범한 인간들보다는 뛰어나다. 그것을 느낀 건 내 나이 8살 때였다. 겨우 5년 전 일이긴 하지만 말이다. 당시에는 어머니도 후궁으로 있었고 외할아버지도 그럭저럭 힘쓸 때여서 나도 다른 왕족들처럼 그럭저럭 대접받으면서 살았다. 어릴 때부터 여러 가지 수업을 듣고 제왕학의 기초를 배웠으니까. 나랑 나이가 비슷하거나 많은 배 다른 형제자매들이 있었지만 그중에서 난 가장 뛰어난 학생이었다. 왜냐고? 그야 나를 가르치는 교사들이 모두 나보고 특출난 재능을 가진 뛰어난 학생이라고 했고 객관적으로 봤을 때도 다른 형제들이 버벅대는 수학이나 역사학을 나는 그리 어렵지 않게 풀어냈으니까. 기억력과 암기력만큼은 누구한테도 지지 않을 자신이 있었다. 실제로도 그랬고.

하지만 내 인생이 엉망으로 망가지는 데는 그리 오래 걸리지 않았다. 10살 생일을 맞은 지 얼마 되지도 않아서 어머니가 궁에서 사라졌다. 주변에서 들려오는 말로는 근위 기사랑 도망쳤다는데 당시의 나는 이해가 가지 않았다. 서적과 노예 등을 통해 알게 된 궁 밖의 생활은 내게 있어서 참혹 그 자체였으니까. 홍차도 제대로 못 마시고 부드러운 흰 빵도 못 먹는다고 한다. 거기다 제대로 향료도 뿌리지 않은 고기를 야만인처럼 구워 먹는다는 궁 밖의 생활은 당시의 나에게 있어서는 차라리 죽는 것이 나을 것이라고 생각되었다. 그런데 어머니가 궁을 뛰쳐나가 도망가 버렸댄다.

처음에는 심약한 어머니가 돌아올 줄 알았다. 궁 안의 생활에 익숙해진 어머니가 설마 험악한 궁 밖의 생활을 오래 버틸 수 있으랴 싶었던 것이다. 당시의 내가 예법 선생을 피해서 별궁 주변에 숨어 있다가 결국 식사 때에 맞춰 단단히 화가 나 있는 선생 앞으로 제 발로 걸어 돌아간 것처럼. 그렇게 가볍게 생각했었다. 어머니도 무언가 불만이 있어서 잠깐 뛰쳐나간 것으로. 설마 내가 여기 있는데, 돌아올 것이라 난 믿어 의심치 않았다.

하루가 지나고 한 달이 지나고 일 년이 다 되도록 어머니는 돌아오지 않았다. 그리고 난 별궁에서 일하는 시녀들의 소곤거림으로 어머니가 아버지인 국왕 폐하의 관심을 오래전에 잃었다는 사실을 알 수 있었다. 그것도 벌써 몇 년이나 되었다고 한다.

그리고 가끔 찾아와서 나에게 선물을 전해주던 외할아버지도 이젠 찾아올 수 없는 몸이 되었다는 소문도 들었다. 얼마 전 내 시중을 드는 시녀들이 어머니의 출신에 대해서 떠드는 걸 엿들은 적이 있다. 몰락한 귀족 가문이었던 외가는 연줄과 자금을 마련하기 위해서 무남독녀였던 어머니를 왕궁에 시녀로 보냈다. 몇 년 동안 왕궁에서 시녀 일을 하던 어머니가 아주 운 좋게 국왕 폐하의 눈에 띄어서 후궁이 되었단다. 운 좋게도 말이다. 그 덕분에 외할아버지는 외척이라는 간판을 등에 업고 가문을 부흥시킨다 정권을 잡는다 하면서 뛰어다녔지만 그래 봐야 후궁의 외척이라는 사실을 잊고 있었던 것 같다. 국왕 폐하께서 어머니를 총애할 때는 지켜만 보고 있던 다른 보수 귀족들이 때를 기다리고 있었던 것이다. 국왕의 총애가 사라지자마자 외가는 곧바로 다시 몰락 귀족이라는 간판을 달게 되었고 외할아버지는 앓아 눕다가 결국 저 하늘로 올라가 버렸다. 자식이라고는 어머니뿐이던 외가는 그길로 완전히 가문이 망해 버렸고 왕의 총애도 잃고 외가의 지원도 바랄 수 없었던 어머니는 그저 지나간 과거만 눈물로 삼키다가 어느 날 갑자기 사라진 것이다.

외할아버지도 어머니도 모두 바보들이다. 언제라도 갈아치울 수 있는 후궁을 믿고 분수도 모른 채 일을 벌인 외할아버지나 왕위 계승권도 없는 나를 낳은 뒤 왕의 총애를 잃은 채 눈물로 지새는 어머니나 다 같은 바보들이다.

난 이를 악물었다. 어머니는 돌아오지 않았고 나를 후원해 줄 외가는 존재하지 않았다. 거기다 왕위 계승권도 없는 여자였기에 난 그저 온실 속의 꽃 취급을 받았다. 졸지에 고아가 되어버린 것이다. 누구의 관심도 받지 못하는 천덕꾸러기 왕녀. 그것이 나였다. 그래서 나는 다른 형제자매들보다 뛰어난 내 능력을 보여주기로 마음먹고 이를 악물고 공부했다. 수많은 책을 봤고 수십 명의 가정교사들에게 내 능력을 자랑했다. 내 나이 열셋일 때 난 궁에서 누구보다 뛰어난 수재라는 소리를 들었다. 그리고 아버지인 국왕 폐하도 뵐 수 있었다. '똑똑한 아이로구나' 하는 칭찬도 들었고 국왕 폐하께서는 인자한 웃음을 지어주시면서 내 머리를 쓰다듬어 주기도 했다. 그날 밤 나는 희망에 부풀어 잠을 못 잤다. 내일이면 세상 모두가 나를 우러러볼 것이라 생각하면서 나는 주체하지 못하는 기쁨에 몸을 떨었던 것이다.

그리고 다음날부터 난 모든 학업을 중단해야 했다. 이유? 간단했다. 여자이니까. 그 대신 궁중 예법과 사교술을 배우게 되었다. 내 방으로 수십 벌의 드레스가 들어왔고 국왕 폐하께서 친히 하사하신 보석함이 주어졌다. 그날 난 깨달을 수 있었다. 왕궁에서 필요한 것은 똑똑하고 머리 좋은 소녀가 아니라 춤 잘 추고 예쁘게 웃을 줄 아는 여자라는 사실을 말이다.

드레스를 받은 날 나는 내가 가지고 있던 책들을 모조리 태워 버렸다. 희망과 함께 찾아온 좌절은 나를 더욱더 아프게 했기에 한때나마 코피를 흘려가면서 쌓았던 지식들은 모두 망각의 저편으로 날려 버렸다. 이제 나에게 남은 것이라고는 어머니를 쏙 빼닮은 미모와 어떤 상황에서도 예의를 벗어나지 않을 수 있는 정숙한 몸가짐뿐이었다. 하지만 책을 태우던 날 나는 다짐했다. 언젠가는 반드시 누구도 나를 깔보지 못하는 위대한 인물이 될 것이라고 말이다. 언젠가는.

Chapter 1

좌절의 시작

나는 보았다. 현실이 된 악몽을.
나는 느꼈다. 좌절이라는 감정을.
나는 깨달았다. 고통스러운 현실을.
그리고 나는 행동했다.

좌절의 시작

―대륙력 995년 봄. 영광과 빛의 왕국 로데리안 왕성 안.

 화려한 방이다. 보기에도 번쩍이는 화려한 갑옷이나 장검들이 벽마다 가득 걸려 있었고 붉은색, 또는 검은색으로 된 천들이 칙칙한 회색빛의 돌들을 감싸며 아름답게 치장되어 있었다. 바닥에는 맨발로 걸어다녀도 좋을 만큼 푹신한 양탄자가 깔려 있었고 윤이 나는 고풍스러워 보이는 가구들이 족히 수십 평은 될 듯한 방 안에 가지런히 놓여 있었다. 거기다 바닥까지 내려오는 긴 천이 드리워져 있는, 마치 예술품 같은 침대는 엄청 튀는 이 방 안에서도 독보적일 정도로 아름다웠다. 하지만 나는 방 안의 풍경을 감상할 여유도 없었고 그럴 기분도 아니었다. 바로 내 눈앞에서 재수없는 웃음을 실실거리며 흘리고 있는 사내새끼 때문이었다.

 "이봐, 아넬리안, 그만 포기하는 게 어때? 그렇게 발버둥 쳐봐야 소용없어."

"닥쳐! 네가 내게 이런 짓을 하고도 무사할 줄 아느냐?"

"큭큭, 그것참. 앙탈도 심하면 애교로 봐주기 힘들어. 그만 순순히 말을 듣는 게 어때?"

나는 이를 악물었다. 젠장, 어쩌다 이렇게 된 거지? 내가 눈꼬리를 치켜 올리고 악을 써대도 꿈쩍도 하지 않는 사내는 대륙에서 세 손가락 안에 드는 강대국인 로세니아의 공작가의 장남인 커트렌 폰 노베론이란 망할 이름으로 불린다. 웬만한 미남은 얼굴도 못 들이밀 정도로 잘생긴 녀석이지만 성격은 그야말로 개망나니. 하지만 불행하게도 잘난 가문과 뛰어난 검술 실력, 그리고 비상한 머리로 아직 30살도 되지 않은 스물세 살의 나이로 왕국 정계에서 그의 아버지인 에스른 폰 노베른 공작보다 더 뛰어난 두각을 나타내는 녀석이었다.

"가까이 오지 마!"

그놈이 내 쪽으로 한 발짝 다가오는 걸 본 나는 급히 옆에 있는 꽃병을 들어서 집어 던졌다.

챙그랑!

아주아주 불행하게도 내가 던진 꽃병은 슬쩍 옆으로 피한 커트렌을 지나서 벽에 맞고 운명을 달리했다. 되는 일이 없다니까!

"다가오지 마! 죽여 버릴 거야!"

"큭큭큭."

내가 악을 쓰는 모습이 기분 좋은지 커트렌 녀석은 자꾸 웃어댔다. 망할! 누구 열받아 죽는 꼴을 보고 싶은 거야?

"그래, 어디로 도망갈래? 설마 저 창을 뛰어넘어 도망치려는 건 아니겠지? 여긴 5층이라고."

"경어를 써! 난 왕족이야! 네깟 놈이 함부로 할 신분이 아니란 말이야!"

완력으로 어찌해 볼 상대가 아니었다. 거기다 이곳은 궁성 내에서도 상당히 외진 곳. 1층의 대형 홀에서는 한창 무도회가 진행되고 있겠지만 중간에 슬쩍 빠져나온 커플들을 찾아다닐 만큼 한가한 귀족도 없을 테니 그야말로 사면초가나 다름없었다. 아아! 내가 미쳤지. 왜 이런 재수없는 녀석에게 기댔을까?

평소와 다름없이 난 한껏 치장하고 지루한 무도회에 나갔다. 웬만해서는 별궁 밖으로 나가지 않는 나였지만 무도회나 다른 연회가 있을 때는 꼭 참석해야 했다. 억지로 말이다. 내 아버지는 이 나라의 국왕인 레테이온 1세이기에…….

내겐 아무것도 없었기에 내 미래는 이미 정해져 있었다. 정략 도구로 말이다. 내가 왕비님의 딸이었거나 최소한 이름있는 귀족가의 딸이었다면 이야기가 조금 달라지겠지만 한쪽이 천한 출신이다 보니 내 미래는 국가의 안녕을 위해서 희생되는 방향으로 정해진 것이다. 그렇기에 나의 가치를 조금이라도 높이기 위해서 나는 의무적으로 무도회에 나가서 내 가치 향상을 위해서 억지로 미소 짓고 높은 귀족들에게 아양을 떨어야 했다. 흙 한 번 파본 적 없고 가사 일도 해본 적 없는 내가 공주라는 이름을 빼면 뭐가 남겠는가. 아무것도 없는, 그저 무력한 소녀일 뿐이었다. 그나마 위안이라면 다른 공주들보다 좀 더 아름다운 외모랄까? 아니, 오히려 저주일지도 모른다. 그 덕분에 난 확실히 팔려 나갈 테니까. 재수없으면 타국으로 쫓겨나는 신세가 될지도…….

그날도 다른 무도회 때처럼 청해오는 많은 귀족 남성들의 청을 받아서 몇 번이나 억지로 춤을 추고 잘 치장된 인형처럼 웃으면서 쓸데없는 잡담을 해야 했다. 지루하고 지겨운, 그리고 역겨운 남자들 틈바구니 속에서 나는 몇 시간을 서 있어야 했고 또 늙은 대신들의 비위를 맞춰주며 귀를 버릴 것 같은 쓸데없는 이야기들을 들으며 속으로 한숨을 삼켜야 했다. 그렇게 무도회가 중반에 다다를 때까지 입가에 경련이 일어날 정도로 미소를 지으며 말을 맞춰주던 나는 간신히 여자들보다 더 수다스러운 대신들과 노골적으로 내 몸을 훑어보는 기분 나쁜 녀석들을 피해서 테라스로 도망쳤다. 그리고 거기서 이 재수없는 커트렌 놈을 만나게 된 것이다. 평소에도 나쁜 소문이 끊이지 않는 이놈을 피해서 도망쳤는데 오늘은 그대로 딱 걸려 버렸다.

"좋은 밤이군요, 레이디 아넬리안."

"…네, 커트렌 공자님."

"무척 피곤해 보이시는데 한잔 드시겠습니까? 피로가 좀 풀릴 것입니다."

커트렌은 그렇게 말하면서 내게 자신이 들고 있던 잔을 넘겨주었다. 이 녀석의 입이 닿은 것을 마시느니 차라리 독약을 마시고 싶었지만 어쩔 수 없었지 뭐. 뭐라고 사양할 말이 있어야지.

"고맙습니다, 공자님."

살짝 고개를 숙여 감사의 표시를 한 난 아무 의심도 없이 커트렌이 준 잔을 들고 마셨다. 상큼한 레몬 향이 입 안에 퍼지면서 갈증을 풀어주었기에 난 속으로 고마워했다. 지금 생각해 보면 그렇게 멍청한 짓을 한 내 자신에게 화가 났지만……. 약한 도수의 레몬 주를 마시고 그와 몇 마디 나누는 사이에 난 정신을 잃었다. 조금씩 혼미해지던 머리 속이 어느 순간 딱 멈춰 버린 것이다. 그리고 다시 정신이 들었을 때는 내가 잡혀온 바로 이곳이었다.

테라스에서 쓰러지면서 커트렌에게 기댔던 내가 다시 정신을 차렸을 때는 이곳 방 안의 의자에 앉아 있었다. 그때까지는 그냥 피곤해서 그런 것이라 생각하고 커트렌 그놈을 꽤나 신사적인 녀석이라고 생각했다. 하지만 내가 방문을 열고 나가려 하자 공작가의 문장이 그려진 제복을 입은 기사 두 명이 문밖에서 대기하고 있다가 나를 막아섰다. 그래도 명색이 왕족인데 그런 나를 막아선 기사들에게 난 분노하여 두 손을 바들바들 떨면서 비키라고 소리쳤다. 하지만 기사들은 오히려 화를 내는 나를 붙잡고 다시 방 안에 던지듯 돌려놓은 다음 문을 닫고 나가 버렸다. 신경질이 난 나는 화를 내면서 죄없는 의자를 발로 차고 난리를 피웠지만 밖은 잠잠할 뿐이었고 얼마 뒤에 들어온 커트렌의 비틀린 미소를 접하게 되는 순간 난 모든 상황을 깨달을 수 있었다. 난, 아니, 내 몸은 로세니아 왕국의 국정을 휘어잡고 있는 노베른가에 팔려 버린 것이다.

두 손으로 돌로 조각된 매 장식을 들고 잠깐 상념에 잠겼던 나는 눈 앞에 서 있는 사내 녀석이 실실거리며 웃는 모습을 보고 다시금 분노에 빠졌다. 이것저것 가릴 것 없이 온 힘을 다해서 매 장식을 들어 올린 나는 그것을 힘껏 던졌으나 그놈은 아주 여유있는 몸짓으로 슬쩍 피하더니 한쪽 다리를 뒤로 빼고 몸을 살짝 숙이며 인사를 하는 여유까지 보여주었다.

"로세니아에 축복을. 아주 활달한 말괄량이군 그래."

"시끄럿!"

"이봐, 아넬리안, 아직도 네 처지를 자각 못했어? 어차피 내 것이 될 텐데 그렇게 앙탈 부릴 필요는 없잖아? 안 그래?"

"……."

"그러니까 우리……."

"다가오지 마앗!!"

캉!

손바닥만한 쇠 접시가 내 손을 떠나서 커트렌의 얼굴을 살짝 스친 뒤 벽에 부딪쳤다. 큰 소리를 내면서 벽에 부딪친 접시가 부드러운 양탄자 위에 조용히 안착하자 침묵이 감돌았다. 그리고 그 순간 커트렌의 표정이 바뀌었다. 방금 전까지 여유있는 표정으로 실실대던 녀석이 살짝 긁힌 자신의 볼을 만져 본 뒤 조금 배어 나온 피를 보고 인상을 쓰기 시작한 것이다.

"이것이 감히!"

"가, 감히는 내가 할 말이얏! 꺄악!!"

순식간이었다. 자기 손을 보던 커트렌 놈이 갑자기 튕기듯 내 쪽으로 뛰어와 날 뒤로 밀쳐 버렸다. 그리고 중심을 잃고 쓰러지려는 날 침대 쪽으로 집어 던졌다. 역시 사내의 힘은 세구나. 연약하다고 생각하지는 않았지만 그래도 다른 귀족 여자들보다는 건강하다고 자부해 온 나였는데 그가 밀면 미는 대로 던지면 던지는 대로 나동그라지는 내 몸이 저주스러웠다. 화가 머리끝까지 난 커트렌은 침대 위에 나동그라진 내 위로 뛰어올라서 한 손으로 내 가슴을 누르고 다른 손으로 드레스를 잡고 힘을 주었다.

찌이익!

부드러운 천으로 만든 드레스는 그대로 재봉 선이 쭉 찢어지면서 듣기 싫은 소리를 냈다. 마치 내 몸이 갈라지는 듯한 착각이 들 정도였다. 제기랄! 씹어 죽일 재단사 놈들! 다 죽여 버릴 거얏!

"웃! 제길!"

갑자기 그놈이 자기 손을 감싸면서 내 몸 위에서 떨어져 나갔다. 반쯤 찢겨 나간 드레스 사이로 풍성하게 보이기 위해서 넣어놓은 철사와 거기에 엉겨 붙어 있는 핏자국이 보였다. 오, 신이여! 감사드립니다. 아니, 이런 일을 대비하여 방어선을 만들어준 재단사들의 뛰어난(?) 머리에 감사해야 할까? 꽤 심하게 긁혔는지 피를 뚝뚝 떨구는 커트렌의 모습이 보였다. 그가 욕지거리를 내뱉으며 품에서 손수건을 꺼내 묶는 동안 나는 조심스럽게 몸을 일으킨 뒤 돌아서 있는 그를 피해서 문 쪽으로 뛰어갔다. 아니, 뛰어가려 했다.

"까아악!!"

"어딜!"

머리끝에서 지독한 고통이 느껴지면서 내 몸이 뒤로 당겨졌다. 커트렌 자식이 내 길고 긴 머리카락을 한 손으로 움켜쥐고 당긴 것이다. 눈물이 찔끔 날 정도로 아팠다. 하지만 다시 침대로 밀려나 쓰러진 난 내 위에 올라탄 뒤에 일그러진 얼굴로 날 노려보는 커트렌의 얼굴에 아프다는 감정보다는 무섭다는 생각을 하였다.

"이 계집이 오냐오냐해 주니까!!"

철썩!

눈에서 불이 번쩍였다. 별이 보인다는 게 이런 것일까? 정신을 차릴 수가 없었다. 멍해진 머리와 점점 화끈거리는 볼, 그리고 눈앞에 대고 악을 쓰며 욕설을 내뱉는 무서운 사내. 저절로 눈물이 볼을 타고 흘러

내렸다. 정신이 아득해지면서 웡웡거리는 소리가 귓가에 들려오며 속이 울렁거렸다.

쫘아악!!

갑자기 가슴 부근으로 찬바람이 가해졌다. 그리고 그때서야 난 정신을 차렸다. 커트렌 이 망할 자식이 내 가슴패기에 손을 넣고 드레스를 그대로 찢어버린 것이다. 망할 놈! 강간범! 죽여 버릴 테야!!

발버둥 치는 날 찍어 누른 커트렌 자식은 억지로 내 몸을 돌린 뒤에 촘촘히 얽혀 있는 등 뒤의 끈을 풀기 시작했다. 안 돼! 이렇게 부서질 순 없어! 난 온 힘을 다해서 그를 밀쳐 내려 몸을 움직였다. 그래 봐야 조금 들썩거리는 정도였지만 정말로 난 죽을힘을 다해서 반항했다.

"큭큭큭."

싫어, 저 소리! 재수없어! 미칠 것만 같았다. 아니, 벌써 미쳤는지도 모르겠다. 이성이라는 건 저 멀리 날아간 지 오래인 것 같았다. 그때 엎어진 채 팔을 휘젓던 내 손에 무언가 단단한 게 잡혔다. 난 정말 젖 먹던 힘까지 다해서 그것으로 저 재수없는 커트렌의 머리를 그대로 후려갈겼다.

퍼억!

"크억……!"

나르 누르던 육중한 몸이 사라지자 굉장히 홀가분해진 기분이 들었다. 몸을 돌리고 후들거리는 다리로 간신히 침대 가로 일어선 나는 손에 들린 무게감있는 꽃병을 보았다. 혹시 이건 치한, 또는 강간범 퇴치를 위해서 침대 가에 놓아둔 게 아닐까? 아, 피다. 커트렌을 후려친 꽃병 밑 부분엔 피가 묻어 있었다. 머리가 깨졌겠군. 이럴 때가 아니지. 빨리 도망쳐야…….

"크흑… 이… 이이!!"

양탄자 위를 구르며 쓰러져 있던 커트렌이 한 손으로 피가 흐르는 이마를 쥐고 천천히 일어섰다.

"아……."

무서웠다. 볼을 타고 흐르는 피를 한 손으로 닦으며 인상을 쓰는 커트렌의 모습은 내 몸을 얼어붙게 만들었다. 한시라도 빨리 저놈이 몸을 가누지 못할 때 이 지긋지긋한 방을 벗어나 도망쳐야 하는데도 불구하고 난 독 오른 뱀 앞의 개구리처럼 손가락 하나 까딱하지 못하고 사시나무 떨 듯이 떨고만 있었다.

"천한 계집년 주제에!"

퍼억!

"아아악!"

고개가 홱 하고 옆으로 젖혀졌다. 갑자기 돌아간 목에서 통증이 왔고 그 다음으로 얻어맞은 볼에서 아픔이 느껴지기 시작했다. 내 가느다란 두 다리는 겨우 한 번의 주먹질에 그대로 무너져 내렸다. 저항조차 할 수 없는 이 볼품없는 몸뚱아리. 싫다. 모든 것이.

힘이 쭉 빠져 버린 날 다시 침대로 던진 그놈은 질리지도 않는지 또다시 내가 입고 있는 드레스를 분해하는 데 여념이 없었다. 이미 걸레나 다름없는 겉옷을 찢어서 던져 버린 놈은 내 허리 부근에 걸린 드레스를 옆으로 찢느라 얼굴이 빨개졌다. 아니, 흥분해서 붉어진 것일까? 이젠 상관없겠지만 체념한 것일까? 난 정말 체념한 것인가? 어차피 이렇게 될 것이라는 것은 알고 있었다. 하지만 그래도 이렇게 허무하게 내 인생을 정해 버리고 순응해야 하는 것일까? 대자로 누워서 강간당하기만을 기다리고 있으니 오히려 머리가 차갑게 식었다. 눈앞에서 열을 내며 내 드레스를 벗기려고 노력하는 사내의 모습이 오히려 우스워 보였다.

쫘아악!

옷감이 찢어지는 소리가 나면서 다리께도 시원해지는 느낌이었다. 이제 끝났구나. 난 눈을 감으려 했다. 그때 내 위에 올라타서 상의를 벗고 있는 커트렌의 허리춤에 꽂혀 있는 단검이 눈에 들어왔다. 나도 모르게 손이 단검을 향해 뻗어 나갔는데 자기가 입고 있던 튜닉을 위로 올려서 벗고 있는 커트렌은 그런 내 의도를 알아채지 못했다. 왼손에 단검의 손잡이가 잡혔다. 그것을 힘주어 잡고 위로 들어 올리자 단검은 아무 소리도 없이 빠져나와 내 손에 쥐어졌다. 그리고 상의를 벗고 맨몸이 된 커트렌이 내 손에 들린 단검을 보고 깜짝 놀라는 게 보였다.

"너……."

나는 이를 악물었다. 말을 하면 의지가 약해질 것 같아서였다. 그리고 두 손으로 단단히 쥔 단검을 힘껏 앞으로 내뻗었다.

푸욱!

단검의 날이 절반이나 커트렌의 허리 부근으로 파고들자 난생처음으로 사람을 찌른 난 그대로 지독한 촉감을 느끼면서 그대로 얼어붙었다. 잠깐 동안 자신이 찔린 것을 자각하지 못하던 커트렌이 놀란 표정 그대로 뒤로 넘어가 그 덕분에 단검이 그의 몸에서 빠져나왔다.

촤아악!

뜨거운 피가 내 몸에 튀었다. 그리고 두 손으로 꽉 쥐고 있는 단검의 검날을 타고 선홍색의 피가 내 배 위로 점점이 떨어졌다.

"아아아아악!!"

푹신한 양탄자 때문에 침대에서 떨어진 커트렌은 아주 불행히도 목이 부러져 죽거나 하지 않고 오히려 엄청난 성량을 자랑하며 비명을 질렀다. 그냥 조용히 죽어버리지, 젠장. 우습게도 난 첫 살인이 될 뻔한 상황에서도 담담한 심정이 되어서 마치 관찰하듯 바닥에 쓰러져 신음성을 내뱉는 사내를 내려다보았다.

쾅!

문이 부서질 듯 열리면서 아까의 그 기사들이 놀란 표정으로 뛰어들어 왔다. 잠깐 동안 얼어붙은 듯 방 안의 광경을 바라보던 기사들 중 한 명은 급히 피를 흘리고 있는 커트렌에게 달려왔고 다른 기사 하나는 내게 달려와 건틀렛을 낀 손으로 내 손에 들린 단검을 쳐내고 발로 날 찼다.

퍽!

오늘 정말 동네 북처럼 얻어맞기만 하는구나. 난 갑자기 내 배를 파고드는 발길질에 숨이 턱 막혀서 뒤로 쓰러져 그대로 기절해 버렸다.

정말 하루 사이에 몇 번을 기절하고 몇 번을 얻어맞았는지 모르겠다. 다시 정신을 차린 난 이전의 방과는 비교도 안 되게 초라하고 작은 방 안에서 다시 눈을 떴다. 두 팔에는 두꺼운 수갑이 채워져 있었고 다리에는 도망치지 못하도록 쇠로 된 사슬이 묶여 있었다. 길게 드리워진 사슬은 바닥에 고정된 침대 기둥에 단단히 감겨 있다. 왜일까? 이것저것 생각해 보았다. 난 피해자잖아! 그런데 왜?

나무로 막아놓은 창문 틈 사이로 햇살이 스며들어 올 때쯤 난 이유를 알 수 있었다. 웃기게도 왕족인 나는 공작가의 자제를 암살하려다가 용감한 기사들에게 체포되어 감옥에 갇히게 된 것이다. 암살 용의자로 말이다. 그나마 왕족이라고 차가운 지하 감옥에 가두지는 않았지만……. 아! 또 있다. 내 전용 시녀 중 한 명이 내 시중을 들어준다는 것과 식사가 그리 나쁘게 나오지 않는다는 것 정도. 이 정도면 귀하신 공작가의 자제를 해하려 한 죄를 지은 죄인치고는 좋은 편일까? 다른 녀석이었다면 바로 교수형이었겠지. 후후후…….

며칠을 갇혀 있었다. 10평도 안 되는 작은 방 안에서 마음대로 움직이지도 못하는 몸을 가지고 나는 새장 속에 갇혀 노래하기를 잊은 카나리아처럼 아무것도 하지 않고 조용히 있었다. 가끔 별궁에서 보았던 이름도 잘 기억 안 나는 내 시녀는 그나마 커트렌 공자가 죽지 않았다고 전해주면서 불행 중 다행이라고 했다. 그래서 난 그 시녀에게 앞에 놓인 수프 그릇을 집어 던졌다. 생각해 보니 그 아이는 잘못한 것도 없는데……. 아니야. 내 심기를 긁었으니 잘못한 것은 맞지. 이런 게 바로 귀족의 특권 아니겠어? 훗, 망할 놈의 귀족. 망할 왕족. 그 따위 것들이 다 뭐얏!!

내가 이 작은 독방에 갇힌 지 십여 일이 되었을 때 아버지, 그러니까 레테이온 국왕 폐하께서 날 만나러 오셨다. 제대로 씻지도 못해 엉망인 얼굴로 침대 위에서 맞은 아버지는 평소와 마찬가지로 무기력하고 무심한 표정으로 나를 내려다보았다.
"몰골이 말이 아니구나."
"죄인의 몸이라 치장할 시간이 없었습니다, 아바마마."
"…쯧쯧, 어차피 그리될 것 조금만 참을 것이지."

"……."

갑자기 설움이 북받쳐 왔다. 친부에게 이런 소리를 들으면서까지 살아야 할까? 차라리 혀를 깨물고 죽어버릴 것을……. 이런 내 심정을 아는지 모르는지 아버지, 아니, 잘나신 국왕 폐하께서는 계속 자기 할 말만 했다.

"수일 내로 이곳에서 나가게 될 것이다. 다행히 노베른 공작 자제도 중상이긴 하나 죽지는 않았고 또 네게 행한 일도 있고 하니 아마 그쪽에서도 조용히 넘어가고자 할 거다."

귀가 쫑긋 섰다. 정말? 그렇다면 희망이 보인다. 나는 푹 숙이고 있던 고개를 번쩍 들어서 주름진 국왕 폐하의 얼굴을 올려다보았다. 하지만 그 다음에 국왕 폐하가 한 말은 전보다 몇 배는 더한 절망감에 날 빠뜨렸다.

"사고 치지 않고 조용히 있었더라면 그래도 공작가의 귀부인이라도 됐을 텐데……. 옆 나라 크레센트에서 이왕자가 성인식을 치렀다고 하더구나. 네가 이곳에 갇혀 있는 동안 혼담이 오고 갔다. 그리고 귀족회의와 국무회의에서 만장일치로 널 그곳으로 보내기로 했다."

"그런……."

충격. 저절로 입이 쩍 벌어질 정도로 충격적인 말이 아무렇지도 않게 국왕 폐하의 입에서 흘러나왔다. 날 내쫓는다고? 이 나라에서? 여기서도 그렇게 멸시에 찬 눈총을 받으며 살고 있는데 가본 적도 없는 타국에서 남의 부인 노릇이나 하다가 죽으라고? 왜? 내가 왜?

"하여간 그리 알고 마음의 준비를 하고 있거라. 행여나 쓸데없는 짓은 꿈에도 생각하지 말고."

할 말을 마친 국왕 폐하께서는 그대로 뒤도 안 돌아보고 문밖으로 나가 버렸고 남겨진 난······.

"하··· 하하··· 아하하······!"

눈물이 볼을 타고 끊임없이 흘러내렸다.

아버지, 아니, 고귀하신 국왕 폐하가 다녀간 지 또 하루가 지났다. 앞으로 2~3일만 있으면 난 타국으로 팔려가겠지. 하긴 원래 그렇게 되는 건 당연했으니까.

끼이익!

문이 열리는 소리가 들렸다. 침대에 누워 있던 내가 고개를 돌려 문가를 바라보자 곧 이어 한 손으로 쟁반을 받쳐 든 소녀가 안으로 들어오는 게 보였다. 그동안 내 수발을 들어주느라 친해진 시녀. 이름이 에린이었던가?

"아침 식사이옵니다, 마마."

"치워!"

"하지만······."

"갖다 버려!"

아무리 나라도 어딘가 화풀이하지 않고는 못 배기겠기에 난 그나마 가장 만만한―그리고 유일한―상대에게 신경질을 부렸다. 어쩔 줄 몰라 하던 소녀는 내가 꿈쩍도 하지 않자 작게 한숨을 내쉬면서 식사를 가지고 밖으로 나가려고 했다. 내 시녀라고 해도 우선은 감옥인 이 안에서 나랑 같이 있지는 못했기에 에린은 내가 생리 현상으로 부를 때나 식사 때 외에는 밖에서 대기하고 있었다. 막 에린이 밖으로 나가려고 할 때 난 그녀를 불러 세웠다.

"에린!"

"네, 마마."

"가서 거울 가져와."

"네에?"

"거울! 거울 몰라? 가서 가져와!"

"하지만……."

"시끄럿! 내가 누구라고 생각하는 거얏! 가져오라면 잔말 말고 가져왓!"

"네, 마마."

에린이 자신없는 목소리로 대답한 뒤 밖으로 나갔다.

꼬륵.

배에서 작은 소리가 났다. 괜히 아침을 물린 건가? 그러고 보니 어제부터 물도 안 먹었다. 아버지, 아니, 국왕 폐하께서 말씀하시고 나간 뒤로 정신없이 울다 보니 그렇게 됐다. 하아, 정말 싫다. 이런 상황에서도 배고프다고 앓는 소리를 하는 내 몸이 정말 싫다. 하긴 다 먹기 위해 사는 건데. 다 그런 거겠지? 피식! 별 쓸데없는 생각을 하다 보니 저절로 헛웃음이 나왔다. 그만 일어나야지. 오늘은 세수라도 해야겠다.

내가 몸을 일으키고 며칠 동안 쭈그리고 있느라 굳은 몸을 푸는 동안 거울이 방 안으로 들어왔다. 이 표현이 맞을 것이다. 손에 드는 손거울을 가져오면 그걸 내가 깨서 자해라도 할 거라고 생각했는지 내 눈앞에 놓인 거울은 내 몸을 모두 비추고도 남을 정도로 커다란 전신거울이었다. 어차피 침대 기둥에 양다리가 묶여 있는 난 반대 편에 세워진 거울까지 가지도 못할 테고 집어 던질 거라곤 부드러운 베개뿐이니 깰 수도 없을 테니까. 누군지 머리는 좋네. 쳇.

"……."

난 불안한 표정으로 거울 옆에 서 있는 에린을 무시한 뒤 침대 위에서 빠져나와 거울 앞으로 다가갔다.

찰그랑찰그랑.

내가 앞으로 걸어갈 때마다 내 발목에 채워진 쇠사슬이 바닥에 끌리면서 귀에 거슬리는 소리가 났다. 하지만 상관없지 뭐. 거울 앞에 선 나는 거울에 비친 내 모습을 물끄러미 바라보았다. 여자치고는 좀 큰 편인 키와 늘씬하게 뻗은 두 다리, 가느다랗고 새하얀 두 팔, 엉덩이까지 내려오는 길고 긴 백금발 머리……. 국왕 폐하는 곱슬인데 어머니가 아니라서 그런지 내 머리카락은 길게 뻗은 직모였다. 숱도 많아서 여차하면 머리카락으로 몸을 가리면 될 정도였다. 이렇게 보니까 나도 꽤 예쁘네. 훗! 손을 들어 조금 여윈 듯 들어간 볼을 매만져 보고 봄의 새싹과 같은 빛인 연녹색 눈동자를 뚫어지게 쳐다보았다. 내 입으로 말하긴 좀 그렇지만 난 왕국 내에서도 찾기 힘든 미인이었다. 후후후. 그러니까 커트렌이 날 가지려고 납치했고 또 죽이지 않고 타국에 팔아넘기려는 것이겠지. 난 거울에 내 몸을 이리저리 비춰보면서 여러 가지 생각을 했다. 물론 그 안에 자살도 끼어 있기는 했지만 이미 죽기엔 너무 억울하다는 생각이 머리 속을 지배하고 있어서 우선 순위에서 많이 밀려 있었다. 꽤 오랫동안 거울 속의 나를 보며 여러 가지 상념에 잠겨 있던 나는 속으로 작은 결심을 하고는 거울 옆에 서서 나를 걱정스러운 얼굴로 바라보고 있는—혹은 감시하고 있는—에린을 불렀다.

"이거 치워."

"예? 예, 마마."

"꾸물대지 말고 빨리 움직여! 너같이 굼뜨고 말귀 못 알아먹는 시녀는 정말 처음이야! 배고파! 먹을 거 가져와! 아니! 씻을 물부터 가져와! 식사는 그 다음! 어서!"

"예!"

난 고개 숙여 예를 표한 소녀가 허둥대면서 밖으로 뛰어나가는 모습을 보면서 씨익 웃었다. 멍청한 것. 거울을 치우라고 했는데 그새 잊어먹은 건가? 뭐… 거울이 하나쯤 있는 것도 나쁘진 않지만. 하여간 우선 이 지저분한 몰골부터 정리한 다음 기력을 되찾아야겠다. 그래, 무슨 짓을 해서라도 살아야지. 이대로는 너무 억울하잖아? 후후.

일찍 잠이 들었던 나는 아직 어두운 새벽에 눈을 떴다.

"……."

조용히 상체를 일으킨 나는 어두운 방 안을 이리저리 돌아보다가 거울이 있던 자리에 눈을 고정시켰다. 아무것도 없던 방 안에 갑자기 나의 모습이 나타났다. 꿈인가? 아니면 환상?

"너는 뭘 바라고 있지?"

내 입에서 내가 생각해도 뜻을 알 수 없는 말이 튀어나왔다. 나의 환영은 측은한 눈길로 나를 보고 있었다. 싫어, 그런 눈빛!

"난 뭘 원했던 것일까?"

권력? 명예? 뽐내고 싶은 마음? 없지는 않았다. 하지만 지난 몇 년간 지겨운 정계 생활을 하다 보니 난 소박하디소박한 꿈을 꾸게 되었다. 다른 여자들처럼 평범한 로맨스를 꿈꾸고 사랑하는 남편과 귀여운 내 아이들에게 둘러싸여서 즐거운 오후를 보내고 싶을 뿐이었다. 아니, 조금 수정해야겠군. 조금 돈이 많고 후처랑 첩이 없는 귀족이겠지. 나 같은 아이가 또 태어난다는 건 싫으니까. 별로 가망성은 없겠지만……. 피식. 웃음이 나왔다. 내가 생각해도 너무 웃겼다. 하긴 할 줄 아는 거라곤 차 마시고 춤추고 수다 떠는 것밖에 없으니 평민들은 제외 대상이고, 하급 귀족은 이리저리 치일 테니까 싫고, 결국 남는 건 왕궁에서 보았던 재수없는 사내놈들뿐이었다. 결국 나란 여자는 이 정도였을까?

"그렇다면……."

어차피 이런 곳에서 죽을 때까지 살아가야 한다면 차라리… 차라리…….

"최고가 되겠어……."

힘이 없어서였던 거야. 출생 따윈 뒷전으로 두고 최소한 내 편을 몇이라도 만들어뒀다면, 아니, 그냥 정계에서 조금 힘을 쓸 만한 귀족이라도 하나 잡아뒀더라면 이렇게 강간당할 뻔하고 타국으로 팔려갈 일은 없었을 거야. 그러니까 이건 모두 내가 힘이 없어서 이렇게 된 거야. 난…….

"두 번 다시 똑같은 실수는 하지 않아."

난 손을 가슴에 대었다. 작게 맥박 치는 심장이 느껴졌다.

"지금까지의 아넬리안의 심장은 쥐면 부서질 만큼 연약하고 작았어. 하지만 오늘부터 난 그 어떤 녀석이라도 함부로 건드리지 못할 강인하고 강건한 심장을 가질 거야. 강철의 심장을……."

눈물이 흘렀다. 이건 과거를 부정해서 흘리는 슬픔의 눈물일까, 아니면 앞으로 펼쳐지게 될 설레이는 미래를 기다리는 기쁨의 눈물일까?

속으로 다짐하던 그날로부터 3일이 흘렀다. 이것은 아버지, 아니, 지엄하신 국왕 폐하로부터 내 미래가 결정되어진 지 3일이 흘렀다는 것을 의미한다. 이날 난 자유를 구속받은 뒤로 나갈 수 없었던 이 방을 나섰다. 방에서 나온 내가 처음 본 것은 이십여 명이나 되는 시녀들이었고 또 그 뒤로 그 배는 많은 병사들이었다. 흥! 내가 도망이라도 칠 줄 알았나 보지? 아니면 조심병이 도진 어떤 할 일 없는 자식의 작품이겠지.

"이쪽으로……."

본궁의 시녀장쯤 되어 보이는 중년의 시녀가 허리를 살짝 굽히면서 내가 갈 곳을 정해주었다. 거참, 누가 보면 극진한 대접이라도 받는 줄 알겠네. 속을 들여다 보면 죄인인데 말이야. 그렇게 신분에 맞지 않는 황송한(?) 대접을 받으면서 내가 끌려간 곳은 대리석을 깎아 만든 매끈한 목욕탕이었다. 씻으란 말이겠지? 역시나 내가 욕실 한구석에 서자 시녀들이 꿀에 모여드는 벌 떼처럼 내게 달라붙었다. 순식간에 난 발가벗겨져 장미 꽃잎이 둥둥 떠다니는 욕조 안으로 떠밀리듯 들어갔다. 그 뒤로는 일사천리로 일이 진행되었다. 손가락 하나 까딱할 필요 없이 시녀들은 날 깨끗이 씻겨주었고 목욕을 마치고 나온 내 앞에는 줄잡아 수십 개는 될 법한 레이스가 달린 드레스가 들어왔다. 이번에도 역시 시녀들이 팔이나 다리를 들어달라고 말할 때 빼고는 손가락 하나 까딱하지 않았다. 편하구만. 알아서 씻겨주지 옷 입혀주지, 거기다 분 발라서 치장해 주지. 내가 왕궁에서 17년을 살았지만 이렇게 극진한 대접을 받아보긴 처음이다. 시녀 중 하나가 붉은 장미 즙을 가득 머금은 종이를 입가에 가져다 대었다. 난 그것을 입술로 꼭 눌렀다가 떼었다. 조금 뒤 내 앞에 나온 전신 거울에는 피처럼 붉은 입술과 눈처럼 새하얀 소녀가 미간에 주름을 잡은 채 노려보고 있는 게 보였다.

"……."

마음에 안 들었지만, 속이 부글부글 끓어올랐지만 난 참았다. 원래 힘이 없으면 참아야 하는 법이다. 뒷배경도 없고 힘도 없으면서 반항해 봐야 몰매를 맞거나 목이 잘리는 등 개죽음밖에 더 되겠어? 순순히 따라야지. 음, 그래, 맞아. 내가 힘을 키울 때까지는 말이야. 아까 보았던 시녀장이 보석함을 들고 내 앞으로 다가왔다.

딸칵.

형형색색의 아름다운 보석들이 눈앞에 나타났다. 저건 얼마나 할까? 한두 개쯤 챙기면 꽤 돈이 될 텐데…….

난 한껏 치장된 채로 또 어디론가 끌려갔다. 목이 뻐근하다. 어깨도 무겁고. 머리엔 무거운 은색 왕관을 하고 귀엔 새끼손가락만한 육각형 수정 귀고리를 차고 목에는 보석이 주렁주렁 달린 목걸이를 세 개나 했다. 거기다 팔에도 손목부터 팔꿈치까지 올라오는 긴 팔찌—무겁다. 그것도 더럽게 무겁다. 보석 무게일 것이다. 순금이랑—를 찼고 내 열 손가락에는 모두 다른 색과 모양을 가진 반지가 끼어져 있었다. 이 정도면 걸어다니는 보석함이라고 해도 믿겠다. 젠장할, 뛰지도 못하겠잖아! 아니, 애초에 다른 드레스보다 배는 무겁고 바닥까지 끌리는 드레스를 입고 뛴다는 발상 자체가 잘못된 것일지도 모르겠군. 혹시 이건 날 구속하기 위한 또 다른 수의가 아닐까? 그렇다면 아마 세상에서 가장 비싼 수의겠군. 아, 무거워. 머리도 아프고. 젠장, 어디까지 걸어가야 하는 거야? 본궁은 무도회장 외에는 가본 적이 없단 말이야!

겉으로는 아무렇지 않은 듯한 표정을 하고 있었지만 시녀장의 뒤를 따라 어디론가 걸어가는 난 앞서 걷는 시녀장과 뒤따르는 십여 명의 시녀들에게 한껏 화풀이라도 하고 싶은 심정이었다. 하지만 내 가치가 바닥까지 떨어진 이 마당에 그녀들이 순순히 화풀이 대상으로 남아 있어줄지도 의문이었고 무엇보다 이렇게 치장을 하고 날 끌고 가는 것으로 보아 아마도 그날이 온 듯했다. 난 직감적으로 그것을 깨닫고 이렇게 순종적인 태도를 보이고 있는 것이다.

예상이 맞았다. 내가 끌려간 곳은 왕궁의 별실 중 하나였다. 별궁에 있는 내 방만큼 커다란 그 방에는 네 명의 남자들이 있었는데 그중에는 국왕 폐하도 끼어 있었다.

"오~ 왔구나, 아넬리안!"

"부르심을 받고 왔습니다, 아바마마."

부르심을 받긴 억지로 끌려왔으면서. 만약 내가 싫다고 떼를 썼으면 어떻게 되었을까? 으음, 그쪽도 궁금하군. 아! 이런 잡생각할 때가 아니지. 난 조심스러운 발걸음으로—그러나 왕실 예법에 맞게 우아한 걸음걸이로—방 안으로 들어가 국왕 폐하에게 다가갔다. 폐하는 내가 가까이 다가오자 한 손으로 노란 수염이 가득 난 턱을 쓰다듬으면서 미소를 지었고 그분의 반대 편에 앉아 있는 두 중년의 사내도 나의 위아래를 슬쩍 곁눈질하면서 요상한 미소를 지었다. 재.수.없.어.

"그래, 앉거라, 아넬리안."

"예."

난 조용히 시동이 가져다 주는 의자에 앉으며—드레스 때문에 앉기도 힘들다. 무엇보다 풍성해 보이는 치맛단 밑에 숨겨진 둥그런 쇠 테가 심각한 방해를 했다—살짝 눈을 내리깔면서 국왕 폐하의 눈치를 살폈다.

"그래, 소감이 어떤가? 자식 자랑은 팔불출이나 하는 거라지만 이래 뵈도 내 아이들 중 아넬리안만큼 절색의 미모를 자랑하는 아이도 없다네. 허허허."

 사람 좋은 너털웃음을 터뜨리는 국왕 폐하. 쑥스러운 건가? 자기가 말해 놓고도? 흥이다. 자식을 팔아먹는 부모면서……

 "정말로 넋이 빠질 정도로 아름다운 분이시군요. 감탄하였습니다."

 맞은편에 앉아 있는 중년 사내가 나를 보며 맞장구쳤다. 젠장할, 마치 보석 감정하는 노인네 같은 눈빛이잖아! 난 물건이 아니라고! 속으로 열이 확 뻗쳤다. 당장이라도 폐하의 멋드러진 수염을 왕창 뽑아버리고 눈앞에서 싱글거리는 두 인간들의 면상을 후려갈기고 싶다는 욕구가 왕창왕창 피어났다. 서글픈 내 인생이여……!

 차와 함께 다과가 들어오고 난 물품 감정사—무슨 이름이라고 했는데 흘려들었다. 아니, 귀에 들어오지도 않는다. 표정 관리하는 데도 바쁜데 무슨—녀석의 면상을 가끔 바라보며 웃음 짓고 가끔 말대답해 주었다. 시간이 어떻게 흘러갔는지도 모르게 그렇게 정신없는 상태에서 이야기를 나누다가 난 피곤하다는 핑계를 대며 폐하의 허락을 받고 방을 나왔다. 쿵! 내 바로 뒤에서 문이 닫혔다.

 "후우~"

 절로 한숨이 나오는구나. 그래도 첫인상이 나쁘지는 않았겠지? 꼴을 보아하니 저 두 인간들이 이번에 혼담을 들고 나온 크레센트 국의 사신들인 것 같았다. 그렇다면 우선은 좋은 관계를 가지는 게 좋겠어. 그래야 나중을 기약하기라도 하지. 그렇게 난 자신을 위로하면서 시녀가 끄는 대로 짐짝처럼 끌려갔다.

 또 이틀이 지났다. 그동안 난 에린을 통해서 몇 가지 사실을 알게 되었는데 이번에 크레센트 국에서 온 사신들은 몇 가지 국가 사안을 처리하는 도중 그 나라 이왕자가 성인식을 치렀다는 이야기를 했고 또 의례적으로 우리 나라에 혹시 좋은 신붓감이 없냐고 물었다고 한다. 그냥 예의상 물어본 것일 것이다. 정식으로 신붓감을 구하려고 했다면 그 나라 국왕의 친필 서한이라도 보냈겠지.

─거 우리 나라에 잘생긴 왕자가 이번에 어른이 됐는데 그쪽에 참한 신부 없소?

─성격은 좀 아니지만 외모는 받쳐 주는 아이가 있다오. 가져가실라오?

─오~ 그래요? 그럼 한번 보기나 합시다.

뭐, 이렇게 된 것일 것이다. 시기도 딱 내가 사고(?) 친 그때쯤이었고 내 처리에 골머리를 앓았을 국왕 폐하께서는 슬쩍 떠본 크레센트 사신에게 은근한 말로 날 추천했을 테고 노베른 가가 꽉 잡고 있는 원로회의랑 귀족원에서는 당연히 만장일치로 날 추천했을 것이다. 공식적이든 비공식적이든 우선 혼담 이야기가 나왔으면 후보로 한두 명을 뽑아야 하는데 여기에 걸리면 시집은 다 간 거다. 상대 쪽에서 혼담을 깨주면 그보다 좋을 수 없지만 그도 아니면 몇 달, 또는 몇 년씩 그 나라에서 부를 때까지 딸을 붙잡고 있어야 한다. 시집도 못 보내고 말이다. 나처럼 후원자도 없고 뒷탈도 없는 왕녀가 아니라면 누가 귀하게 기른 자기 자식을 내놓겠는가? 그렇다고 평민을 내보낼 수도 없지 않은가? 이름도 없는 하급 귀족의 딸 역시 마찬가지다. 하긴 누구라도 귀한 딸을 타국에 보내는 데는 반대할 거다. 시집보낸다고 해서 자기 가문에 도움이 되는 것도 아닐 테고 그렇다고 보상이 나오는 것도 아니니까.

그렇게 난 선택되었고 지금 내 앞에서 분주히 짐을 싸는 에린의 모습에서 이게 꿈이 아닌 현실이라는 걸 절감했다. 크레센트 국 사신들의 마음에 드는 것인지 아니면 소심쟁이 국왕 폐하께서 골칫덩이인 날 빨리 처분하기 위해서인지 난 사신들이 돌아가는 행렬에 끼어서 크레센트로 가게 되었다. 덕분에 내 주위는 굉장히 분주해졌지만 정작 당사자인 난 담담한 표정으로 주변을 돌아볼 여유를 가질 수 있었다. 어느 날 갑자기 사라져 버린 어머니. 오늘따라 그녀가 뼈에 사무치도록 그리우면서도 맹렬한 살의가 끓어올랐다. 어머니가 조금만 못생겼어도, 아니면 국왕 폐하의 눈에 들지 않았었더라면, 그도 아니라면 하다못해 권세 좀 있는 중견 귀족의 딸이라도 되었더라면……. 아쉬움과 괴로움이 몸을 뒤덮었다.

"하아~"

한숨이 절로 나왔다. 그때 내 방 안에서 짐을 나르던 에린이 조심스럽게 내게 다가오는 게 보였다.

"저… 마마……."

"왜?"

"시, 시간이 다 되어서……."

"그래서?"

"예? 예… 그래서… 이제 나가셔야… 꺄악!!"

콰장창!

에린의 머리 위로 내가 던진 꽃병이 살짝 스치고 지나간 뒤에 그 뒤에 있는 벽에 맞고 박살이 났다. 네가 불난 집에 아주 기름이 들이붓는구나. 눈에서 불이 났다. 난 그 자리에 쪼그리고 앉아서 부들부들 떠는 에린을 노려보면서 소리를 질렀다.

"너!!"

"죄, 죄송합니다, 마마! 죽을죄를 지었습니다, 마마!!"

난 침대 위에 놓여 있던 손거울을 머리 위로 들어 올렸다가 주저앉은 채 두 팔로 머리를 감싸며 떨고 있는 내 시녀를 보고 거울을 침대 위를 던져 버렸다. 저 애가 무슨 잘못이 있다고……. 한순간 열받아서 이성을 잃었나 보다. 떨고 있는 시녀를 내버려 둔 채 난 일그러진 얼굴을 몇 번 매만진 뒤 옷매무새를 확인했다. 이왕 이렇게 된 것 신경질을 부린다고 풀릴 것도 아닌데 열내봐야 나만 손해니까. 그런 내 모습에 적응이 안 되는지 에린은 아직도 오들오들 떨면서 내 눈치만 보고 있었다. 눈에 거슬려. 젠장할.

"에린!"

"예? 예, 마마!"

"앞장서!"

"예?"

나보다 두 살이나 어린 소녀는 놀란 표정으로 날 올려다보았다. 그런 소녀 앞에 두 발로 당당히 서서 가슴을 펴고 턱짓을 하자 그제야 정신을 차린 에린은 앞장서 방을 나섰다. 이번엔 전에 보였던 그 많은 시녀들과 병사들은 코빼기도 안 보였다. 가끔 내 짐을 나르는 하인들이 보이긴 했지만……. 훗. 원래 이런 거라고. 인간들의 대우란 상대의 지위 고하에 달린 거니까라고 마음속으로 위로해 봐도 전혀 기분이 풀어지지 않는다. 지금의 내 처지에 눈물이 찔끔 난다. 다시금 내가 이 나라를 떠난다는 게 절실하게 느껴졌다.

아주 치가 떨리는구만. 제에에길!!

"……."

난 아무 말 없이 그런대로 왕실 품격에 맞는 쓸 만한─척 보기에도 화려하고 멋들어진—마차에 올랐다. 내가 왜 또 신경질을 부리냐고? 생각을 해보자. 어찌 되었든 딸내미가 타국으로 시집가는데 아버지라는 작자가 코빼기는 고사하고 사람을 시켜서 몸조심하라는 말 한마디 없었다면 어떤 기분일지……. 아니, 폐하뿐만 아니다. 내가 마차에 오를 때까지 왕족은 고사하고 무도회장을 꽉꽉 메우는 귀족들 중 단 한 명도 나타나지 않았다. 내 앞에 보인 건 빨리 출발하자고 재촉하는 품위없는 마부 하나랑 내 전속 시녀였다는 이유만으로 타국까지 같이 가게 되어버린 에린뿐이었다. 이 애도 운이 없군. 상전 잘못 만나서 외국행이라니……. 아마 내 시녀들 중 가장 돈 없고 배경없는 애일 것이다. 내 전속 시녀 6명 중 이 애가 뽑혔으니까. 그렇다는 것은 나랑 같은 처지라는 걸까? 흐음, 조금 잘 대해주는 게 어떨까?

　으음. 난 마차 안을 두리번거리며 어쩔 줄 몰라 하는 에린을 보고 그 생각을 접어야 했다. 이마에 '날 괴롭혀 주세요' 라고 씌어져 있는 것 같잖아! 오른손이 제멋대로 움직이려고 발광한다. 마차 안에는 단둘뿐이니 아무도 모를 거야. 하지만 아무 잘못도 없는 불쌍한 아이인데……. 아니, 같은 처지가 아니야! 저 앤 일하러 가는 거고 난 팔려가는 거야! 내가 더 불쌍해! 그래도…….

"으……."

　난 인상을 쓰면서 한 손으로 이마를 짚었다. 그러자 부드러운 카펫을 발로 조심스럽게 꾹꾹 누르면서 좋아하던 에린이 갑자기 깜짝 놀라더니 조심스러운 눈길로 날 힐끔거렸다.

"뭘 봐?!"

"아, 아닙니다, 마마!!"

"기분 나쁘니까 고개 숙이고 있어! 넌 보기만 해도 기분 나빠!!"

"예, 예, 마마!"

에린이 고개를 푹 숙였다. 목뒤가 보일 정도로. 잘하면 내가 앉아 있는 의자에 고개를 처박을 수도 있겠군. 안 돼. 참자. 아무리 '골려주세요' 라고 온몸으로 외치는 아이라도 맞으면 아플 거야. 괴롭힘당하면 힘들 테고……. 난 두 눈을 질끈 감았다. 그래야 내 눈앞에서 아른거리는 화풀이용 소녀가 안 보일 테니까. 때마침 마차가 출발하는 듯 덜컹거리는 충격이 전해져 와 난 팔짱을 낀 채 눈을 감았다. 자, 이제 출발이다. 젠장할.

마차 안에 앉은 뒤 창문으로 밖을 내다본 난 그제야 내가 당분간 몸담게 될 크레센트 국의 사신단 행렬을 자세히 관찰할 수 있었다. 사신단 일행이 시종들까지 합쳐서 20여 명, 기사들과 병사들이 150명, 거기다 덤으로 딸려온 예능인들이 30여 명, 그리고 사신단 무리를 따라 우리 나라까지 따라온 상인 무리가 또 200여 명이었다. 근 400명이나 되는 대규모 인파가 내가 타고 있는 마차를 따라서 수도를 벗어나 길게 뻗은 가도를 따라 이동했다. 내가 탄 마차는 왕성을 빠져나오자 곧바로 도시 외곽으로 달리다 전에 보았던 그 사신단 일행 중 한 명과 잠깐 인사를 하고 다시 출발하였다. 그리고 마차는 지금도 쉬지 않고 달리고 있었다. 평평한 가도이기에 망정이지…….

쿵!

젠장! 혀를 깨물었다. 마차를 몰고 있는 마부 자식, 목을 베어버릴까 보다.

"흐응… 앗! 죄, 죄송합니다!"

창밖을 내다보면서 콧노래를 부르고 있던 에린이 내가 인상을 쓰자 우선 머리를 조아리며 죄송하다는 말부터 했다. 얘가 누굴 악당으로 생각하는 거야, 아니면 날 물먹이려는 거야? 콱 한 대 쥐어 패고 싶네.
"뭐가?"
"예?"
"뭐가 죄송하냐고?"
"그, 그게……."
"왜 죄송한지도 모르면 입 닥치고 있어!"
"예, 마마."

에린의 목소리가 기어들어 갈 듯 조그맣게 흘러나왔다. 난 잘못없어. 난 떳떳해. 틀린 말 한 건 아니잖아. 안 그래? 난 가끔 흔들리는 마차 안에서 자꾸 일그러지려는 표정을 바로 하기 위해서 애썼다. 팔짱을 낀 채 마차를 탄다는 거 생각보다 힘들다. 빨리 어디라도 들어가서 편히 쉬고 싶다는 생각이 마구마구 샘솟았다.

지루했다. 그것도 엄청나게 지루했다. 돌아버릴 정도로 말이다. 겨우 왕성을 출발한 지 반나절밖에 안 되었는데도 불구하고 난 지루함에 몸을 떨어야 했다. 어떻게 이렇게 할 일이 없는 거냐. 지루함을 달래기 위해 소설책이라도 보고 싶었지만 책은 전부 내 뒤에 따라오는 마차에 몇 겹이나 포장되어 있으니 지금 달랠 수도 없고……. 하긴 마차가 너무 덜컹거려서 책 읽기도 힘들겠다. 이거 고급 마차 맞아? 아니면 마차를 모는 마부 녀석의 실력이 치가 떨리도록 형편이 없는 걸 거야! 내 시녀인 에린은 수도를 나서는 게 처음인지 신기한 눈으로 창밖을 내다보고 있었지만 그게 그거인 창밖의 풍경은 내게 아무런 감흥도 주지 않았다. 오히려 지루함만 더해줬지. 쓰읍… 그냥 아까 생각대로 에린이나 골리면서 갈까? 아니야. 그렇지 않아도 내 편이 없는데 저 애까지 날 어려워하면 안 되지. 으음… 차라리 잠이라도 왔으면 좋겠는데……. 창밖으로 들어오는 햇볕이 자꾸 눈을 괴롭게 해서 잠도 안 온다. 미치겠다아아!!

"아!"

때마침 시기 적절하게 에린이 탄성을 터뜨렸다. 오호라! 신이여, 감사합니다!

"뭐야?"

"예? 아, 저기……."

"버벅대지 말고 말을 해. 넌 왜 그렇게 숫기가 없니?"

"그게… 아마 마을에 도착한 듯합니다, 마마."

"응?"

난 마차에 난 창으로 머리를 내밀었다. 옆에서 에린이 당황해서 뭐라고 말을 한 듯하지만 내 귀엔 안 들어왔다. 이 지루함을 달래줄 새로운 놀 거리가 생겼는데 뭘 마다하겠는가? 우후후……. 난 밖을 내다보았다. 음, 생각보다 꽤 큰 마을인가 보네? 2층 건물도 많고 가끔 3~4층쯤 되어 보이는 커다란 건물들도 보였다. 거기다 길은 마차들과 말, 그리고 인간들로 붐비고 있었다. 하늘엔 아직 해가 기울지도 않았는데……. 잠깐 쉬었다 가는 걸까? 그런 내 궁금증을 가까이 다가온 크레센트 기사가 풀어주었다.

"마마, 오늘은 이곳에서 쉬었다 간다고 하옵니다. 조금만 참으시면 곧 깨끗한 여관으로 모시겠습니다."

"…수고하세요."

말을 탄 상대는 절도있는 동작으로 고개를 살짝 숙인 뒤 마차 앞으로 달려나갔다. 음… 역시 사신단이라고 하니까 일반 백성들은 알아서 고개를 숙이고 길을 터주는군. 권력이란 좋은 거라니까. 쳇.

마을치고는 규모가 꽤 큰 이곳은 젠트라는 마을이라고 한다. 수도 근교에 있는 여러 마을 중에서 가장 발전한 곳으로 가도 위에 만들어진 마을이란다. 조만간 도시로 승격된다나? 마을 자체가 가도를 따라 이동하는 상인이나 여행자들을 위해 생겨난 것이라 오가는 인간들도 많았고 또 그만큼 여관과 식당도 많았다. 시끌시끌한 시장도 넘쳐 났고 말이다. 길가에는 빈 곳을 찾기 힘들 정도로 빽빽히 들어선 노점상들이 있었고 말똥을 치우느라 분주히 돌아다니는 인부들도 보였다. 우~ 냄새.
"창문을 닫을까요, 마마?"
내가 인상을 쓰며 손으로 코를 가리자 에린이 조심스럽게 물어왔다.
"아냐, 됐어. 어차피 내릴 텐데 빨리 적응하는 게 낫겠지."
"예, 마마."
난 고개를 조아리며 행렬이 지나가길 기다리는 주민들을 슬쩍 쳐다보면서 그렇게 말했다. 지저분하고 더러워 보였다. 끔찍해. 정말 저런 후줄근한 차림새로 밖을 나다닐 생각을 하다니. 만약 여기가 내가 살던 왕궁 안이었다면 당장에 극성스러운 시종들과 하인들이 벌 떼같이 몰려와 눈 깜짝할 새에 새하얀 종이처럼 만들어 버렸을 거다. 이건 자신할 수 있다.

한 손으로 턱을 괸 채 쓸데없는 잡생각을 하는 동안 어느새 마차는 깨끗한 외관을 갖춘 한 여관 앞에 멈춰 섰다. 돈도 많은가 보네. 재질을 보아하니 분명히 나무인데 벽이 온통 새하얀색이다. 저거 도색하는 데 꽤 많이 깨졌겠는걸? 그보다 흰색이라니? 주인이 미친 건 아닐까? 이런 먼지가 풀풀 날리는 지저분한 마을에서 순백의 여관을 유지하려면 청소비도 장난 아니겠다.

끼이익!

내 반대 편 쪽에 있는 마차 문이 작은 소리를 내면서 열렸다. 난 창밖에서 시선을 거두고 내 명령을 기다리고 있는 에린에게 턱짓으로 먼저 나가라고 했다. 그러자 에린은 나랑 있었던 게 꽤나 힘들었는지 노골적으로 살았다는 표정으로 날 듯이 뛰쳐나갔다. 저것이!!

"내리시지요, 마마."

쳇! 두고 보자, 에린. 참으려고 했는데 아무래도 교육이 좀 필요하겠어. 난 속으로 그렇게 중얼거리면서 마차 밖으로 나왔다. 언제 준비했는지 붉은 양탄자가 마차 입구부터 여관의 현관까지 죽 깔려 있다. 흠, 먼지가 날리는 흙 바닥과 너무 대조적이잖아? 난 사뿐히 양탄자 위를 걸어 안으로 들어갔다. 역시 고급 여관답게 실내 장식도 왕궁만큼이나 화려했다. 정말 돈이 많은가 보네? 혹시 이 여관 주인은 귀족이 아닐까? 아니면······.

"어서 오십시오. 순백의 여관을 찾아주셔서 감사합니다."

"······."

내 앞에 반백의 중년 사내가 거의 직각으로 허리를 꺾으면서 인사를 했다. 주인인가? 아니, 지배인이겠지? 이쪽이든 저쪽이든 나랑은 상관없지만 나는 예의상 살짝 고개를 끄덕인 뒤 안으로 들어갔다.

음, 식사는 그런대로 괜찮군. 아니, 맛있는 편이라고 해두지 뭐. 내게 배정된 방도 그런대로 전에 살던 별궁의 내 방만큼 품위가 있고. 젠장, 내가 여관방 신세라니······. 하다못해 귀족가의 저택이라도······. 아니지. 참자. 지금의 내겐 이 정도도 과분한 거야. 그렇게 생각하자.

그게 정신 건강에 좋으니까. 끓어오르는 속을 누르고 창밖을 내다보자 해가 뉘엿뉘엿 지고 있었다. 아! 결국 이렇게 한 일도 없이 하루가 저무는구나. 저녁 준비를 하는지 여관방에서 내다본 건물들에서는 흰 연기가 모락모락 피어오르고 있었다. 부럽, 아니지. 내가 왜 평민들 따위를 부러워해? 말도 안 돼!

쿵!

"…마마?"

뒤에서 에린이 조심스럽게 날 부른다. 아, 이마야! 어질어질하네? 너무 세게 박았나? 난 내 이마와 진한 키스를 한 창턱에서 몸을 돌리고 내 뒤에 서 있는 에린을 노려보면서 말했다.

"왜?"

"저, 저기……."

"……."

"그게……."

버벅댄다. 아주 몸을 비비 꼬네. 누가 보면 달팽이랑 친군 줄 알겠다. 한심하긴……. 내가 아무 말 없이 자기를 노려보자 에린이 굉장히 당황한 듯 어쩔 줄 몰라 한다. 흐흥! 이렇게 놀리는 것도 재미있네?

"……."

"……."

침묵이 감돌았다. 그런 침묵이 부담스러웠는지 에린은 아무 말도 안 하고 노려보는 내 눈치를 보며 어쩔 줄 몰라 하다가 갑자기 풀썩 주저앉아서 고개를 푹 숙이고 빌기 시작하는 게 아닌가?

"죽을죄를 지었습니다, 마마! 제발!"

"…지겹다. 너!"

"…네?"

"맨날 똑같은 말밖에 못하냐? 니가 구관조냐?"

"예… 예?"

"됐다, 됐어. 용서해 줄 테니까 가서 차나 타 와."

"예, 마마!"

급히 일어선 에린은 긴 치마를 휘날리며 방을 나갔다. 아아! 그렇게 노골적으로 살았다는 표정을 지으며 나가면 더 괴롭혀 주고 싶어지잖아! 표정 관리 좀 하고 살아라, 이 맹한 것아! 저런 걸 누가 데려갈지… 쯧쯧. 하긴 아직 애니―나도 아직 소녀지만―차차 나아질지도…….

15분이 흘렀다. …15분이다. 아악! 신경질나! 이 맹한 것은 도대체 차를 끓여 오는 거야, 아니면 찻잎을 따서 말리고 있는 거야? 내가 했어도 열 잔은 더 가져왔겠다! 이것을 그냥!!

끼이익!

문소리가 들린다!

"왜 이렇게 늦어, 이 맹한 것아?"

난 앙칼진 목소리로 빽 소리치며 침대 위에서 내 분풀이 대상이 되고 있던 오리털이 들어 있을 두툼한 베개를 들고 문가로 힘차게 집어 던졌다. 그리고 '꺄악' 하는 비명 소리와 함께 당황하는 에린의 표정을 상상하면서 속으로 살짝 미소를 지었다. 그. 런. 데…….

"이런, 장난이 조금 지나치시군요."

"…에?"

내가 던진 베개는 문으로 들어서는 사내의 손에 들려 있었다. 그는 내게 다가와서는 친절하게 그걸 내 손에 쥐어주었다. 으… 어떡해!! 얼굴이 화끈거렸다. 아마 거울이 내 앞에 있다면 새빨개진 내 얼굴이 비춰지겠지?

"후후, 방금 전 행동은 정숙한 행동에는 맞지 않는 것 같은데요, 공주 마마?"

"…누, 누구세요?"

"이런, 죄송합니다. 제가 결례를 범했군요, 공주 마마. 전 대니어스 드 워렌 자작입니다. 크레센트 국 남부에 있는 작은 도시를 맡고 있는 자작이지요. 그리고 이번에 영광스럽게도 사절단에 끼게 되어서 높으신 분들을 모시고 있습니다."

"…그래서요?"

진정… 진정… 진정해야 돼. 음, 조금 속이 가라앉는다. 그리고 나니 그제야 내 앞에 선 채 미소를 짓고 있는 사내가 눈에 들어왔다. 나이는 대충 스물대여섯쯤? 늙은이네? 흥! 어깨까지 내려오는 긴 다갈색 머리가 눈에 띄었다. 그리고 하늘처럼 푸르른 눈동자와…….

"흠흠……."

내가 자기를 빤히 쳐다보니까 쑥스러웠나 보지? 웬 헛기침이람?

"무슨 용건인가요? 전 피곤하거든요?"

"예, 마마. 익숙하지 않은 마차 여행에 피로가 쌓였을 것이라 생각되옵니다."

"그러니 용건만 말하세요."

'빨랑 용건만 말하고 나가'라고 소리칠 수는 없지. 그래도 머리는 좋아 보이는 얼굴이니 알아들었겠지. 음… 여러모로 불편하다, 타국 사람이라는 건. 아니면 내 신분이 낮아서 그렇겠지. 도대체 그래도 국왕의 딸인데 내 처지가 이게 뭐야, 정말? 내가 침착해지자 이번엔 그가 조금 당황했다. 아! 내 변화가 너무 빨랐나?

"예, 앞으로의 일정을 알려 드리겠습니다. 우선 로세니아 왕국 내의 도시 일곱 군데를 거칠 예정이고 중간중간 마을 등을 지나갈 것입니다. 여정 중간에 사고만 없다면 야숙은 하지 않아도 될 것 같으니 그 점은 염려 마시길 바랍니다. 아마 2주쯤 걸릴 것이라 생각됩니다. 그리고 국경을 넘어서면 헤르틴 공국을 지나서 저희 모국으로 가게 됩니다. 거기서는 일정을 좀 짧게 잡아서 곧바로 수도로 향할 것입니다. 대략 3주일 정도면 저희 왕국의 왕성에서 편하게 쉬실 수 있을 테니 그동안 조금 힘드시더라도 참아주시길 바랍니다."

그렇군. 3주 뒤라……. 응? 뭐가 그렇게 오래 걸리지? 내가 알기로는 못해도 10일이면 도착할 거리일 텐데? 천장을 보면서 날짜 계산을 하던 난 고개를 내린 뒤 워렌 자작을 바라보았다.

"3주씩이나 걸려요?"

"예? 아, 예. 그렇습니다. 저희 사신단만 따로 이동한다면 열흘 정도면 되겠지만 뒤로 줄줄이 딸린 상인들도 있으니까요. 그리고… 그들에게 물건을 팔 시간 정도는 줘야 되지 않겠습니까?"

그가 '후후' 하고 웃는다. 잘생긴 워렌 자작이 웃으니까 왠지 열이 받는걸? 이건 커트렌 그 자식 때문이야! 전혀 다른 사람인데도 잘생긴 미남이 웃는 모습을 보니까 열받아!

"…제가 무슨 실수라도 했습니까?"

"아니에요."

커트렌 그 자식을 생각하는 동안 인상을 썼나 보다. 일정이 늦어져서 내가 화를 낸 것이라고 생각했을까? 워렌 자작이 내 눈치를 살피는 게 눈에 보였다.

"…일정을 조금 빡빡하게 잡으면 좀 더 일찍 도착할 수도 있습니다만……."

"됐어요. 그것 때문이 아니니깐. 근데 왜 사신단 행렬에 상인 무리들이 뒤따르게 두는 거죠?"

"예? 아, 그거야 그들로서는 안전하고 편하게 외국으로 나갈 수 있으니까 당연한 것 아니겠습니까? 돈 들여서 호위병들을 구할 필요도 없고 국경을 넘기 위해 복잡한 서류 심사를 받지 않아도 되니까요. 거기다 세관에서도 우대해 준다고 합니다."

"음… 그렇군요. 그래서 저렇게 줄줄이 따라온 건가요?"

"그렇습니다. 대신 약간의 세금과 상납금을 바치긴 합니다만 그들로서는 몇 배는 이득일 것입니다. 알다시피 상인 무리를 노리는 자들은 깔렸으니까요."

"아아! 그렇군요. 왕성에도 들어오지 못하는 낮은 계급의 인간들이 사신단 행렬에 끼어 있어서 조금 이상했는데 그런 거였군요?"

"후후, 그쪽으로 관심이 많으신 듯합니다, 공주 마마."

이 인간이 지금 무슨 소리를 하는 거야? 난 단지 궁금한 걸 물어본 것뿐인데. 내가 변명거리를 찾고 있을 때 때마침 에린이 문을 열고 들어왔다. 맹한 얼굴을 한 채 두 손으로 은 쟁반을 들고 들어오는 걸 보니까 또 속에서 열이 받는다. 내가 뭐라고 한마디 하려고 할 때 워렌 자작이 갑자기 벌떡 일어서더니 에린에게 다가가서 그 애가 들고 있는 쟁반을 받아 들더니 싱긋 웃는 게 아닌가?

"이런이런! 연약한 소녀가 들기엔 조금 무겁지 않나요? 후훗."

우, 느끼한 미소! 나한테 저런 수작을 부렸다면 당장 주먹을 날렸을 텐데! 아악! 저놈 때문에 에린을 혼낼 타이밍을 놓쳤잖아!

"에린, 왜 이렇게 늦은 거야? 기다렸잖아."

으으… 끓는다. 눈물이 쏙 빠지게 골려줄 수 있었는데. 이런 힘 빠진 목소리로 말해 봐야 코웃음도 안 나오겠다. 워렌 자작이 있는 앞에서 큰 소리를 낼 수도 없고 운이 좋았다고 해야겠군. 쳇. 쌓인다, 쌓여.

"죄, 죄송합니다, 마마. 마마께서 좋아하시는 찻잎이 포장지 안에 들어 있어서 찾느라 시간이 조금 걸렸습니다. 부디 용서를……."

"그래, 알았다."

어차피 괴롭혀 줄 수도 없는 거 그냥 선심 써서 용서해 주지 뭐. 기회는 많으니까. 그보다는 지금 눈앞에서 생글거리며 에린에게 수작을 부리고 있는 저놈의 자작이라는 인간이 더 문제였다.

"할 말은 다 끝난 건가요, 워렌 자작님?"

"예? 아! 죄송합니다. 아름다운 소녀가 눈앞에 있으니 정신을 못 차리겠군요. 하하하!"

호호호! 헹이다!

'머리카락이 부드럽네, 좋은 향기가 나네, 옷이 참 귀엽네' 하며 아주 노골적으로 난 지금 당신을 꼬시고 있소라는 티를 내는 워렌 자작을 보면서 난 눈꼬리를 살짝 치켜떴다.

"제 아이가 마음에 드신 것 같군요, 자작님. 그런데… 저 아이보다 제 외모가 떨어지나요?"

"무슨 그런 섭한 말씀을……. 당연히 공주 마마의 미모가 훨씬 낫지요."

"그런데 제겐 왜 그런 칭찬의 말씀 한번 안 해주시죠?"

난 질투에 몸을 떠는 소녀처럼―그렇게 연기한 건데. 실제로 조금은 질투했는지도 모른다―새초롬한 표정을 지으며 고개를 돌렸다. 그러자 워렌 자작이 '하하' 웃으면서 능숙한 솜씨로 쟁반을 테이블 위에 올려놓고 찻잔을 내 앞에 내려놓았다. 그리고 절도있는 동작으로 차를 따랐다.

쪼르르르.

향긋한 민트 향이 물씬 풍겨 나오는 차를 다 따르고 난 워렌 자작은 한 손으로 가슴을 가린 뒤 허리를 숙이며 말했다.

"드시지요, 공주 마마. 비록 제가 손수 끓이지는 못했지만 그래도 열과 성을 다해서 따른 것이랍니다."

"흥!"

난 삐친 아이처럼 고개를 홱 돌리며 팔짱을 끼었다. 그러자 그는 내게 아부를 하면서 자리에 앉더니 조용히 방 한구석에 공손히 서 있는 에린을 보며 윙크를 하는 게 아닌가? 이 인간이!!

"제 질문에 대답이나 해주시죠?"

"하하! 제가 어찌 감히 공주 마마의 미모를 평가하겠습니까? 더군다나 전……."

"…뭐요?"

워렌 자작이 뜸을 들이자 나도 모르게 내 눈이 그의 웃고 있는 얼굴을 바라보게 되었다.

"전 임자 있는 몸은 안 건드리는 주의거든요. 하하!"

"…오래 살겠군요."

"마마께서도 그렇게 생각하십니까? 역시! 전 장수할 것 같습니다. 하하하!"

골치가 아파온다. 난 기분을 전환할 겸 찻잔을 들어서 차를 한 모금 마셨다. 싸한 향이 입 안에 퍼진다. 아… 좋아. 내 앞에 앉아서 차를 마시는 날 물끄러미 바라보고 있던 워렌 자작은 내 표정이 풀리자 또 싱긋 웃는다. 그러고 보니 이 인간, 다른 남자들처럼 나랑 에린을 비교해 어느 쪽이 낫다는 말을 안 했네? 역시 워렌 자작의 정체는 바람둥이였어. 이건 분명해. 내 전 재산을 걸고서 장담할 수 있어.

"에린, 너도 피곤할 테니 그만 가서 쉬어."

"예, 마마."

에린이 내 말을 듣고 밖으로 나가자 그가 대놓고 아쉬운 표정을 짓는다. 에린 단속 좀 잘해야겠어. 아직 열다섯밖에 안 된 아이인데 벌써부터 남자를 알게 되면 피곤할 테니까. 무엇보다 유일한 내 소유의 아이가 망가지면 난 누구를 가지고 놀라고.

"저… 저희 왕국에 대해서 어느 정도 알고 있으십니까?"

"음… 대충 서적에 나와 있는 정도요. 넓고 풍요로운 국토를 가지고 있고, 백성들이 엄청나게 많고, 돈도 많고, 그리고 질 좋은 포도주를 만든다는 것 정도?"

"예, 그렇군요. 다 맞는 말씀입니다. 하나……."

단둘이 남게 된 자리에서 처음으로 그가 심각한 표정을 지으며 약간 낮은 목소리로 말했다. 아아! 이제야 본론인가 보네.

"공주 마마께서 저희 왕국에 시집오시게 되신다면… 아마 그렇게 될 것으로 생각됩니다만 몇 가지 알아두셔야 할 것이 있습니다. 현재 크레센트 국에는 세 분의 왕자 전하가 계십니다. 첫 번째 일왕자 전하이신 브래드릭 전하, 그리고 이번에 성인식을 맞으신 이왕자 전하이신 로이드 전하, 그리고 삼왕자이신 마틴 전하, 이렇게 세 분이십니다."

"흐음……."

지금 그가 말하고 있는 건 아무래도 크레센트 국 왕실 이야기겠지? 알아두면 나중에 도움이 될지도 모르겠다. 새겨들어야지.

"아넬리안 공주 마마께서 결혼하시게 될 분은 아마도 이왕자 전하이 거나 삼왕자 전하이실 것입니다."

"잠깐만요! 내 상대가 아직 정해진 게 아니었어요?"

이게 무슨 소리야? 이미 정해진 게 아니었어? 거기서도 또 품평회를 가져야 하는 건 아니겠지?

"아! 물론 우선은 이왕자 전하이신 로이드 전하와 만나게 되실 것입니다. 일왕자 전하께서는 이미 작년에 결혼을 하시어 올 가을에는 좋은 소식을 들을 수 있다는 소문이 있으니까요. 그러니 자연히 마마의 부군이 되실 분은 로이드 전하이거나 마틴 전하시겠지요."

"……."

오! 신이여! 난 아직 남편도 정해지지 않았는데도 불구하고 외국으로 팔려가고 있답니다. 정말 신이 있다면 한 대 후려갈기고 싶다. 아니, 우선은 국왕 폐하이신 아버님의 면상부터 쳐야 할까, 아니면 이 모든 걸 알고 있음에도 불구하고 날 추천한 귀족 녀석들을 족쳐야 할까?

"마마?"

"…계속 말씀하세요."

내가 인상을 쓰자 워렌 자작도 에린처럼 조심스러운 말투로 날 대했다. 뭐, 당연한 거겠지만.

"예, 그럼 이건 대외 비밀입니다만 도착하시면 남이 되실 분도 아니고 어차피 아셔야 할 테니 말씀드리겠습니다. 현재 저희 크레센트 국의 왕실에는 아직 왕세자 분이 책봉되시지 못했습니다. 이유는 일왕자이시자 가장 지지 세력이 많으신 브래드릭 전하가 후궁의 소생이기 때문입니다."

…그놈의 후궁. 보나마나 국왕이 속도 위반 했겠지 뭐. 아니면 왕비를 총애하지 않았다든가. 왠지 심사가 뒤틀린다.

"브래드릭 전하는 속을 알 수 없는 분이기에 뭐라고 말씀을 못 드리겠지만 아마도 다음 대 왕의 자리에는 오르기 힘드실 것 같습니다. 물론 이건 제 생각입니다만……. 그리고 로이드 전하는 너무 심약하신 분이라 군주의 자질이 마틴 전하보다 떨어지는 듯합니다. 마틴 전하는… 성격이 조금 난폭하긴 하지만 군주가 되신다면 국가를 부강하게 하실 수 있을 듯… 합니다. 아마도요."

"…그러니까 삼왕자에게 시집가라고요? 제게 선택권이나 있나요?"

난 진심으로 그에게 물었다. 워렌 자작을 똑바로 노려보면서 말이다. 그러자 그가 잠시 생각하는 듯하다가 내게 말했다.

"아마… 없을 것입니다. 저희 쪽도 예정 외의 사건으로 조금 놀랐으니까요. 그저 예의상 물어본 것뿐인데 이렇게 일찍 마마를 모시고 본국으로 돌아갈 줄은 몰랐으니까요."

물론 그렇겠지. 당신네 나라가 후계자 싸움에 골머리를 앓듯이 우리나라도 이것저것 문제가 많다고. 그리고 나 역시 그 문젯거리 중 하나였고 말이다. 그러니까 이렇게 도매금으로 팔려 나가는 거지.

"어느 분이 마마를 선택하실지는 저도 모르겠습니다. 하지만 한 가지 말씀을 드리자면 혹시라도 이왕자 전하이신 로이드 전하가 마음에 드신다면… 그분을 잘 보살펴 드리십시오."

"…남편을 따르고 내조하는 게 아내의 몫이 아닌가요? 당연한 말씀

좌절의 시작 55

을 하시네요?"

"하하! 이거 제가 한 방 먹었군요. 아직 어리신 공주 마마의 입에서 그런 심오한 말씀이 나올 줄은 몰랐습니다."

뭐 하자는 거야, 지금? 나랑 말 장난 하자는 건가? 어차피 난 선택권도 없다며? 그냥 거기 가서 호의호식하면서 자식이나 낳아주고 인형처럼 사고 치지 않고 조용히 살아주면 그만 아닌가? 타국의 왕녀인 나보고 뭘 어쩌라고?

"로이드 전하는 외로움을 많이 타시는 분입니다. 부디 두 분이 행복하실 수 있기를 바랍니다. 아니, 두 분은 닮은 점이 있으니 분명히 행복해지실 수 있을 것입니다."

"……."

무슨 소리인지 모르겠다. 조금은 이해가 가는 듯하면서도 또 아무것도 이해가 가지 않았다. 뭘 행복해지라는 건지, 이왕자가 외로운 거랑 나랑 무슨 상관인지……. 나중에 시간 나면 생각 좀 해봐야겠다. 내가 그렇게 머리를 굴리고 있자 워렌 자작이 자리에서 일어섰다.

"가시게요?"

"예, 마마. 너무 오랫동안 숙녀의 방에 있는 것도 신사의 도리가 아니지요."

"실례라는 걸 알고 있으면서 할 말은 다 하고 가는군요."

"하하! 아무래도 제가 싫으신가 보군요, 마마. 조금 섭섭합니다."

"흥."

난 다만 잘생기고 느끼하고 바람둥이 기질이 다분한 남.자.를 싫어하는 것뿐이라고. 당신만 싫어하는 게 아니니까 너무 그렇게 섭섭한 표정을 짓지 말란 말이야.

"앞으로… 자주 뵙게 될 것입니다, 마마. 아직 아셔야 할 게 많으니까 천천히 가면서 알려 드리지요."

"그래요, 워렌 자작님. 호의에 감사드리지요."

"대니어스… 아니, 댄이라고 불러주십시오."

"…댄."

내가 그의 애칭을 작게 중얼거리자 그는 만족했는지 씨익 웃으면서 내게 인사를 하고 밖으로 나섰다.

달칵.

문이 열리는 게 보였다. 어라, 저 인간이? 누가 타고난 바람둥이가 아니랄까 봐.

"에린! 여기 치워!"

아아! 저 대니어스인지 댄인지 얼굴만 반반한 바람둥이는 내 방에서 나서자마자 방 앞에서 대기하고 있는 에린에게 수작을 걸었다. 누가 줄 줄 알고? 흥이다! 얼굴이 약간 빨개진 에린과 아쉬운 듯 에린의 뒷모습을 바라보다 발걸음을 돌린 워렌 자작을 보면서 나는 다짐했다. 절대 에린은 남한테 주지 않겠다고 말이다.

워렌 자작이 가고 난 뒤 나는 일찍 자리에 들었다. 그리고 내 방 옆의 작은 시녀 방에 머물고 있는 에린을 내 침대 밑에 이불을 깔고 자라고 명령해서 억지로 내 옆에 붙여놓았다. 음, 지푸라기가 들어간 침대가 더 나을까, 아니면 양탄자 위가 좋을까? 모르겠군. 어디 내가 자봤어야 비교를 하지. 나중에 한번 확인해 봐야겠다.

"으음……."

침대 밑에서 에린이 작게 웅얼거리면서 잠꼬대를 한다. 피곤했겠지,

아마도. 슬쩍 침대 밑을 내려다보니 에린은 두터운 요에—내 침대에 깔려 있는 것과 같은 거다. 내가 시켜서 바닥에다 재우는 건데 이 정도는 해줘야지—적응이 잘 안 되는지 자꾸 몸을 비비 꼬면서 몸을 웅크리고 자고 있었다. 음… 왜 잠이 안 오는 걸까? 피곤하긴 한데 잠이 안 온다. 졸려야 정상인데. 지금은 밤인데. 그래서 잠을 자야 하는 게 맞는데…….
에잇, 몰라!

스륵.

난 이불을 걷어 젖히고는 조용히 일어나 침대에서 내려왔다. 바닥에서 자고 있는 에린을 밟지 않도록 조심하면서 의자까지 걸어간 나는 거기에 앉아서 유리창 밖을 내다보았다. 아무런 장식도 표식도 없는 투명한 창 사이로 울 듯한 표정의 내 모습이 흐릿하게 비치고 그 뒤로 어두컴컴한 마을의 풍경이 보였다.

창밖을 내다보고 있자니 기분이 우울해진다. 생전 처음으로 궁 밖을 나온 것인데도 불구하고 조금도 기쁘지 않았다. 오히려…….

"칫! 웬 눈물이람?"

난 쓸데없이 흘러내리는 눈물을 소매를 쓱쓱 닦아낸 뒤 마실 거라도 없을까 해서 의자에서 일어났다. 내일도 지루하고 지루한 마차 여행이 계속될 테니 좀 늦게 잔다 해도 상관없겠지. 에린이 가져다 놓은 작은 물잔에서 물을 따라 마신 난 괜히 방 안을 배회하면서 이것저것 만져 보고 잘 닫혀 있는 서랍을 빼꼼이 열어보는 등 쓸데없는 짓을 하면서 돌아다녔다. 내 방 밖에는 기사들이나 병사들이 경비를 서고 있을 테니 밖으로는 못 나가겠고 심심하긴 한데 잠은 안 오고. 그래서 뭔가 시간 죽일 거라도 없을까 해서 방 안을 뒤지기 시작한 것이다.

그렇게 한참을 내가 쓸데없는 짓에 열을 올리고 있을 때 갑자기 벽 뒤에서 쿵 하는 육중한 소리가 났다. 오호라! 사건이 나를 부르는구나. 제발 좀 충격적이고 강렬한 걸로 부탁해! 지루해 죽겠거든! 난 급히 문을 열고 밖을 내다보았다. 당연히 문 앞을 지키고 있을 줄 알았던 병사들이 없다. 벌써 처리된 걸까? 흠, 이거 생각보다 위험할지도 모르겠는걸?

너무 강렬했다.
내 방에서 나온 난 조금 열린 옆방의 방문을 보고 살짝 안을 들여다보았다. 방 안에는 망할 댄 녀석이 뭐라고 구시렁거리면서 침대에 앉아 있는 게 아닌가?
"댄?"
"젠장할… 제기랄… 제… 엇? 마마? 여기엔 어쩐 일로……?"
"그건 내가 묻고 싶은 말인데요? 내가 알기로 이 방은 에린이 쓰기로 했던 시녀 방 아니던가?"
난 열려 있는 방문을 밀고 안으로 들어갔다. 물론 들어오면서 문을 살짝 열어놓는 건 잊지 않았고. 혹시나 도망칠 일이 있다면 조금 열어놓는 편이 나으니까.
"아하하! 그게……."
우물쭈물거리면서 머리를 긁적이는 워렌 자작, 아니, 댄. 이 녀석 무슨 생각으로……? 설마?
"설마… 댄 당신, 에린을 노린 거였어요?"
"예?! 서, 설마……. 당치도 않습니다!!"
"흐음……."

두 손을 휘휘 저으면서 고개를 도리질 치는 사내. 조금도 신용이 가지 않는다. 역시 에린을 노린 거였군. 난 미약한 불빛에 번들거리는 이 남자의 식은땀을 보면서 눈꼬리를 살짝 치켜 올렸다.

"이봐요, 워렌 자작! 에린은 이제 겨우 열다섯 살이라고요! 아무리 여자에 굶주려 있다 해도 그렇지 어떻게 저런 아이를 건드릴 생각을 할 수 있죠? 당신은 양심도 없어요? 네?"

"어, 억울하옵니다!"

털썩!

댄이 바닥에 무릎을 꿇고 고개를 떨구면서 정말로 억울하다는 말투로 말한다. 그런다고 내가 믿어줄 것 같나? 바보 아냐? 이 시간에 여자 방에 숨어들었으면 뻔한 거 아니겠어? 알 만한 사람은 다⋯ 흠흠, 난 순진해서 잘 모르지만. 정말로 몰라. 음음, 도서관에 그런 책들이 비치되어 있는 줄은 난 정말 몰랐다고. 아니, 지금 중요한 건 이게 아니지.

"이봐요, 전혀 안 억울한 얼굴로 억울하다고 하면 믿어주고 싶어도 못 믿겠다고요. 알아요?"

"예? 그, 그럴 리가⋯⋯."

댄은 자기 얼굴을 만지작거리면서 진짜로, 진심으로, 정말로 억울하다고 계속 되뇌었다. 훗! 이래서 사내놈들이란 겉으로는 아닌 척하지만 뒤로는 할 짓 못할 짓도 못 가리고 덤벼든다니까.

"당.장. 이 방에서 나가요! 가서 자던 잠이나 주무시지요? 네? 소문 내면 그 낯짝도 들고 다니기 힘들걸요?"

"예. 예, 예. 지, 지금 당장⋯⋯."

내 옆을 지나쳐 허둥지둥 빠져나가는 댄. 느끼하다는 표현을 받아 마땅한 잘생긴 얼굴이 엉망이 되어서 도망쳤다. 하긴 내 시녀를 건드리려다가 들켰으니 당황할 만도 하겠지. 훗, 그러게 날 너무 물로 봤다니까. 자랑은 아니지만… 음… 그냥 자랑이지만 이래 뵈도 눈치 하면 나 아니겠어? 지금까지 살아오면서 갈고닦은 눈치로 아직까지 목을 온전히 붙이고 있으니까 말이야. 내가 눈치없이 둔하게 굴었다면 벌써 옛날에 실크 줄에 목매달았을걸?

"아하하하하하!"

허둥거리다가 엎어져 턱을 부여잡고 뛰어가는 댄의 뒷모습은 꼭 광대의 그것 같았다.

뺀질거리는 얼굴에 통쾌하게 한 방 먹인 난 다시 내 방으로 돌아왔다. 아니, 내가 빌린 방인가? 뭐, 아무려면 어때? 세상 모르고 자던 에린은 아직도 잘 자고 있다. 정말 누굴 닮아서 저렇게 잘도 잘까? 오늘 자기한테 무슨 일이 일어날 뻔했는지 알까?

"쳇."

왠지 입맛이 썼다. 괜히 쫓아버린 걸까? 재수없는 바람둥이같이 보이지만 댄 정도라면 나한테도 꽤 도움이 될지 모르는데……. 시녀 하나와 맞바꾸었더라면 나한테 손해는……. 이런, 무슨 생각을 하는 거야? 꽁!

"미친……. 내가 왜 이렇게 되었는데……?"

난 내 머리를 한 번 더 쥐어박고 흐릿한 달빛이 새어들어 오는 방 안을 몇 번 거닐다가 다시 침대 위로 올라갔다. 이제 자야지. 아무리 내 일도 지겨운 마차 여행이 계속된다지만 하품을 하면서 꾸벅꾸벅 조는 모습은 아무래도 왕족의 모습이 아니니까 말이야.

"자자. 자야지. 잘 거야. 잠들어라."

나는 나에게 명령하듯 중얼거리면서 이불을 덮고 눈을 감았다. 하지만 잠은 안 온다. 미치겠다아! 왜 잠이 안 오는 거지? 꿈 많은 소녀가 잠을 못 잔다는 건 잘 나가는 바람둥이에게 여자가 없다는 말이나 다름없다고! 바람둥이… 바람둥이… 바람둥이의 대표 주자는 커트렌. 망할 자식! 망할 자식의 동료는 대니어스. 커트렌은 부인 킬러, 대니어스는 소녀 킬러. 소녀……. 소녀는 에린. 에린은 내 시녀. 내 유일한 전속 시녀는 에린…….

"아앗!"

벌떡.

얼굴에 찬물을 맞은 듯 정신이 확 들었다. 이럴 수가! 댄 이 망할 자식! 그 자식이 원한 건…….

"나였어! 이런 망할 놈!"

자자. 침착하자. 침착. 침착. 아무리 잘 나가는 외교관이라 해도 남의 나라 왕궁에서 나에 대한 자세한 사항은 알아내기 힘들지. 암, 콩가루 왕궁이라도 그건 불가능하지. 자기 집의 치부를 함부로 떠벌리고 다닐 수는 없을 테니까. 뒤로야 호박씨 깐다고 여기저기 인간들을 심어놓기는 했겠지만 그렇다고 해도 단편적인 정보라면 모를까 좀 더 심층적인 정보는 나오지 않았을 테지. 이건 국가 안보니 뭐니 그런 걸 떠나서 자존심 문제니까. 그렇다고 내 입에서 나에 대한 이야기가 나올 리도 없지. 그렇지 않아도 기분 더러운데 내 약점이 될지도 모를 이야기를 떠들어댈 리가 없잖아? 내 외향적인 모습이야 알 수 있겠지만 나의 능력이나 배경 같은 건 알아낼 수 없었을 테고……. 그렇다면 남은 건 하나. 내 시녀였던 에린. 이 애를 꼬셔서 잘만 설득하면 내가 모르던 일까지도 모조리 캐낼 수 있을 게 뻔하잖아? 이런 간단한 원리를 이제야 생각해 내다니. 바보. 바보. 바보!

"하아~ 괴롭히면 안 되겠네."

이젠 적응이 되었는지 새근거리며 잘도 자고 있는 에린을 내려다본 난 조그맣게 중얼거렸다. 잘해줘야겠다, 이제부터라도…….

"쳇! 그럼 이제 누굴 괴롭히며 이 분한 속을 푼다? 아아아~ 몰라. 잠이나 자야지. 내일 일은 내일 해 뜨고 나서 생각하자고."

다시 자리에 누운 난 눈을 감았다. 궁금증이 모두 풀리고 나자 금세 잠이 온다. 뭐야? 내 정신머리라는 건 도대체 어떻게 되어먹은…….

"쿠울~"

"화창도 하도다!"

하늘이…….

"광활도 하도다!"

대지가…….

"지겹도다!"

인생이…….

"마마?"

창턱에 턱을 괴고 중얼거리는 날 보며 에린이 조심스럽게 다가와서 내 눈치를 살핀다.

"왜?"

"아… 저어…….''

"왜에에에?"

"그, 그게…….''

"왜 불렀는데? 왜?"

"서, 저기……."

더듬더듬……. 속 터져라, 속 터져. 한 대 쥐어박고 싶은 생각이 마구마구 샘솟는다. 그냥 한번 사고 쳐봐? 으휴~ 그럴 수도 없지. 만약 잘못되어서…….

─흑흑.

─아름다운 소녀여, 왜 이런 곳에서 울고 있나?

─왕녀님이 때렸쪄요. 흑흑.

─저런, 이 댄님에게 안기렴. 이 내가 그대의 아픔을 치유해 주마.

…우웩! 상상이라도 소름이 돋는다. 하지만 댄 그 자식이라면 하고도 남지. 그리고 절대절대 있어서는 안 될 일이기도 하고 말이야. 이때쯤 다독거려 줘야겠지? 심술은 아무한테나 부릴 수 있지만 그것도 상대를 봐가며 부려야 하는 법이니까 말이야.

"점심때야?"

"아, 아니옵니다, 마마."

"그럼 잠깐 쉬었다 간대?"

"그, 그게……."

"그럼 심심해서 불렀어?"

심통난 목소리로 말하니까 에린은 더욱더 움츠러드는 모습으로 고개를 푹 숙이고 모기만한 목소리로 말했다.

"시, 심심해하시는 것 같아서……."

"심심해."

"…예에?"

"심심하다고. 나 심심해. 어떻게 해줄래?"

"그, 그게……."

후후후. 1승. 이겼다… 가 아니잖아. 왜 이렇게 삐뚤어진 거지? 그래도 예전엔 이 정도까지는 아니었는데.

"아아! 보이는 건 벌판뿐이요, 푸른 하늘뿐이니 정말 심심하기가 바다와 같구나, 에린."

"네? 마마?"

"나 심심해."

"……."

마차 여행도 벌써 일주일째다. 이 말뜻은 내가 마차를 타고 가면서 에린을 말로 괴롭히는 것만 벌써 열네 번, 아니지, 아직 오후가 아니니까 열세 번째라는 거다. 에린은 그만 괴롭히고 이제 댄이나 불러서 놀려볼까? 으음, 그 녀석도 이제 슬슬 날 피하는 기색이던데……. 하긴 에린이 자고 있던 시녀 방을 덮친 이후로 매일같이 불러다가 은근슬쩍 그때 일을 상기시키며 가지고 놀았으니까 당연한 건가? 좀 더 시간을 들여서 천천히 괴롭히는 거였는데……. 혼자 이런저런 생각을 하고 있다 보니 어느샌가 내 팔은 가느다란 내 턱을 괴고 얼굴은 벌써 창밖을 내다보고 있었다. 이젠 습관이 된 것 같아, 할 일이 없으니 지나가는 풍경만 지루한 표정으로 바라보는 것. 안 되겠다. 이러다가 머리 속에 든 것까지 모조리 날아갈 것 같아. 난 창밖으로 고개를 내밀었다. 있군.

"이봐요!"

창문으로 얼굴을 내밀고 내가 큰 소리로 부르자 저 앞에 마부석 근처에 있던 기사가 내 쪽을 돌아보았다. 각 진 콧수염을 기른 얼굴을 보니 아저씨겠지?

"기사 아저씨! 워렌 자작 좀 불러주세요!"

"…에."

인상 쓴다. 인상 썼다. 저게 왕족한테 인상 쓰네? 아무리 이름뿐인 왕족이라고 해도 말이지. 하긴 우리 나라 사람도 아니니 상관없지만. 그런데 아저씨가 아니었나? 왠지 무지 화난다는 표정이네? 흠.

워렌 자작은 금방 왔다. 하긴 이맘때쯤 지루함에 몸부림을 치다가 부르니 당연하겠지. 학습 능력이 있는 인간이라면 내가 부를 때쯤 근처에 있었을 테니까. 그런데 말을 타고 왔네? 이런, 마차 안으로 불러들여야 마음 놓고 말로 괴롭혀 주는데 말이야. 말을 타고 있으면 무슨 바쁜 일이 그렇게 많은지 자기가 불리해지면 급한 일이 있어서 어쩌구 하면서 말을 몰아서 사라져 버리는데……. 역시 이 인간도 학습 능력이 있긴 있었군.

"무슨 일이십니까, 마마?"
"심심해요."
"예? 하하하!"

난처한 얼굴이 됐다. 됐다. 훗, 저 인간이 난처한 모습을 보이면 왠지 모르게 기분이 좋아진단 말이야? 그런데 댄 이 자식, 또 내 뒤에 있는 에린을 슬쩍 넘겨다 보네? 고개를 홱 돌려 보니 에린이 볼을 붉게 물들이면서 고개를 살며시 내리깐다. 이것들이!

"에린!"
"네, 마마."
"눈 깔아. 고개 숙여. 귀 막아!"
"네에?"

작은 목소리. 실망스러운가 보다. 이게 다 너를 이 바람둥이로부터 지키려는 거야. 고맙다고는 못할망정 그 노골적으로 실망스럽다는 표정은 뭐야? 콱!

"저… 워렌 자작님."

"예, 말씀하시지요."

"오늘도 크레센트 국에 대해서 알려주세요."

"예. 그럼 오늘은 저희 나라의 주요 수출품에 대해서 말씀드리지요."

"에, 좀 더 재미있는 것 좀 알려줘요. 가령 군사 숫자라든가… 군에서 보유한 식량의 양이라든가… 중요 거점 요새라든가 그런 거 많잖아요."

"하… 하하……!"

댄 녀석, 고개를 설레설레 젓는군. 하긴 국가 기밀이겠지? 흠, 하지만 맨날 쓸데없는 음악이 어떻니 그림이 어떻니, 조각이 좋네 나쁘네 하는 것들보다는 흥미롭지 않나? 아닌가? 으음.

"흠흠, 아시다시피 저희 크레센트 국은 이 대륙 인구의 절반을 먹여 살릴 만큼 풍요로운 국가입니다. 개방된 평야와 광활하게 펼쳐진 농지 덕분에 저희 왕국의 백성들은 타 국가의 백성들보다 좋은 생활을 영위하고 있지요. 그 덕분에 저희 왕국이 3대 강국에 들 수 있었던 것이고요."

"음, 그렇겠네요. 우리 나라에서 수출된 엄청난 양의 무기들이 귀국의 병사들을 무장시켜 줄 테니까요."

"…크흠, 풍요로운 대지의 은혜를 입은 저희 나라는 평화롭고 아름다운 강산을 가지고 있으며……."

"일 년 평균 40회의 국지전이 일어난다죠, 아마? 평화롭고 아름다운 강산을 가시고 있으면서 왜 자꾸 시비를 거는 거예요? 궁금해요."

난 정말 궁금하다는 표정을 지었다. 댄의 얼굴이 일그러지는 게 한 대 칠 거 같은 기세인데……. 긁적긁적. 그만 할까?

"그런데요……?"

"예, 마마."

"크레센트 국의 인구가 얼마나 돼요?"

"음, 대략… 국가에 소속된 주민만 800만 명 정도 됩니다. 거기다 노예라든가 농노 같은 하층민들도 있으니 한 천만 명쯤 되겠군요. 아, 그렇다고 북적북적댄다거나 하지는 않습니다. 살기 좋은 곳이 사방에 널려 있기 때문에 한곳에 옹기종기 몰려 있지는 않지요."

이건 우리 로세니아 왕국 수도를 빗댄 건가? 확실히 수도 근교의 인구를 합치면 100만 명쯤 되었지? 옹기종기라……. 음, 우리 나라 전체 인구가 600만 명쯤 되던가? 이것도 타국에 비하면 많은 숫자인데. 크레센트는 그 두 배는 되네? 그러니 강국이라는 소리를 듣지. 크레센트가 로세니아를 지배하게 된다면 대륙 정벌쯤은 장난이겠군.

"그렇네요. 넓게넓게 퍼져 있으니 지킬 곳도 많겠어요."

"그렇… 지요."

끄응 하는 신음 소리가 작게 들려왔다. 그렇게 그냥 당하고만 있지 왜 은근슬쩍 말 돌려서 놀리래? 흥이다.

"하지만 저희의 자랑은 곡창 지대도 인구도 아니랍니다. 대륙에서 가장 예술이 발달한 국가, 그것이 저희 크레센트 국의 자랑이지요. 문화의 선두 주자라고나 할까요? 우후후, 그에 반해……."

내 얼굴을 힐끔거린다. 호오?

"그래요. 우리 나라는 옛날부터 무식하게 검만 휘둘렀죠 뭐. 그건 사실이죠. 그런데 79년 전 슈타덴 협곡 정벌전……."

"침략전입니다!"

"…뭐, 명칭이야 아무려면 어때요? 하여간 그 전투로 크레센트는 전장을 우회한 별동대에게 수도까지 포위되는 수모를 겪었다죠?"

"비겁하게 협정을 깨고 침범한 로세니아의 악행은 세상이 다 알고 있습니다!"

네에, 네에. 하여간 사내들이란 애국심이라는 걸로 똘똘 뭉쳐서 말이야. 자기가 태어나기 수십 년도 전 일을 가지고 괜히 열낸다니까. 에에, 뭐, 이렇게 단순하니까 재미있는 거기도 하지만 말이야. 우훗. 난 씩씩거리는 댄을 노려봤다. 지그시. 오래오래. 생각대로 대니어스 드 워렌, 줄여서 댄의 표정은 분노에서 아차 하는 표정으로, 그리고 금세 내 눈치를 살피는 모습이 되었다.

"그래서 지금 이 내게 언성을 높이는 거예요? 네? 호오! 워렌 자작, 크레센트에선 자작과 왕족이 동급인가 보죠? 아무리 내가 타국의 왕족이라 해도 말이에요. 망국의 왕녀도 아닌데 이렇게 괄시할 수 있는 건가요? 네?"

웃는 표정은 필수. 그래야 댄 놈에게 좀 더 강한 압박감을 줄 수 있을 테니까.

"그, 그것이… 죄, 죄송합니다, 마마. 제가 실언을……"

"정벌전이죠?"

"예?"

"정.벌.전.이.죠?"

"예, 그렇습니다. 예."

고개를 돌리는 댄. 아마 부들부들 떠는 주먹을 움켜쥐고 피눈물을 삼키고 있겠지? 훗! 재미있어라.

"저, 저는 이만… 일이 있는지라……."

"어머나~ 어제도 그제도 그끄제도 저랑 이야기만 나누면 일거리가 생기네요? 저어엉말 바쁘신가 봐요. 제가 바쁜 분 붙잡아두고 너무 실례했나 보군요. 그럼 가보세요. 호호."

"……."

뿌득 하는 이 가는 소리가 들린다. 훗! 그러게 누가 에린 대신 찍히래? 나중에 이용해 먹는 건 이용해 먹는 거고 지금 당장은 놀려먹어야지. 불쌍한 에린 대신 말이야. 후훗.

30분쯤 지났다.

다각다각! 덜컹덜컹!

주변 경관은 변함없다. 젠장.

"심심해……."

왠지 아까부터 자꾸 에린이 눈을 피하는 것 같은데 어쩌지? 에린의 기대에 보답해서 골려줘야 하나, 아니면 앞으로의 관계를 위해서 참아야 하나? 아으~ 괴롭다. 누가 골려줄 인간 좀 보내줘어어어!

"젠장, 이놈의 마차는 말썽도 안 일으키네. 콱 고장이나 나라!"

덜커덩! 쿠당!

갑자기 마차가 덜컹거리며 바닥으로 쑥 내려앉았다. 욱! 혀 깨물 뻔했잖아! 뭐야?

"뭐야?!"

절로 화난 목소리가 튀어나온다. 그 짧은 시간 동안 짜증이 쌓인 건가? 반쯤 기울어진 창밖으로 내다보니 내 코앞으로 둥근 마차 바퀴가

데굴데굴 구르며 지나간다. 어라라라?

"마차가 부서졌다!"

"안에 계신 분들은……?"

"누가 빨리 안으로 들어가 봐!"

"마마, 괜찮으십니까?!"

나 마법사인가 봐. 아니면 점술가인가?

소동은 금방 진정되었다. 부서진 마차에서 내린 나는 에린과 함께 다른 사신이 타던 마차에 올라탔고 그 사신 아저씨는 뒤따라오던 행렬 중 꽤 부유한 상인의 마차를 향해 투덜대면서 갔다. 음, 그럼 그 부유한 상인은 누구의 마차를 빼앗아 타게 될까? 궁금하네? 부서진 마차는 수십 명의 병사들이 개미 떼처럼 달려들어 가도에서 벗어난 길가로 치웠고 마차를 수리할 줄 아는 직공들이 떼로 덤벼들어 마차 축을 뜯어내네 인장을 다시 칠하네 하면서 수선을 떨었다. 그러는 사이에 내가 탄 마차는 앞으로 나가기 시작해서 그들이 작업을 끝나는 모습을 보지는 못했지만 뭐, 알아서 잘 좇아오겠지. 저들은 모두 크레센트 왕국민이니 이 먼 타국에서 뼈를 묻을 생각은 없을 테니까. 그렇게 또 지루한 마차 여행이 계속되었다. 지루해…….

특히 이번엔 내 짐도 없어서 볼 만한 책도 없었다. 있다 해도 덜컹거리는 마차 안에서 두터운 종이 책을 들고 읽을 만큼 인내심이 깊은 나도 아니지만 문제는 심심한 거다. 무언가 사건이라도 났으면 꽉 막힌 속이 뻥 뚫릴 것도 같은데 전혀 아무런 기미도 보이지 않으니 내가 이렇게 답답해하는 것이고 푸념만 늘어난다. 푸념이 계속 생겨난다.

"심심해. 지루해······."

몸이라도 배배 꼬면 좀 나아질까? 하지만 그것도 창밖으로 보이는 호위 기사들이나 내 앞에 앉아서 졸고 있는—간도 크게 말이다—에린에게 보이면 호의적인 눈빛을 받기는 힘들 테니까 참아야 한다. 발가락이라도 꼼지락거려 볼까? 내가 깔고 앉은 쿠션은 얼마나 들어갈까? 음··· 이 카펫은 얼마나 푹신한 거지?

"으······."

절로 미간이 찌푸려진다. 이건 에린이 했던 거랑 똑같잖아! 내가 시녀랑 동급이란 말이야? 이런!

결국 내가 할 수 있는 것이란 지루한 표정으로 창밖을 내다보면서 길가에 지나가는 여행객의 숫자를 세거나 마차 옆에서 달리고 있는 말의 갈기 털 수를 세거나—의외로 어렵다. 움직이니까—하는 사소한 소일거리였다. 무언가 해야지 이러다간 지루함 때문에 머리에 곰팡이가 필 것 같아. 이런 생산성이랑은 거리가 먼 쓸데없는 잡생각을 하면서 가다 보니 어느새 석양이 깔리기 시작해 마차 주위의 기사들과 병사들이 부산스럽게 움직였다. 아아! 드디어 도착했구나. 창문으로 머리를 내밀고 가도를 바라보니 저 멀리 주황빛으로 물든 지평선 너머로 높다란 돌 벽이 흐릿하게 보였다. 이렇게 하루가 가는구나.

'주홍빛 저택'이라는 괴팍 망측한 여관에 도착했다. 미리 예약을 해뒀는지 나와 사신단 일행은 그 고급 여관 안으로 들어갔다. 척 보기에도 저택임이 분명한 이 여관은 아마도 몰락 귀족의 집을 사들여서 개조한 것 같다. 이런 경우가 많지는 않지만 또 적지 않으니 별로 특별할 것도 없지. 숙박비가 다른 곳보다 열 배 이상 비싸다거나 제대로 된 차림이 아니면 아예 받아주지도 않을 것 같은 사소한 일들은 나랑은 상관없다. 왜냐하면 난 '왕족' 이니까. 훗. 그래그래, 난 왕족이지.

"이름뿐인……."

"예?"

내 짐을 들고 졸졸 따라오던 에린이 의아한 목소리로 물어왔다.

"아니야. 신경 꺼."

"예, 마마."

어쨌든 난 왕족이니까 프라이드를 가져야지. 고귀한 혈통을 이어받은 고귀한 몸이 아니겠어? 빌어먹을 고귀한 몸이시니 그에 걸맞는 대우도 받아야 하고 말이야. 저택의 커다란 홀에는 제복을 입은 시종들이 2열로 죽 늘어서서 우리를 맞이하고 있었다. 지배인으로 보이는 늙은 사내가 '어서 오십시오' 라고 말하자 좌우에 늘어서 있던 시종들이 고개를 조아린다. 이거이거, 프라이드는 잊어도 되겠는걸? 웬만한 귀족, 아니, 최소한 부.유.한 후작가 정도는 돼야지 이런 환영 행사를 꾸밀 수 있겠는걸? 어쨌든 실권을 쥔 사신단의 수장보다 직위가 높은 내가 작게 고개를 끄덕여서 답례하자 시종들이 우르르 몰려와서 내 드레스 자락을 잡아준다, 짐을 들어준다, 방으로 안내한다 하면서 수선을 떨어댔다. 내 좌우로 과일 바구니와 찻잔 세트를 든 잘생긴 시종 둘이 뒤따르고 바닥에 질질 끌리는 드레스 자락을 잡아준 시종이 조심스럽게 내 뒤를 따른다. 역시 이 정도는 돼야지 돈 쓰는 맛이 나지 않겠어? 우리 왕궁에서도 이 정도는 아니라고.

"훌륭한 곳이군요. 기억해 두지요."

"영광입니다."

내 뒤를 따라서 2층으로 오르는 댄과 이야기를 하던 지배인이 고개를 숙이며 대답한다. 거의 혼잣말이나 다름없는 말인데도 불구하고 곧바로 반응하는 게 이런 일에 익숙한 것 같다. 하긴 척 보기에도 귀족들만 상대하는 여관일 테니 귀족들의 속성쯤은 착실히 꿰고 있겠지. 그리고 안내된 내 방은 내가 별궁에서 쓰던 방들보다 화려하고 배는 커다란 방이었다. 왠지 초라해지는 내 프라이드는 어디로 가야 하는 걸까?

댄이 자리에서 일어섰다. 의자에서 일어선 댄은 살짝 고개를 숙이면서 예를 취한 뒤 말했다.
"그럼 편히 쉬십시오."
"네, 수고하세요."
난 고개를 끄덕이는 것으로 그를 배웅했다. 문가에 서 있는 에린에게 눈짓을 주기 전에 말이다. 에린도 오랜 여행을 하다 보니까 간이 점점 붓는지 이젠 댄이 오면 문밖이 아니라 문가에 서 있는다. 초롱초롱한 눈을 빛내면서. 그래, 골려달라 이거냐? 누구는 팔려가는 몸이고 누구는 한창 로맨스에 물든 청춘이라 이거지?
"에린!"
"네, 넷, 마마!"
"차 다시 끓여와. 과자도."
"네!"
"늦은 시각에 간식은 좀 삼가하심이……."
"어머~ 걱정 마세요. 먹어도 살찌는 체질은 아니니까. 그런데 아직 안 가셨어요?"
"…예. 쉬십시오."

댄 녀석, 입맛을 다시면서 문을 열고 나간다. '훙이다!' 라고 다시 말해 주지. 저 녀석, 나가면서 '사랑에는 역시 장애물이' 어쩌고 중얼거리는데 한번 쓴맛을 보여주어야 하는 거 아닌지 몰라? 자~ 이제 잠이나 잘까?

한밤중. 사방은 깜깜했다. 반쯤 열린 창문 사이로 흐릿한 달빛이 들어오고는 있었지만 촛불도 없고 기름 등잔도 없으니 방 안은 어두컴컴했고 뜀뛰고 굴러다녀도 충분할 만큼 커다란 방 안은 반대쪽 벽도 보이지 않을 정도로 어두웠다. 그런데 난 왜 자꾸 밤에 깨는 걸까? 지겹다. 아직도 나약한 마음을 버리지 못한 건가?
"우웅……."
내 침대 밑에서 에린이 작게 뭐라고 중얼거린다. 잠꼬대겠지? 설마하니 댄 녀석 꿈을 꾸는 건 아닐까? 나는 슬며시 자리에서 일어났다. 에린이 깨지 않도록. 하지만 이 녀석, 이해할 수 없다. 시녀란 원래 그런 건지 아니면 에린만의 특징인지는 몰라도 내가 이렇게 밤늦게 깨어서 돌아다녀도 한 번도 안 깨어난다. 자는 척하는 걸까? 그건 아닌 것 같은데……. 그때 에린이 히죽히죽 웃으면서 중얼거렸다.
"힛, 댄님……."
키득거리면서 잠꼬대를 하고 있는 에린을 보고 있자니 머리가 아파 온다. 그런 바람둥이 같은 녀석을 좋아하다니……. 머리가 어떻게 된 거 아니야? 아니면 단순한 동경일까? 에린은 아무런 뒷배경도 없던 시녀니까 평민의 아이겠지. 그것도 딸을 팔아야 하는……. 얼마나 받았을까, 그녀의 아버지는? 나처럼 어디 땅덩어리까지는 아닐 테고 한 가족이 일이 년쯤 먹고살 만한 돈을 얻었을까? 흥청망청 써버리면 한 달도 안 가겠지? 그럼 또 딸을 낳아서 팔아야 하나? 홋, 웃긴다.

"너도 나와 같은 신세구나."

중얼거림. 하지만 내 말을 들어줄 아이는 지금 꿈속에서 멋진 왕자님과 데이트하고 있겠지? 그것도 왕궁에서 수도 없이 보고 꿈꿔왔을 그런 멋진 왕자님 말이야. 에린이 정식 시녀라면 아주 어릴 때 들어왔겠지? 대여섯 살? 그쯤? 그 정도는 돼야 다른 잡다한 파리들이 안 붙을테지. 그리고 '교육' 하기도 좋고 말이야. 결국 이 아이도 나랑 다를 게 없는 건가?

"…정말 삶이란 왜 이렇게 피곤한 건지……."

이제 겨우 열일곱인 내가 할 말은 아닌 듯하지만 뭐, 상관없겠지. 누가 듣는 것도 아니고. 술이라도 마실까? 어둠에 적응되고 나니까 앞이 조금씩 보이기 시작한다. 흐릿한 실루엣뿐이었지만 그걸로 충분하지 뭐. 뭐가 어디 있는지는 아까 들어올 때 대충 봐뒀으니……. 난 벽을 더듬으면서 천천히 방 안을 돌아다녔다. 그리고 곧 벽에 걸려 있는 와인들을 찾을 수 있었다. 마치 벌집 모양으로 되어 있는 옷장처럼 생긴 작은 와인 창고를 열어젖히고 거기서 대충 아무거나 끄집어냈다.

"가볍잖아? 쳇!"

빈 병. 이건 누가 마셨으려나? 귀족이겠지 뭐. 빈 병을 대충 비어 있는 자리에 꽂아 넣은 뒤 난 다시 다른 병들을 꺼냈다. 몇 개를 꺼내서 확인한 뒤에야 반쯤 차 있는 와인 병을 찾아내어 병 주둥이에 깊숙이 꽂혀 있는 코르크 마개를 입으로 뽑아냈다.

스퐁~

싸한 와인 향이 내 코를 찌른다.

"불량 소녀야. 한밤중에 일어나서 술이라니……. 삶에 찌든 중년 아저씨 같잖아."

 나는 병 입구에 입을 대고 와인을 조금 마셨다. 와인 특유의 싸한 맛과 함께 코를 찌르는 알콜 향이 입 안에 가득 퍼진다. 이거 독한 거 아닌지 몰라. 내일 아침에 일어나서 숙취를 호소하면 에린이 어떤 표정을 지을까? 왠지 호기심을 자극하는걸?

 꿀꺽.

 목을 타고 와인이 몸속으로 흘러 들어갔다. 찌르르한 감각과 함께 화끈한 무언가가 몸속으로 들어갔다가 온몸으로 퍼지는 느낌이 든다. 목으로 불이라도 뿜어져 나올 만큼 뜨거운 무언가가 뱃속에서 꿈틀대는 느낌. 그러면서 주변이 몽롱해지고 왠지 기분 좋아. 이래서 어른들은 술을 마시는 건가?

 크하! 좋다, 좋아!
 "이힛! 이히힛! 딸꾹!"
 세상이 돈다. 빙글빙글. 몸이 저절로 건들건들거린다. 내 손에 들린 와인 병엔 이젠 밑바닥에서만 찰랑거리는 소량의 포도주만이 남아 있었다. 그걸 마저 처리하려던 난 내 볼에 병 입구를 갖다 댄 걸 느꼈다. 취한 건가? 입에서는 무언가 나도 알아들을 수 없는 말들이 중얼중얼 새어 나오고 마치 내 몸이 내 몸이 아닌 듯한 느낌이 든다. 분명 머리로 손을 들어라 하면 내 손은 눈앞에 나타나는데 그런데도 불구하고 괴상한 이질감이 느껴진다. 꼭 인형극을 할 때 쓰는 꼭두각시 같다. 머리가 움직여라 하고 말하면 그걸 들은 조종사가 실로 연결된 내 몸을 조종하는 것처럼 말이다. 괴팍한 망상. 진짜 취했나 보군. 뭐, 어때? 나도 쌓일 만큼 쌓였다 이거야. 취해서 주정 좀 부린다고 여기서 날 때릴

시람도 말려줄 사람도 없는걸 뭐. 유일하게 나에게 간섭할 수 있는 여자애는 지금 저기서 세상 모르고 자고 있으니까. 아아! 업어가도 모른다는 말은 에린에게 쓰면 딱이겠군. 목이 마르다. 기계적으로 술병을 입에 댄다.

"얼레?"

포도주가 몇 방울뿐이다.

"벌써 다 마신 건가? 딸꾹!"

빈 병을 대충 옆에다 집어 던졌다.

어차피 카펫 위니까 깨지거나 하지는 않겠지. 내일을 위해서 치우긴 해야 하는데 귀찮아. 어떻게든 되겠지. 내가 술 좀 마신다고 에린이 뭐라 할 것도 아니고 말이야.

난 허우적댔다. 벽을 짚으면서 힘겹게 몸을 일으키고 다시 와인 병들을 꺼냈다. 아니, 꺼내려고 했다. 하지만 힘들게 와인 병을 꺼내면 허무하게 바닥으로 떨어진다. 그러길 몇 번이나 했을까? 나는 간신히 묵직한 와인 병 하나를 품에 안다시피 해서 집어 들어 이내 바닥으로 풀썩 주저앉아서는 차가운 돌 벽에 등을 기댔다. 서늘한 한기가 몸속으로 들어오자 정신이 조금 맑아지는 기분이 들었다. 그러면서도 양손은 와인 병으로 향하는 걸 보니 아직 술이 모자란가 보다. 하지만 난 병 안에 들어 있을 와인을 마시지 못했다. 아니, 향기도 맡지 못했다. 이 녀석은 단단하게 밀봉되어 있는 건지 병 입구가 질긴 가죽으로 단단하게 매듭 지어져 있었는데 그걸 떨리는 손으로 겨우 풀어내고 나니까 병 속으로 들어가 있는 코르크 마개가 보였다. 손톱으로도 안 되고 이빨로도 안 된다. 내 손에 들린 차가우면서도 뜨거운 와인을 마시려면 병목이라도 잘라내야 하지만……

"젠장!"

난 거칠게 그것을 집어 던졌다. 바닥에 떨어지자 와인은 퉁 소리를 내면서 카펫 위를 구르다가 다른 병과 부딪쳤는지 쨍 하는 소리를 냈다. 그 소리에 에린이 부스스한 몰골로 몸을 일으켰지만 눈을 몇 번 비비고 두리번거리다가 다시 풀썩 쓰러져 잠이 들었다. 내가 반대쪽 벽에 기대 자기를 보고 있는 줄도 모르고 말이다. 이래서야 원.

흰옷을 입고 있는 에린이 풀썩 쓰러져 엎드린 채 자는 모습을 멍하니 바라보던 나는 슬슬 졸음이 몰려오는 것을 느꼈다. 연신 하품이 나오고 빨리 수마 속으로 자신을 던져 달라는 듯 나른한 기분이 온몸으로 퍼져 나간다. 하지만 왠지 무언가가 모자르다는 느낌. 그렇다고 다시 몸을 일으켜 와인 병을 꺼내기도 귀찮다. 침대 가까지 걸어─아니, 기어간다는 표현이 맞을 것이다─가자니 그것도 역시 귀찮고 그냥 벽에 기댄 채로 자고 싶은 생각이 마구마구 샘솟았다. 하지만 내일 아침 눈을 떴을 때를 생각해 보면 역시 그건 안 될 말. 어찌 되었든 지금의 나는 정숙하고 예절 바른─댄에게는 이미 볼장 다 봤지만─왕녀이니 품위는 지켜야…….

"하암~"

품위고 나발이고 졸린다. 나중 일은 나중에 생각하지 뭐. 난 눈을 감았다.

쿵!

바닥이 울리는 미약한 진동에 난 깜짝 놀랐다. 잠이 깬 건가? 무의식적으로 창밖을 내다보니 검은 하늘에 약간 푸른색이 감돈다. 새벽인가 보군. 그때였다.

"끄으으……."

내 방 밖에서 아주 작은 소리였지만 신음 소리가 들려왔다. 잘못 들었나 싶었지만 분명히, 그리고 똑똑히 들었다. 신음 소리다. 그것도 낮게 깔리는 고통스러운 소리! 마음속에서 본능이 외치고 있었다. 위험하다!

"스으읍~"

숨을 크게 들이쉰다. 가슴이 한껏 부풀어 오르는 느낌을 받으면서 난 숨이 턱 막힐 정도로 크게 숨을 들이쉰 다음 곧 이어 입으로 공기를 내뱉었다. 아주 청량한 목소리와 함께.

"꺄아아아아아아아아! 콜록콜록!"

눈물이 찔끔 났다. 귀도 멍멍하고. 이거 손해가 더 큰 것 같은데? 그래도 효과는 탁월! 엎드린 채 잘 자고 있던 에린이 튕기듯 일어서면서 놀란 표정으로 두리번거리는 게 보일 정도였으니까. 거기다 내 방 밖에서 고함 소리와 비명 소리가 한데 어우러진 소리가 들려왔다. 목적은 달성한 건가?

쾅!

나무로 된 문이 벌컥 열렸다. 오오~ 빠른데, 크레센트 기사들?

"…암살자?"

이건 생각 밖인데? 어쩌지? 내 눈앞에 에린만한 작은 키의 검은 옷을 입은 암살자가 숏 소드와 단검을 든 자세로 서 있었던 것이다. 보통이럴 땐 도망가는 거 아니야? 왜 방 안으로 들어오는 거야? 이게 아닌데……?

"……."

당연하겠지만 상대는 아무 말도 안 했다. 오직 광택 하나 없는 회색의 검들을 가슴 높이로 들어 올렸을 뿐. 예상이 빗나간 나는 급히 몸을 일으키며―다행히 취했던 몸은 잠깐(?) 존 사이에 많이 좋아진 듯했다―바닥에 굴러다니는 빈 병을 들어 올렸다. 조금만 시간을 벌면 된다. 조금만.

피싯!

옷감이 찢기는 소리와 함께 무언가가 내 목 부근을 스치고 지나갔다. 단검? 상대의 한 손이 비어 있는 것을 보아서 단검이 맞나 보네. 땡 하는 금속 부딪치는 맑은 소리가 등 뒤에서 울려 퍼진다.

"누, 누구냐?"

호기롭게 외치고 싶지만 솔직히 무서워. 나보다 작아 보이는 상대인데도 엄청나게 커다란 거인 같다. 으… 심장이 멎어버릴 것 같은 기분이야. 볼을 타고 식은땀이 주르륵 흘러내리는 게 느껴질 정도로 온몸이 민감하게 반응한다. 털이 온통 곤두서는 느낌. 미칠 것 같아. 눈꺼풀이 살짝 감겼다 다시 떠진다. 내 눈앞에서 머리끝부터 발끝까지 검은색 일색인 암살자의 모습이 사라졌다.

"응?"

까앙!

내 손에 허술하게 들려 있던 와인 병이 비명과 같은 소리를 내면서 저만치 날아간다. 귓가로 들리는 서걱 하는 소리와 함께 가슴께에 불에 지지는 듯한 통증이 느껴졌다. 다리 힘이 쭉 빠지는 느낌과 함께 나는 그대로 털썩 주저앉았다. 몸이 벌벌 떨려온다. 무서워. 무서워……. 머리 속은 온통 하나로 통일된 감정에 비명을 질러댄다. 시선을 가슴께로 향하자 흰색 잠옷 사이로 검은색으로 보이는 따뜻한 무언가가 줄줄 흘러내린다. 그리고 다시 고개를 들어 올리자 아까부터 아무 말도 하지 않고 있는―당연하겠지만―그 암살자가 내 앞에 서서 숏 소드를 두 손으로 거꾸로 쥐었다. 나… 죽는 건가?

"꺄아아아악!!"

늦어! 에린의 비명 소리가 귓가에 어른거리긴 했지만 너무 늦잖아! 보통은… 보통은……. 이런 생각은 천국 가서나 해야겠군. 눈을 질끈 감았다. 이를 꽉 물면서.

무언가가 바람을 가르는 소리. 이렇게 죽는구나. 검에 꼬치 꿰이듯 꿰인 채 볼품없는 몰골로……. 마음속으로 죽는다, 죽는다 하는 생각을 하고 있을 때 내 귓가로 살 가르는 소리가 아닌 다른 소리가 들려왔다.

퍼억!

"…으윽!"

낮고 짧은 비명 소리. 하지만 내가 지른 건 아니다. 난 살며시 눈을 떴다. 내 앞에 보이는 검은 바지, 그리고 작은 다리. 탱 하는 소리가 내 옆에서 들렸다. 고개를 돌리니 아까 암살자가 쥐고 있던 숏 소드였다. 뭐가 어떻게 된 거지?

"마마, 괜찮으십니까?"

"암살자다!"

"어서 들어가! 어서!"

암살자의 등 뒤로 기사들의 목소리가 들려온다. 아아~ 천상의 노래가 저런 건가? 고개를 들어 올리니 그 키 작은 암살자는 자신의 등 뒤를 보고 있었다. 달려오는 기사들과 나를 사이에 두고 갈등하는 건가? 그렇다면 이때!

퍼억!

"커흑……!"

배가 찌르르 울리는 느낌과 함께 숨이 턱 하고 막히는 기분… 이 아니라 실제로 숨이 막혔다. 뭐가 어떻게 되는 건지 모르고 난 그대로 모로 쓰러졌고 내 몸 위로 무언가가 날아올라 지나가는 게 느껴졌다. 그리고 바닥에 쓰러진 난 넓고 넓은 방을 가로질러 나에게 뛰어오는 간편한 셔츠 차림의—혹은 얇은 속옷 차림의—기사들의 모습을 보면서 숨을 헐떡였다. 내장이 꼬이는 느낌이야. 아파. 눈물이 줄줄 흘러내리면서 귓가를 적셨지만 고통은 조금도 나아지지 않는다. 죽여 버릴 거야! 저 암살자 자식!!

"왕녀님!"

누군가 내 상체를 들어 올린다. 눈물로 흐릿해진 눈앞에 내가 소녀 킬러라고 공언했던 사내의 모습이…….

"…대… 댄……."

"왕녀님! 괜찮으십니까? 누가 의사를!! 어서!!"

"하악… 더럽… 아니… 무지하… 게 아… 프긴 하지만… 괜… 쿨럭……!"

떠듬떠듬 말하는 중 무언가가 목줄기를 타고 올라온다. 그리고 내 입에서 뜨끈한 덩어리가 뿜어져 나오면서 날 안아 든 댄의 가슴패기를 적셨다. 피인가? 머리가 어질어질한 게 꼭 술에 취한 듯한 느낌…….

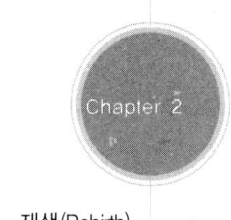

재생(Rebirth)

아넬리안 황후 마마? 그분에 대해서 묻고 싶다고? 좋아, 까짓거. 가르쳐 주지. 뭐, 어차피 알 만한 사람은 다 알고 모를 만한 사람도 다 알게 되는 거니까. 그래, 톡 까놓고 이야기한다고. 나, 황후 마마를 40년을 모셨어. 40년이야, 40년! 내 평생을 바쳤다고! 그런 내게 황후 마마께서 지난 주에 무슨 짓을 했는지 알아? 황궁 소속의 열 살도 안 된 꼬맹이 시종에게 내 이름으로 러브레터를 보냈어! 물론 무단이야. 무단이지! 열 살이면 내 손자뻘이란 말이야! 내 나이가 몇인데! 한창 끓어오르는 청춘도 아니고 말이야. 거기다 난 정상이라고! 그런 내게 황후 마마께서 그런 짓을 했어! 그러니 내가 술 안 마시게 생겼나? 응? 뭐? 강하고 아름다우며 현명하고 정숙? 하하해! 맞는 말이야. 맞긴 맞지. 그것도 아넬리안 황후 마마의 여러 모습 중 하나니까. 하지만 그건 어디까지나 공.직.에서만이야! 사생활은 끔찍해! 황궁을 지키는 기사 중 최고의 엘리트라면 당연히 로얄 가드! 번쩍이는 백금 갑옷을 입고 수많은 아가씨들의 가슴에 불을 지르는 그 멋진 엘리트들인데 요즘 젊은 녀석들은 그 로얄 가드가 되는 걸 기피한다고! 웬 줄 알아? 왜 젊은 혈기가 끓어 넘치는 녀석들이 고귀한 레이디의 손길을 뿌리치고 국경으로 도망가고 요새 도시로 도망가는 줄 알아? 그게 다 황후 마마의 장난에 질려서야! 녀석들이 눈물을 줄줄 흘리면서 내 바지를 부여잡고 애걸복걸한다고! 제발 좌천 좀 시켜달라고 말이야! 황후 마마의 장난이 미치지 않는 곳으로 좀 보내달래! 이게 말이나 되는 소리야?

―제2대 황실 서기관이자 궁중 역사학자인
후렌 경이 집필한 '황실 비사' 중.
―초대 로얄 가드 단장인 크렌 드 마트레인 후작님과의
대담을 가장한 술주정에서 발췌.

재생
(Rebirth)

―대륙력 995년 봄. 국경 도시 훼렌스안의 여관 '주홍빛 저택' 안.

누군가 내 머리 속에 손을 집어넣고 마구 헤집는 듯한 기분이 든다. 머리가 깨질 듯한 두통과 함께 난 서서히 정신이 드는 걸 느꼈다. 귓가로 누군가가 두런두런거리는 소리가 들려오다가 그중 내가 아는 목소리가 있음을 몇 분이 지난 뒤에야 알아챈 나는 여기가 천국이 아님을 깨달았다.

'…살아났군.'

죽어버렸어도 상관없었는데. 어차피 내 가치는…….

"으음……."

절로 신음 소리가 흘러나왔다. 입 안이 바짝바짝 말라오며 목뒤가 타는 듯한 느낌. 겪어보니 별로 좋은 기분은 아니다.

"마마!"

이 목소리는 에린인가? 눈을 뜨려고 했다. 정말 평소에는 잘 느껴지지도 않던 눈꺼풀의 무게가 이렇게 무거운지 난 오늘 처음 알았다. 힘겹게 한쪽 눈을 뜨자 안개가 낀 듯 흐릿한 주홍색 천장이 눈에 들어왔다. 몇 번 눈을 깜빡이면서 잠시 기다리자 시야가 깨끗해지는 것이 느껴졌다. 그리고 내 눈앞에 붉게 충혈된 눈으로 날 내려다보는 에린이 보였다.

"마마! 정신이 드세요? 마마?"

아아! 당장이라도 울 듯한 표정이군. 아니, 벌써 울었으니 저 표정은 당연한 건가?

"…에린……."

"네, 마마! 말씀하세요!"

"……."

"마마?"

"…시… 끄러. 머리… 울리니까… 소리치지… 마……."

고개도 돌리기 힘들다. 목뒤가 뻣뻣해서인가? 난 쥐어짜듯이 말하면서 에린을 노려보았다. 에린은 웃고 있었다. 이 계집애가 드디어 돈 건가? 아니, 미쳤다고 해야 하나? 음… 손가락 하나 까딱하긴 힘들어도 머리 속은 잘 돌아가는군.

"깨셨습니까, 마마?"

"…댄?"

"예, 걱정했습니다. 벌써 3일이나 지났거든요."

"…에린… 물……."

조금도 힘이 들어가지 않는 목소리. 거기다 끝이 갈라져서 새된 소리가 흘러나온다. 몸이 안 좋긴 안 좋은가 보다. 내가 물이라고 말하자 에린은 뭐가 그렇게 좋은지 히죽거리면서 문을 향해 뛰어갔다. 내가 살아나서 그렇게 좋은가? 하긴 여기서 내가 죽어버리기라도 하면 저 앤 갈 데도 없을 테니까.

"좋은 시녀를 두셨더군요."

"……."

시끄럽고, 귀찮고, 어벙하고, 말귀도 못 알아먹고, 굼뜬 시녀라면 하나 알고 있긴 하지만…….

"3일 동안 거의 자지도 않고 마마를 간호했습니다. 아직 어린아이인데도 불구하고 참 대단하더군요. 마치… 사랑하는 연인을 간호하는 아름다운 여인처럼……."

변태! 이놈은 변태다! 그것도 바람둥이 변태! 최고 저질인데다 약에 쓸래도 쓸데없는 변태!

한 손으로 턱을 괴고 멍한 표정으로 벽을 바라보며 묘한 미소를 짓는 댄. 이놈도 내쫓아 버리고 싶어! 내가 이빨을 뿌드득 가는 사이에 에린이 물병을 들고 뛰어왔다. 찰랑거리는 물이 물병에서 튀어나와서 에린의 옷을 적셨지만 전혀 개의치 않는 표정이다. 저거 에린 맞아? 누가 에린의 탈을 쓰고 있는 거 아니야?

"여기요, 마마!"

내가 누워 있는 침대까지 뛰어온—이마에 땀이 송글송글 맺혀 있다—에린은 물병을 내게 들이밀었다.

"…물… 마시다 숨 막혀 죽… 으라고? 끄응~ 아파~"

몸의 감각이 서서히 돌아오면서 온몸의 뼈마디가 쑤신다. 내가 인상을 쓰자 에린은 당황해서 어쩔 줄 몰라 하다가 댄이 뭐라고 소곤거리자 고개를 끄덕이고는 내게 다가와서 가느다란 팔로 상체를 일으켜 주었다. 이런 어린애한테 도움을 받다니. 아넬리안아, 너도 죽을 때가 다 된 게로구나. 아니, 이미 한 번 죽었던가? 뭐, 상관없지만서도…….

"꿀꺽."

물병 속에 들어 있는 물이 입 안으로 흘러 들어온다. 시리도록 차가운 물은 내 몸속으로 퍼지면서 기분 좋은 청량감을 느끼게 해주어 좀 전까지 남아 있던 짜증과 불만이 조금은 사라진 듯한 기분이 들었다.

"…푸우! 그만! 날 익사시킬 셈이야?"

"네? 앗! 죄송합니다, 마마!"

죽을 뻔했다. 진짜로. 숨 막혀서. 정말 저런 녀석이 내 유일한 시녀라니 내가 불쌍해. 진심으로 말이야. 그래도 에린 덕분에 좀 살 것 같다.

난 다시 푹신한 침대에 눕혀졌고 고개를 돌려서 침대 가에 서 있는 댄을 바라보았다. 뭐, 아무 말도 하지 않았지만 그러면 내 의도를 알아챌 만큼 눈썰미가 좋으니까.

"암살자는……?"

"……."

"놓쳤군요."

"…잡았습니다만?"

"……."

그럼 잡았다고 하지 왜 뜸을 들이는데? 지금 환자를 약 올리는 거야, 뭐야? 시원한 물 덕분에 차가워졌던 머리에 다시 열기가 치솟는 게 느껴진다.

"…그래서요?"

"아, 네. 뭐, 암살자니 당연하겠지만 배후는 캐내지 못했습니다. 그리고……."

"그는 죽었나요?"

"아직은 살아 있습니다."

허~ 허탈한 감정이……. 저놈, 일부러 그러는 거야? 그동안 나한테 당한 걸 지금 앙갚음하겠다는 의도인 게 분명해.

"그렇다면 그를 제 앞으로 데리고 와주세요."

"그녀… 입니다만?"

싱글거리는 댄. 아니, 대니어스 드 워렌 자작! 이 자식! 두고 보자! 이건 고의가 분명해! 심증, 물증 모두 있어! 부들부들 떨리는 내 입가를 느긋한 표정을 바라보던 댄 자식은 나한테 살짝 고개를 숙여 예를 갖춘 뒤 방을 빠져나갔다. 짜증이 마구마구 샘솟는다! 으아악!!

"이이이……!"

나의 오른손이 본능적으로 머리맡에 놓여 있는 베개를 들어서 댄이 나간 문가로 집어 던졌다. 반도 못 가서 바닥에 떨어졌지만.

"으극……!"

그리고 그 대가로 난 온몸의 뼈마디가 덜그럭거리는 소리를 귓가로 들으면서 다시 기절해 버렸다. 잠든 게 아니다. 기.절.한 거다.

또다시 내 귀에 두런두런하는 소리가 들려온다. 하지만 난 이번엔 눈을 뜨지 않았다. 대신 귀에 온 정신을 집중했다.

"자네, 도대체 일을 어떻게 처리하는 건가? 저 아… 흠흠, 왕녀님의 신변에 문제가 생기면 자네 목으로 끝나지 않아!"

"그래, 이번 사신단의 실무자는 워렌 자작 자네가 아니었나? 경비를 어떻게 세웠길래 저런 상처를 입게 만드는 겐가? 응?"

"면복 없습니다."

호오, 상관에게 깨지는 전형적인 부관의 모습이로군. 원래 상관들은 아무것도 안 하면서 이래라저래라 시키는 법이고 부관은 그걸 부하들에게 전달하는 게 일이지. 하지만 요즘 상관들은 명령을 내리지 않는다던가? 명령하는 것도 귀찮다고. 윗사람의 권리만 챙기고 의무는 모두 아랫사람에게 떠넘긴다. 거기에 따르는 책임도 함께. 역시 인간은 출세하고 봐야 한다니까.

"후우, 지나간 일은 할 수 없고, 왕녀님의 건강은 어떤가?"
"좀 전에 잠깐 정신이 드셨습니다."
"그런데 왜 지금은 자고 있는 거지?"
"피곤하셨나 봅니다."
"피곤? 3일이나 내리 잠만 잔 사람이? 덕분에 우리 일정이 얼마나 헝크러졌나? 응?"
"죽음과 맞서서 사투를 벌이신 것입니다. 남자도 참기 힘든 고통을 이겨내고 살아난 것입니다. 그 정도 무리를 하셨으니 좀 피곤하신 거겠죠."
"흥! 뭐가 거창하게……. 어차피 팔려가는 주……."
"쉬잇! 목소리를 좀 낮추십시오. 잘못해서 다른 이의 귀에라도 들어가면……."
"흠흠, 그렇군. 하여간 여행엔 무리없겠나?"

나를 가리키는 말이겠지? 당연하겠지만서도…….

"확신할 수는 없지만… 아마도 하루나 이틀 정도는 더…….'
"이런, 쯧쯧……. 안 그래도 바쁜 여정이건만……."

으윽! 눈썹이 꿈틀거렸다. 입도 잠깐 실룩거렸는데. 나 깬 거 알아챘으려나? 그나저나 외교관이라는 저 두 녀석, 정말 맘에 안 드는 소리만 골라서 하는데? 뭐, 바쁜 여정? 열흘이면 갈 거리를 두 배로 늘려서 잡아놓고 뭐라고? 지금 사람 인내심 시험하는 건가? 거기다 뭐? 거창? 나, 죽었다 살아났는데 한다는 소리가 고작 이따위인 거야? 크아악! 열 받는다!

"으으음······."

난 입으로 작은 신음 소리를 내보내면서 몸을 돌렸다. 댄 녀석 등에게 등을 보인 채 난 새빨갛게 달아오른―열기가 머리끝까지 치밀어 올랐나 보다―얼굴을 가리고 온 정신을 귀로 집중했다. 몇 분간 방 안은 조용했다. 하지만 내가 잠결에 뒤척인 것이라고 생각했는지 다시 외교관 녀석들이 입을 열었다. 그러고 보니 댄도 외교관인데 몽땅 싸잡아서 말해 버려도 되는 걸까? 뭐, 우리 나라 외교관도 아닌데 어때? 상관없지.

"하여간 돌아가서 문책당할 각오를 단단히 하게. 그리고 왕녀님이 깨어나면 바로 연락하고. 그럼."

"예."

짧은 댄의 대답을 끝으로 그들 간의 대화는 끝난 듯 곧 이어 방문이 열렸다가 닫히는 소리가 들려왔다. 그리고 작은 한숨 소리······. 댄도 보기와는 다르게 힘든 일이 많은가 보네? 응? 등 뒤에서 인기척이······?

"후우······."

"히익!!"

귓가에 뜨거운 입김이······.

"무슨 짓이얏!"

난 화들짝 놀라서 몸을 일으켰다. 고개를 돌리니 싱글거리는 댄의 얼굴이 아주 가까이, 코가 닿을 만큼이나 가까이 있었다. 우와아아아!!
"꺄악!"
이불을 목 위까지 끌어 올린 나는 급히 침대 반대 편으로 기어가서 입꼬리를 말아 올린 채 득의양양한 표정을 짓고 있는 댄을 노려보았다. 표독스럽게—성깔있어 보이게—그를 노려보았지만 느물느물한 댄 녀석은 전혀 동요하지 않는 듯한 얼굴로 나를 보면서 웃고 있었다.
"몸놀림을 보니 이제 멀쩡하신가 보군요."
"…으으……."
뿌드득.
이가 갈린다. 이 자식! 감히!
"다, 당신 지금 누구한테 뭔 수작을 부린 건지 알기나 해?"
"네."
"그, 그럼 당신이 날 희롱했다고 말해서 목이 잘리게 만들어 버릴 거얏!"
"목까지 붉어지셨습니다, 마.마."
새하얀 치아를 드러내고 웃는 댄. 패주고 싶다. 패주고 싶다. 패주고 싶다. 패주고 저 잘난 면상이 돌 바닥에 떨어진 늙은 호박처럼 되게 만들어주고 싶다앗!
"나한테 무례를 범하고도 용서받을 수 있다고 생각하는 거… 요?"
반말이 튀어나올 뻔했네? 예절에 어긋나잖아. 난 뒷말을 급히 바꾸면서 댄을 노려보았다. 내 딴에는 싸늘한 눈초리로 노려본 건데 저놈은 얼굴에 철판을 깐 건지 히죽거리는 걸 멈추지 않는다. 왠지 혼자 열 내는 것 같아 손해 보는 듯한 느낌이 마구 든다. 내 말에 잠깐 고개를 갸우뚱거리면서 생각하는 '듯' 하던 댄이 다시 씩 웃으면서 대답했다.

"예. 마마라면 용서해 주실 겁니다. 분명히."

"……."

저… 저… 기가 막혀서 말도 안 나와! 내가 반쯤 입을 벌리고 어이없어하는 걸 보면서도 댄은 전혀 개의치 않고 자기 할 말만 했다.

"마마의 몸에 생긴 검상은 그리 심각한 상처는 아니었습니다. 물론 고귀하신 레이디의 몸에 상처가 난다는 것 자체가 인류에 대한 크나큰 손실이요, 모독인지라 상처 자국 하나 없이 치료했습니다만 암살자들이 쓰는 무기엔 언제나 독이 묻어 있다는 것을 잠시 간과해서 큰 과오를 범할 뻔했습니다."

"…독?"

하긴 그렇겠지. 암살자들은 목표를 확실하게 죽여야 하니까. 암살자들이 쓰는 무기에 독이 묻혀 있는 건 당연한 거다. 그들은 대련을 하는 것도 결투를 하는 것도 아니니까 말이야.

"거기다 그 독이 부패독이어서 치료가 상당히 힘들었습니다. 다행히 앞 여관에 고위 프리스트가 묵고 있어서 큰 도움을 받았습니다. 그분이 없었다면 아마도 끔찍한 일이 벌어졌을 것입니다."

부, 부패독? 왜 그런 걸……? 부패독은 여러 종류가 있지만 가장 대표적인 게 시체가 썩을 때 나오는 독이다. 흔히들 시독이라고 부르는 것. 확실히 독으로 사용할 수 있는 물건이긴 했지만 다른 치사성 독물―사자도 5초 만에 저 세상으로 보내 버린다고 하는―에 비해서 위력이 현저히 떨어지는 편이다. 그보다는 그 독에 중독되었을 때 입는 후유증이 몇 배는 위험하지. 부패독이 살 속에 파고들면 상처 부위가 부패하기 시작해서 고름과 진물이 흘러나오고 살이 썩어 들어가기 시작하면서 봄속을 엉망으로 만들어 버리니까.

"…끔찍해."

"네, 그렇습니다. 위험하기도 위험하지만 여타 다른 독과는 다른 부패독만의 특징은 지독하지요."

만약 내 얼굴에 상처가 났다면 자칭 로세니아 최고 미녀는 한 일주일쯤 뒤에 로세니아 최고 추녀로 탈바꿈했을 거다. 인간의 형상이 아닐 테니까. 절로 미간이 찌푸려진다. 죽기보다는 추한 몰골이 되어서 평생 고생하라는 뜻인가? 만약 내가 독에 당해서 얼굴이 봐주기 힘든 모습이 된다면 국가 간의 혼담 건은 물 건너가 버릴 테고 난 높은 담장으로 둘러쳐져 있는 수녀원이나 아래를 내려다보기 무서울 만큼 높다란 탑 꼭대기로 유배되겠지.

"도대체 누가……?"

"배후는 저도 모르겠습니다. 제 추측입니다만 어쩌면 저희 본국에서 보낸 암살자일지도……."

"네? 설마……?"

"아닙니다. 물증은 없지만 심증은 확실합니다. 마마께는 죄송스러운 말이지만 역시 왕족과 결혼할 상대는 자국의 고위 귀족가에서 나오는 게 정당한 순리가 아니겠습니까?"

"하지만 벌써 알려졌다고요? 이제 겨우 일주일이 좀 지났을 텐데……?"

"원래 정보는 빨리 퍼지고 빨리 도는 법입니다."

그런가? 하긴 소문은 정말 빨리 퍼지지. 그 넓은 왕궁에서도 누가 연애를 한다거나 아이를 가졌다는 소문은 단 하루 만에 수도 안에 쫘악 퍼질 만큼 확산 속도가 빠르니까.

"그러므로 앞으로 좀 더 경비에 신경 쓰겠습니다. 마마께 불행한 사고라도 일어난다면 양국 간의 관계가 굉장히 나빠질 테니까요."

"……."

"조금 있다가 아까 말씀드린 암살자를 끌고 오겠습니다. 쉬고 계십시오."

"…그러죠."

댄은 자신있는 표정으로—꼭 오랜만에 도전을 받은 챔피언 같은 얼굴이다—나에게 인사를 하고 방을 나갔다. 하지만 당신은 틀렸다고. 나에게 암살자를 보낼 만한 인간은, 그것도 나를 완벽하게 망가뜨리고 싶어 하는 인간은 이 로세니아에 있는 인간이 분명해.

"커트렌 폰 노베른."

날 이 꼴로 만들고 죽기 직전까지 몰아넣은 인간. 나에게 원한을 가지고 있고 또한 나도 진심으로 죽여 버리고 싶다는 생각을 하게 만드는 인간. 그놈이야! 여자의 직감으로 말하건대 그놈이 분명해! 죽여 버리겠어!

"복수하겠어. 힘을 길러서. 천천히 조금씩 괴롭히다 죽이겠어!"

난 이를 갈면서 복수를 다짐했다.

신이여, 이 죄 많은 소녀를 용서하소서.

난 당신을 믿지는 않지만 그래도 예의상 이런 말은 해야 하겠지? 신의 이름으로 복수를 다짐한다. 커트렌! 네놈은 내 손으로 죽여 버릴 테다.

잠도 안 온다. 하긴 삼 일이나 내리 잤다고 했으니 잠이 올 리가 없겠지. 그렇다고 일어나서 방 안을 헤집고 다닐 만한 기력도 없으니 이것도 피곤한 일이다. 지루해 죽겠는데 몸은 움직일 수 없고 그렇다고 불러다가 노래라도 부르게 만들 만한 인간도 없고 말이야. 댄 녀석은 조금 뒤에 온다고 하더니 두어 시간—내 느낌상 그 정도 된 듯했다—이 지나도록 코빼기도 내비치지 않는다.

"…에린! 에린!"

"네, 네, 마마!"

내 방 옆에 딸려 있는 작은 방에서 대기하고 있던 에린이 헐레벌떡 뛰어온다. 맨발인 것 같은데? 양탄자가 깔려 있으니 상관없겠지만…….

"홍차! 우유 듬뿍 담아서!"

"네!"

에린이 생글거리면서 힘차게 대답한다. 저게 내가 자길 구박할 힘이 없다는 걸 알아챈 건가? 왠지 기력 넘쳐 보이는 게…….

"그리고……."

"네? 또 시키실 일이라도……?"

"있으니까 다시 부른 거 아니야!"

"네, 마마."

짜증이 팍 난다. 저 녀석이 싱글거리니까 왠지 기분 나쁘잖아! 남은 아파 죽겠구만!

"가서 댄, 아니, 워렌 자작 좀 불러와."

"네!"

싱글거리면서 뛰어가는 에린의 발걸음이 매우 가벼워 보이는 건 내 눈만의 착각인가? 역시 저 어린 녀석은 이미 변태 바람둥이의 마수에 빠져든 게 분명해. 앞으로 주의 깊게 살펴야지. 훗. 대앤~ 감히 내 시녀를 노려? 웃기지 말란 말이다. 절대 안 줘! 아니, 못 줘! 에린 녀석은 내 거야!

워렌 자작은 에린이 부르러 간 뒤 얼마 지나지 않아서 내 눈앞에 나타났다. 그의 옆에는 완전 무장을 한 채—두터운 가죽 튜닉에 번쩍이는 하프 플레이트 갑옷, 거기다 롱 소드와 카이트 실드까지. 저기에 투석기만 있으면 공성전 하러 가도 될 것 같은 모습이다— 뒤따르는 기사와 그 기사의 손에 거칠게 끌려 들어오는 작은 몸집의 소년? 소녀? 아마 소녀겠지? 댄 녀석이 그.녀.라고 칭하며 나를 놀렸으니까.
"암살자?"
"네."
"…어리군요."
"그만큼 더 위험하지요. 방심하게 되니까."
댄의 말대로 내 눈앞에 있는 소녀는 암살자라는 직업을 천직으로 삼기엔 여러모로 모자라 보이는 아이였다. 부엌칼이라도 쥐어봤을지 궁금할 정도로 어린아이. 열 살이나 되었을까? 밤에 보았을 때는 몰랐는데 이렇게 밝은 데서 보니까 정말 왜소해 보인다. 하지만 그때는 나보다 배는 커다란 거인처럼 보였는데……. 양팔뿐만 아니라 팔목까지 몇 겹의 튼튼한 밧줄로 묶여 있고 양발에는 쇠사슬로 급조한 수갑처럼 보이는 게 채워져 있었다. 가슴 쪽으로 모아진 두 손에는 마로 만든 질긴 천 쪼가리가 몇 겹으로 둘둘 묶여져서 손가락 하나 움직이지 못하게 만들어놨다. 저래서야 밥이라도 먹으려면 누가 떠먹여 줘야겠군. 나는 댄에게 소녀를 내 앞으로 데려오게 시켰다. 철그럭거리는 쇠사슬을 질질 끌면서 내 앞에 끌려와 꿇어앉혀진 소녀는 잡힌 몸답지 않게 나를 정면으로 노려보았다.

"이름은?"

"……."

"이 자식! 감히 어느 안전이라고!"

퍽!

"크으……."

나를 노려보던 그 소녀는 등 뒤에 서서 감시하던 기사의 발길질에 얼굴을 바닥에 처박았다. 손이 없으니 그대로 처박히는 수밖에. 여자한테 너무하는 거 아니야? 그런데 이 아이가 여자 아이라는 건 어떻게 알았지? 겉으로 보기엔 남자 아이인지 여자 아이인지 알아보기 힘든데.

기사의 거친 손길에 암살자 소녀는 다시 나를 바라볼 수 있게 되었다. 코끝이 붉은 걸 보니 꽤나 아팠겠는걸? 아무리 양탄자라고 해도 온 힘을 다해 처박으면 굉장히 아플 거다. 돌 바닥이니까.

"이름은?"

"……."

역시나 대답이 없다. 난 다시 소녀를 발로 차려는 기사를 손짓으로 제지하고는 그 아이를 노려보았다. 마주 노려보던 소녀는 어느새인가 슬그머니 고개를 숙이고는 입을 꽉 다물었다. 무릎 꿇린 채 고개를 숙이니 남자처럼 짧은 머리가 내 눈에 들어온다. 불타오르는 듯한 붉은색 머리카락과 붉은빛이 도는 눈동자를 가진 그 소녀는 마치 야생 고양이 같은 느낌이 들었다. 에린은 마치 귀족가의 저택에서 키우는 흰 털이 복실복실한 애교 많은—이라고 하긴 힘들지만—애완 고양이라면 이 아이는 야생의 본능으로 살아가는 길들여지지 않은 고양이 같다. 소녀의 뒤에 서 있는 기사에게 손짓하자 그가 붉은 머리카락을 한 움큼 움켜쥐고는 뒤로 당겼다. 으, 무지하게 아프겠는걸? 실제로도 굉장히 아프지 소녀의 입에서 작은 신음 소리가 흘러나왔다. 그렇게 올려진 소녀의 얼굴은 고통으로 일그러져 있었고 좀 전 나를 노려보던 눈빛도 많이 죽어 있었다. 나는 고통으로 일그러진 소녀를 노려보면서 천천히 입을 열었다.

"이름은?"

"……."

"워렌 자작."

"예, 말씀하십시오."

"됐으니까 데려가요."

"심문은 끝나신 것입니까?"

"심문이고 뭐고 할 게 있을까요?"

애초부터 암살자가 입을 열길 바란다는 것 자체가 잘못이겠지. 비밀 엄수야말로 암살자의 기본 자세이니까. 난 아직도 소녀의 머리카락을 움켜쥐고 있는 그 기사에게 손짓했다. 그제야 소녀에게서 손을 뗀 크레센트 기사는 소녀의 뒷덜미를 잡고 거칠게 잡아당겼다. 그러자 작은 신음 소리를 내뱉은 소녀는 흔들리면서 들어 올려졌다. 그 기사의 뒤로 고개만 빼꼼이 내민 에린이 댄 녀석의 뒷모습을 보면서 얼굴을 붉히는 게 보인다. 으… 저 맹한 데다 눈치조차 없는 것이 어떻게 그 험하디험한 왕궁에서 살아남았는지 모르겠다. 시녀장이 치매라도 들린 건가? 에린 녀석, 댄을 보고는 싶은데 방 안 분위기가 험악해서 쭈뼛거리는 게 다 보인다. 저 녀석도 교육이 필요하겠어. 자리에서 일어나면 좀 괴롭혀야지.

"그럼 저희는 물러가겠습니다. 푹 쉬십시오, 마마."

"그래요."

나는 관심없다는 듯이 손을 내저어서 빨리 나가라고 재촉했다. 그때 지금까지 입을 꾹 다물고 있던 소녀가 갑자기 말을 했다.

"…렌……."

"뭐?"

"…카렌."

카렌? 그게 이름인가?

"네 이름이 카렌이냐?"

"……."

소녀가 작게 고개를 끄덕인다. 흠, 왜 갑자기 마음을 바꾼 거지?

"그래? 그럼 카렌, 나이는?"

"…열네 살."

"흠, 좋아. 그럼 마지막으로 묻겠는데 넌 암살자라는 직업이 좋아?"

"……."

머뭇거리는군. 하긴 갑자기 이런 질문을 하면 나라도 잠깐은 당황하겠지. 난 눈동자가 떨리고 있는 카렌을 지그시 바라보면서 웃었다. 소녀는, 아니, 카렌은 꽤 오랫동안 멍한 표정으로 천장을 올려다보다가 이내 나를 똑바로 쳐다보았다. 그리고는 작게 고개를 내저었다. 좋았어!

"워렌 자작, 제 볼일은 끝난 것 같군요. 데려가도록 하세요."

"예, 마마."

"아참, 그리고 거기 기사 아저씨!"

어라? 저 카렌을 들고 있는 기사의 안면 근육이 꿈틀거리는 느낌이……. 거기다 비어 있는 왼손을 부들부들 떠는데?

"마마, 미천한 자의 무례를 용서하십시오!"

에? 뭔 소리를 하는 거야, 저 녀석?

털썩!

그의 손에 들려 있던 소녀가 바닥으로 떨어졌다. 저 애도 갑자기 태도가 변한 기사의 모습에 놀랐는지 의아해하는 표정이다. 머리에 쓰고 있던 투구까지 벗어서 겨드랑이에 낀 그 녀석은 나를 노려보면서 성큼성큼 다가왔다.

"크렌!"

"죄송합니다, 워렌 자작님! 하지만 전 교수형을 당하더라도 할 말은 해야겠습니다! 아넬리안 마마!"

뭐, 뭐야! 무섭잖아! '가까이 다가오지 마'라고 소리치고 싶지만 솔직히 몸이 굳어서 입이 떨어지지 않았다. 그는 내가 있는 침대까지 성큼성큼 걸어와서는 나를 똑바로 쳐다보며 울분에 찬 목소리로 소리쳤다.

"전 이제 겨우 스물두 살입니다! 거기다 아직 레이디의 손조차 잡아본 적 없는 숫총각이란 말입니다! 억울합니다! 정말 억울합니다!"

"크렌, 너 이 녀석!"

시뻘게진 얼굴의 댄이 목에 핏줄을 세우고 소리치는 크렌이라는 그 기사의 팔을 잡더니 방 밖으로 끌고 나갔다. 뭐야, 이 상황은……?

"저… 마마."

"응?"

"이 아이는 어떻게 할까요?"

어느새인가 방 안으로 들어온 에린이 쭈뼛거리면서 누에고치처럼 꽁꽁 묶여 있는 소녀를 가리켰다. 방 밖에서는 댄의 고함 소리가 들려온다. 불쌍한 하급자 하나가 또 성질 더러운 상관한테 깨지는구나.

"홍차나 더 타와. 음, 네 것하고, 카렌이라고 했던가? 이 아이 것까지 같이."

"예."

뭐가 뭔지는 모르겠지만 뭐, 상관없겠지. 하지만 좀 억울한걸? 아저씨라고 한 번 한 걸 가지고 목에 핏줄을 세우면서 악을 써대다니 말이야. 나중에 화풀이라도 해야지 원. 이거 복수거리도 안 되는 자잘한 복수가 점점 늘어나잖아?

우유가 듬뿍 들어간 진한 홍차를 마시면서 마음을 가라앉혔다. 아아~ 살 것 같은 이 기분. 역시 홍차는 머리를 맑게 해주는 것 같아.

"뜨거우니까 조심해서 마셔."

내 앞에서 에린이 카렌에게 찻잔을 기울여 주고 있다. 카렌의 양손은 아직도 단단히 묶여 있는 상태였기에—그렇다고 내가 함부로 풀어줄 수도 없다—에린이 나한테도 안 하던 차 시중을 들어주고 있는 것이다. 저 애, 오늘 호강하는군. 훗! 그건 그렇고 몸이 나으면 또 마차를 타야겠군. 우~

"아!"

"예? 뭐라고 하셨나요?"

"아니야, 아무것도."

에린이 고개를 갸우뚱했지만 이내 카렌에게 찻잔을 들이밀었다. 처음엔 작은 몸짓으로 거부하던 카렌도 이젠 잘 마시네? 차차 적응하겠지. 그건 그렇고, 아까 그 크렌이라는 기사, 왠지 어디선가 본 듯한 얼굴이었는데 생각해 보니까 내 마차 바로 옆에서 날 호위하던 기사였다.

그것도 마차에 딸린 창문 바로 옆이었기 때문에 매번 댄 녀석을 부르러 갔던 기사였을걸? 그 기사한테 부탁할 때 늘 '아저씨'라고 했으니 쌓인 걸까? 쌓였겠지. 음, 그런 거군. 역시······.

그 뒤 카렌이라는 아이는 씩씩거리면서 들어온 댄이 끌고 가버렸다. 그리고 나서는 심심함의 연속. 하긴 늘상 심심하긴 했지만 말이야. 창밖을 내다보니 밖이 어둑어둑해지는 걸 봐서 저녁때가 다 된 것 같았다. 으음, 또 이렇게 하루가 가는구나. 늘 생각하는 거지만 정말 난 아무것도 안 하고 사는 것 같단 말이야? 무언가 미칠 정도로 매진하는 일이 있었으면 좋겠는데······.
"저녁 식사는 어떻게 할까요, 마마?"
"알아서 가져와."
"네."
공손히 대답한 에린은 내 눈치를 살피면서 문밖으로 나갔다. 에린이 나갈 때 보니까 기사들이랑 병사들이 복도에 서 있던데 저 사람들은 피곤하지도 않은가? 뭐, 직업이니까 그렇겠지만서도······.

우아악! 에린이 가져온 저녁 식사라는 걸 집어 던져 버리고 싶은 욕망이 가슴속에서 끓어오른다. 뭐야, 이건? 스푼으로 아무리 휘저어봐도 걸리는 게 하나 없는 희멀건 수프라니? 거기다 간도 안 돼 있어! 그것도 모자라서 쓴맛이 지독하게 난다. 이런 걸 먹으라는 거야?
"···에린."
"죄송합니다, 마마. 하지만 벌써 삼 일이나 제대로 식사를 못하셔서 부담되는 음식은 드시면 안 된다고 신관님이 말씀하셨어요."

"그렇다고 이런 걸 나보고 먹으라는 거야?"

"하지만……."

"하참, 정말… 내 꼴이 왜 이렇게 된 거지?"

이름뿐이긴 하지만 그래도 명색이 왕녀인데다가 17년 동안이나 왕궁에서 살아왔다. 매일같이 산해진미를 맛본 건 아니지만 그래도 잘 먹고 잘살아왔기에 나의 미각은 꽤 까다로운 편에 속할 것이다. 그런 내게 이따위 돼지죽이나 다름없는 걸 먹이려는 거냐? 응?

"……."

에린 녀석, 내가 노려보자 고개를 푹 숙인다. 하긴 저 녀석도 조금 맛봤을 테지?

"뭐, 좋아. 먹으라면 먹어줘야지. 가서 벌꿀이라도 좀 가져와. 뜨거운 물에 진하게 타서!"

"네!!"

후다닥 달려나가는군. 내가 그렇게 무섭게 구는 건가? 음, 난 뜨거운 수프를 천천히 식혀가면서 조금 떠먹어봤다. 절로 미간 사이에 주름이 지는 맛. 거기다 먹으면 먹을수록 쓴맛이 진해진다. 도대체 뭘 넣고 만들었기에 이런 맛이 나는 거야? 으… 도저히 먹고 싶은 마음이 안 들게 만드는 물건(?)이었지만 그래도 먹어야겠지? 스푼으로 휘젓고 입으로 후후 불어서 좀 식은 수프를 난 한 손으로 들어 올렸다. 그리고 다른 손으로 코를 꽉 쥔 뒤에 그대로 마.셔.버.렸다.

"…크학!"

속이 울렁거린다. 넘어올 것 같아! 눈물이 절로 글썽거리네.

한 손으로 입을 막고 신경질적으로 수프 그릇을 내려놓자 에린이 뜨거운 김이 올라오는 찻잔을 들고 들어왔다. 내가 막 신경질을 부리려는 찰나 에린의 뒤로 또 다른 사람들이 우르르 몰려와서 난 고개를 돌려 버렸다. 표정 관리, 표정 관리, 표정 관리······.

"마마, 여기······. 그리고 신관님과 댄님이 오셨는데······."

라고 하면서 우물쭈물거리는 에린. 이것도 날 놀리는 건지······.

'한 대 쥐어, 아니, 한 대 정도로는 부족해. 두어 대, 아니, 수십 대'라고 속으로 중얼거리는 건 중얼거리는 거고 나는 이제 지겹게 보아왔고 앞으로도 지겹게 보게 될 댄 녀석의 면상을 힐끔 바라본 뒤 그의 옆에 서 있는 신관을 바라보았다. 음, 중년이란 저 정도 나이 먹은 사람을 말하는 건가? 굵은 얼굴 선과 진갈색의 짙은 눈썹, 세월의 풍파가 스쳐 지나간 주름진 이마 등등은 별로 눈에 들어오지 않는다. 190㎝는 될 법한 거대한 장신에 에린의 허리만큼이나 두꺼운 팔뚝. 누가 보면 신관이라기보다는 투 핸드 소드를 휘두르는 워리어라고 생각하겠군.

"아넬리안 마마, 일전에 도움을 주신 신관님이십니다."

"귀하신 분을 뵙게 되어 영광입니다. 빛의 영광과 함께하시길······."

그렇게 말하면서 살짝 고개 숙여 예를 표하는 그 신관 아저씨. 이번엔 아저씨 맞겠지?

"목숨을 구해주신 은혜, 저야말로 감사드립니다. 그런데 성함이 어떻게 되시는지······?"

"하하하! 저희 같은 미천한 신도에게 무슨 이름이 있겠습니까? 고귀하신 빛과 영광의 비젠님께서 하사하신 테세온이라는 세례명만이 있을 뿐입니다."

비젠? 그리고 보니 그의 가슴패기에 그려진 문양이 보인다. 워낙 관심이 없던 터라 잊고 있었지만 빛과 영광의 신 비젠은 로세니아의 국교다. 비젠의 본단이 로세니아에 있을 정도이니까. 특히나 왕족들이 비젠 신을 열광적으로 찬양하는데 이는 왕을 신의 대리인으로서 다른 우매한 민중들을 지도해 좀 더 나은 세상을 만들게 해준다는 교리 때문이다. 실제로는 영 아니지만 권력을 쥔 자들에겐 우려먹기 좋은 교리이니 어느 나라가 싫어할까. 하지만 신도들은 많다. 그것이 신의 힘을 강하게 해주는 것이겠지.

"네, 테세온 신관님. 이 목숨을 구해주셔서 거듭 감사드립니다."

나야 죽든 살든 상관없지만 그래도 예의는 예의니까. 그래도 이 아저씨는 속세의 때가 덜 탄 것 같다. 눈을 보면 알 수 있거든. 왕족을 구해주는 매우 이득이 되는 '헌신적인' 행위를 하고도 테세온이라는 신관은 별로 자랑하는 기색이 없다. 당연한 일을 했다는 듯한 표정이랄까?

"몸은 괜찮아지셨습니까? 당하신 독의 성격이 워낙 악랄한 것이라 후유증이 좀 남아 있을지도 모르니 당분간 푹 쉬시는 것이 좋습니다."

"네에."

나는 대답한 뒤 댄을 힐끔 쳐다봤다. 말은 안 하지만 댄 녀석, 약간 난처한 표정을 짓는 걸로 봐서 이 이상 여정을 미루면 또 깨질 것 같은데? 엄살이라도 좀 부려볼까? 내가 '어디가 아프면 좋을까'라고 머리를 굴리고 있을 때 테세온이라는 신관이 내게 다가와서 나의 이마에 그 커다란 손을 올려놓았다.

"Cure Disease."

신관의 손이 빛나면서 새하얀 빛무리가 내 몸을 타고 침대 밑으로 흘러 내리는 게 보이며—마치 빛의 폭포 같았다—몸이 전보다 훨씬 가뿐해지는 걸 느꼈다.

"몸이 약해지면 건강할 때는 감히 다가오지도 못하는 잡병들이 들어서는 법입니다. 지금은 어떠신지요?"

"음… 가뿐하네요. 당장 여행을 떠나도 되겠어요. 후훗."

"하하하! 그것 참 씩씩한 말씀이시군요. 하지만 좀 전에도 말씀드렸듯이 당분간은 공기 좋고 조용한 곳에서 요양하시는 게 좋습니다."

"시간이 된다면… 생각해 보도록 하죠."

테세온은 고개를 끄덕였다. 흠, 아무래도 돈 좀 모이면 비젠 교단에 헌금이라도 해야겠는걸? 어쨌든 목숨을 빚졌으니까. 그는 미소를 지으며─왠지 푸근한 미소라는 걸 짓는다. 마치 막내딸을 보는 아버지의 눈빛이랄까─나를 천천히 살펴보다가 잠깐 '실례'한다는 말을 하고는 양 무릎을 꿇은 채 눈을 감았다. 굳게 쥔 두 손을 가슴 높이까지 끌어 올린 그는 작은 목소리로 무언가를 끊임없이 중얼거리다가 천천히 눈을 뜨면서 목소리를 높였다.

"Divination! 네가 가는 곳에 검이 있고 네가 가는 곳에 빛이 있나니 너의 길이 곧은 길이 될 것이다!"

"…예?"

"잠시 점쟁이 흉내를 내봤습니다. 하하하!"

"…에에?"

성직자가 점쟁이가 되기도 하던가? 음?

"뜻은 저도 모릅니다. 전 그저 그분의 말씀을 입으로 옮기는 것뿐입니다."

"예언… 이라는 것이군요. 신탁이라고 해야 하나요?"

"그런 건 아무래도 좋지 않습니까, 왕녀 마마? 하지만 예언이란 언제나 지나간 다음에야 예언이라는 것을 알 수 있으니 결국 자기 위안 정도밖에는 되어주질 못하지요."

"그런가요?"
"갑자기 머리 속에서 예언을 행해야 한다는 생각이 들어서 무례를 무릅쓰고 실례했습니다. 그럼 마마, 부디 무리하지 마십시오."
"예."
난 고개 숙여 예를 취하는 그에게 살짝 목례를 해주었다. 신관은 그렇게 갑자기 나타났다가 갑자기 돌아가 버렸다. 그리고 나니 남은 건 식어버린 꿀물뿐. 한 모금 마셔보니 얼마나 진하게 탔는지 단맛에 혀가 마비되는 느낌이다. 에린 이 녀석, 넌 적당히라는 단어도 모르는 거냐? 앙?

괴상한 예언을 듣고 싱숭생숭한 기분으로 침대에 누우니 별의별 잡생각이 다 든다. 오늘 내내 한 일이라고는 침대에 누워서 시중받으면서 소리 지른 것뿐이군. 내일은 좀 건설적인 일을 해야 할 텐데……. 빨리 결혼하고 아이를 낳고 왕족이 될―솔직히 아직 얼굴도 모르는 그 아이가 왕이 될 확률은 드워프와 코볼트가 어깨동무하고 노래를 부르며 맥주를 퍼마실 정도로 확률이 낮다―나의 아이를 키우면서 살아가야겠지? 그게 당연한 거고. 근데 검이니 빛이니 길이니 하는 소리를 들으니까 머리가 복잡해진다. 여자의 일생이라는 건 다 거기서 거기인데 뭔 놈의 빛이고 검이야? 나중에 잘생긴 사내아이 잘 키워서 명성이 자자한 기사라도 만들라는 건가? 에이~ 몰라.
"알 게 뭐람. 난 지금까지 신전 문턱에 들어가 본 적도 없다고."
무도회가 있는 날에는 치장 준비로 하루 종일, 없는 날은 여러 가지 예법 수업 등으로 시간을 보내던 내가 그런 호사스러운 외출을 해봤어야지. 심란한 마음으로 침대 위를 뒹굴고 있었더니 어느새인가 에린이 촛불 하나만 남겨놓고 방 안의 불을 전부 껐다. 벌써 잘 시간이야? 뭐가 이렇게 빨라? 누가 내 시간을 떼어가는 건가? 등 뒤에서는 에린이 낑낑거리면서 이불을 가져와 바닥에 까는 소리가 들려온다. 어제도 그제도 에린은 내 침대 밑에서 쿨쿨 잘도 잤었지? 암살자가 들어온 날도 잘만 퍼잤고. 괘씸해!

"…후우, 마마, 주무세요?"

"……."

"주무시나 보네? 그래도 건강해져서 다행이야. 안녕히 주무세요, 마마."

왠지 코끝이 찡해온다. 누가 내 가슴을 난도질한 것처럼 아픔이 밀려오는 게 느껴진다. 별것도 아닌 일상적인 밤 인사에 감동하다니. 이건 내가 아니야. 아니, 저것이 분명 다른 꿍꿍이가 있는 걸 거야. 그래서 내 환심을 사려고 일부러 저러는 걸 거야. 아마 내가 깨어 있는 것도 알면서 일부러.

"…추해."

에린이 듣지 못하도록 작게 중얼거렸다. 그래, 난 이미 알고 있었지. 인정하려 하지 않았을 뿐. 눈을 감았다. 그리고 머리 속으로 숫자를 세기 시작했다. 가슴속에서 무언가 둥글게 뭉친 것이 꽉 들어앉아서 나를 괴롭게 했지만 참았다. 눈가가 축축한 걸 보니 벌써 눈물을 흘린 건가? 정말 꼴볼견이라니까.

속으로 백을 센 뒤에 다시 백을 더 세고 난 눈을 떴다. 잠옷 소매로 눈가를 쓱쓱 문지른 난 미약하게 빛을 발하고 있는 촛불을 바라보았다. 그리고 입을 열었다.

"…에린."

약간 어눌하고 녹이 잠긴 목소리. 내 목소리 같지 않은 소리였다.

"에린."

다시 불러봐도 내 밑에 있는 소녀는 깰 줄 모르고…….

"에린!! 에린!!"

이라고 소리친 뒤에야 난 볼 수 있었다.

"네? 네."

반쯤 잠에 취해 눈을 거슴츠레하게 뜨고 있는 멍한 표정의 소녀를 말이다. 겨우 이백을 세는 동안 저렇게 잠에 취하다니 정말 인간이 맞는지 궁금해지는 건 왜일까? 나중에 기회가 된다면 에린의 머리 속을 열어봐야지. 음, 엽기적인가?

"가서 불 꺼. 눈부셔."

"……."

"에린!"

"네? 네, 알겠습니다, 마마! 당장 점심 식사를……."

"…불 꺼."

"…네……."

비척비척 일어난 에린이 촛불이 켜져 있는 테이블로 비틀거리면서 걸어간다. 그리고 테이블을 지나쳐서 벽 쪽으로 걸어가더니 맞은편 벽에 머리를 박고 졸기 시작한다.

"에리인!!"

"네엣?"

몸을 떨면서 깜짝 놀라는 에린. 저건 아무리 잘 봐주려 해도 너무 맹한 데다가 바보 같아! 전속 시녀고 뭐고 당장 바꿔 버릴 거야! 내 이름을 걸고 맹세하겠어! 내일 당장!!

"불 끄라고!"

내 고함 소리에 깜짝 놀라서 두리번거리던 에린은 그제야 정신을 차리고는 황급히 테이블로 뛰어가더니 촛불을 후 하고 불어서 껐다. 넓은 방 안에는 그제야 검은 어둠이 깔려 에린이 휘적거리면서—당연히 어두우니 아무것도 안 보일 것이다—침대 가로 기어와서는 자기 이불 속으로 들어가려고 했다. 3일 동안 내내 간호했다고 했던가? 부스럭거리는 소리를 들으면서 난 머리를 이리저리 굴리다가 결심했다.

"에린."

"……."

"에린!"

"…네, 마마. 또 시키실 일이라도……."

"올라와."

"네?"

"귀 먹었어? 두 번 말하게 하지 말란 말이야!"

"네에……."

목이 쉬겠다. 도대체 몇 번을 말해야 알아먹는 거야? 한 번 말해서 알아들으면 좀 좋아? 아우~ 속 터져! 세 명이 뒹굴러도 될 만큼 커다란 침대의 모서리에 에린이 조심스럽게 기어올라 왔다. 눈이 어둠에 적응했는지 흐릿하게 에린의 모습이 보였다. 얼굴 표정을 못 보는 게 유감이었지만.

"누워. 거기서 자."

"…네?"

팰까? 아니야. 그래도 패버리는 게 속이 시원하겠는데……. 하지만……. 패버리자! 그래도……. 아우!! 정말!! 짜증이 마구 끓어오르는구나!

　신경질이 난 나는 에린에게 등을 돌려 버렸다. 머뭇거리며 날 보는 듯하던 에린은 내가 아무 말도 없이 돌아눕자 우물쭈물거리다가 조심스럽게 이불 속으로 들어왔다. 사락 하는 옷감 소리가 들려오더니 작은 숨소리가 들려왔다.

　잠을 잘 때는 늘 혼자였다. 어릴 때 날 버리고 도망가 버린 어머니 덕분에 난 따뜻한 부모님 품속이라는 걸 상상해 본 적도 없다. 뭔가 아는 게 있어야 상상이라도 하지. 그래도 내가 아플 때 옆에서 날 돌봐주던 유모에 관한 기억은 아직도 선명하다. 독감에 걸려서 앓아 누웠을 때 밤새도록 날 간호하다가 내 침대맡에 엎드려 자고 있는 유모의 모습을 보면서 얼마나 안심이 되었던지. 그때 일이 왜 지금에서야 생각나는 거지? 이유는 나도 모르겠다.

　"휴우~"

　에린의 작은 한숨 소리. 불편한가? 불편하겠지. 이런 푹신한 침대에서 단 하루라도 자본 적이 있을까? 없겠지. 겨우 시녀 주제에. 후후… 비참해라. 상대적인 행복감을 맛보고 싶은 건가, 난? 몸을 돌렸다. 그리고 손을 뻗었다. 에린의 어깨쯤으로 생각되는 곳을 살짝 만지니 작게 몸을 떤다. 무서운 걸까? 내가 무섭게 했던가? 내 손길을 피하지도 못하고 뿌리치지도 못하는 에린은 작게 몸을 떨 뿐 아무 말도 하지 않고 아무런 움직임도 보여주지 않았다.

　"아… 저기……."

　"입 닥쳐. 조용히 해."

　침묵. 난 침대 가로 다가가서 당황해하면서 몸을 일으키려는 에린을 등 뒤에서 껴안았다. 따뜻한 온기가 느껴진다. 아~ 그러고 보니 맹세를 했는데. 내일 이 애를 딴 데로 보내 버리고 새로운 시녀를 찾아야 하나? 음… 뭐, 맹세란 깨지라고 있는 법 아니겠어? 영원히 계속되는 맹세는 없다고. 우선 보류라고 해두지 뭐. 보류야, 보류. 에린아, 에린아, 넌 모르겠지? 까딱 잘못했으면 넌 내일 길거리로 쫓겨날 뻔했다는 걸 말이야. 나한테 빚이 있다는 걸 기억해 두렴. 아아~ 난 너무 마음 착한 주인이라니까.

잠이 쏟아진다. 나보다 두 살이나 어린 아이인데도 불구하고 이 애의 온기를 느끼고 있으니까 마음이 편안해진다. 오늘 밤은 편안히 잘 수 있을 것 같은 기분이 든다.

늘어지게 잤다. 자버렸다. 그래도 늦잠은 안 자는 편인 나인데 정오가 지나서 햇살이 따가워지는 오후까지 자버렸다. 그것도 대자로 뻗어서.

"일어나셨습니까?"

"에?"

고개를 들어보니 댄이 날 내려다보고 있다.

"숙녀의 침실에 함부로 들어오는 건 예법에 어긋날 텐데요?"

"하하하! 미인은 잠꾸러기라고 합니다만 조.금. 오래 주무시는군요."

말속에 뼈가 있어.

"그렇다 해도 이렇게 함부로 허락도 없이 들어와도 돼요?"

"그 점은 사과드리겠습니다. 그럼 준비해 주십시오. 시간이 좀 늦긴 했지만 아무래도 오늘은 출발해야 할 것 같습니다."

"…뭐, 그러죠."

새벽도 아니고 오전도 아닌 오후에 여행길에 오른다는 건 상식 밖이지만 내가 뭔 힘이 있나. 그냥 시키면 시키는 대로 해야지.

지루하고 지루하며 또한 매우 지루한 여행길이 다시 시작되었다. 내가 탄 마차는 전보다 훨씬 엄중한 호위를 받으면서 가도를 따라 달렸다. 가끔 고개를 내밀고—크렌이라는 기사가 날 잡아먹을 듯 노려본다. 얌전히 처박혀 있으라는 뜻인가—앞을 내다봐도 허허벌판만이 보일 뿐 눈에 들어오는 게 없다. 가끔 가도를 따라 걸어오던 여행자들이 병사들의 협박에 길가로 내몰리는 게 보였다. 이전 같았으면 그저 길을 내어주는 것으로 끝났겠지만 며칠 전의 일이 있은 뒤로는 이렇게 내가 탄 마차 주변 몇 미터 안에는 기사와 병사뿐이었다. 심지어 사신단 일행을 뒤따르는 상인들마저도 내 주위로는 얼씬도 못하고 있었다. 완전 감옥이라니까.

댄 녀석은 다른 암살자의 침입을 우려해서인지 이전보다 훨씬 힘든 일정으로 움직였다. 마을이나 도시가 나와도 한밤중이 아니면 잠깐 휴식을 취한 뒤 바로 이동했고 늦은 밤이 되어서야 행렬을 멈췄다. 그 사신단의 두 인간들이 댄의 말을 듣는 게 신기할 정도로 힘든 강행군이었다. 그나마 마차라도 타고 있는 나야 그럭저럭 버틸 만하지만 하루 종일 말에 올라타 있는 기사들이나 창을 들고 좇아오는 병사들은 하루 일정이 끝나면 거의 대부분이 피로에 전 표정으로 자리에 주저앉곤 했다. 그래도 그렇게 힘든 강행군 덕분에 우리는 단 5일 만에 로세니아 국경을 통과했고 크레센트 국과 로세니아 접경 사이에 있는 작은 공국 아넬 국으로 들어갈 수 있었다.

아넬 공국은 원래 북방의 강국 케센의 영토였다. 우리 로세니아와 크레센트 양국과 국경을 맞대고 있던 케센으로서는 두 나라가 손을 합쳐서 자기네를 칠지도 모른다는 우려 때문에 그 나라의 영토 중 일부를 마구 떼어내서 공국을 만들었다. 덕분에 아넬 공국처럼 모국인 케센과는 접경을 마주하고 있지 않지만 우리 로세니아와 크레센트 국의 사이에 끼인 나라도 생길 수 있는 것이다. 두 나라의 완충 지대로서의 역할을 하고 또 전쟁이 나면 아넬 공국의 영지를 통과할 확률이 높은데 이렇게 되면 모국인 케센이 가만있지 않을 것이다. 실익은 둘째 치고 체면 문제니까 말이다.

과거 120년 전 케센 국의 확장 정책 덕분에 북부의 영토를 상당수 잃은 로세니아와 크레센트는 서로 손을 잡고 케센 국을 밀어붙인 적이 있었다. 연합은 성공적이었고 케센 국의 군대는 대패하여 북부로 밀려났다. 하지만 양국 간의 전리품과 영토 문제로 내분이 심화되자 케센은 차라리 그곳을 중립국으로 만들자는 의견을 내어 다른 두 나라 덕분에 섯불리 움직일 수 없던 로세니아와 크레센트는 동의했다. 이에 케센이 자신들이 점령한 영토라고 주장하면서 그곳에 공왕을 파견했고 다른 나라에서도 각자 멋대로 공왕을 보냈다. 처음 공국 분쟁이 있을 때는 삼국의 국경선 사이에 무려 34개의 공국이 있었지만 차차 통합되고 흡수되면서 지금은 달랑 네 곳밖에 안 남았다.

그 네 곳 중 하나가 우리가 지나고 있는 아넬 공국이다. 공왕은 케센의 왕족 중 하나라는데 이런 조그만 나라의 왕이 누구인지 따윈 관심 없다. 거기다 지금의 공왕은 친 로세니아파라니까 더 더욱 나랑은 상관없지.

"여기 왕도 피곤하겠군."

"네? 마마, 시키실 일이라도 있나요?"
"아니야. 혼잣말이야."

꾸벅꾸벅 졸고 있던—나도 이렇게 눈을 부릅뜨고 있는데—에린이 화들짝 놀라면서 물었지만 난 대충 대꾸했다. 하도 맹한 꼴을 많이 보다 보니까 이젠 저런 모습을 봐도 놀리고 싶은 생각도 안 든다. 인간이라면 발전이라는 게 있어야지 말이야. 경치나 볼까 하고 닫혀 있는 목제 창문을 열었다.

"……"

부리부리한 눈으로 날 노려보는 인간 하나. 일자로 굳게 닫힌 입술이나 말 위에서 날 내려다보는 폼이나 어디 하나 마음에 드는 구석이 없는 기사였다. 클넨이었지? 이름이 맞던가? 아니던가? 근데 이 사람이 경치 좀 볼려고 하니까 말을 몰아서 마차 옆에 찰싹 붙어 버리네?

"위험합니다. 창문을 닫아주십시오, 마마."

"……"

기사는 말하면서 쓰고 있던 투구의 바이져(안면 가리개)를 탁 소리나게 내려 버린다. 저러면 표정을 못 보잖아! 우쒸! 지금 시비 걸고 있는 거 맞지?

"호오, 위험이라……. 어디서부터의 위험을 말하는 거죠?"

"…위험합니다. 창문을……."

"이봐요, 기사 아.저.씨! 내가 묻는 거 안 들려요?"

그 기사의 고개가 홱 하고 돌더니 날 쳐다본다. 투구를 써버렸으니 눈동자도 잘 안 보이네? 뭘 생각하는지, 어딜 보는지를 알아야 효과적으로 놀려먹을 텐데. 원래 사람을 파악하고 놀려먹을 때는 상대의 얼굴을 잘 살피는 게 기본이건만……. 댄 녀석이 교육한 건가?

"전… 크렌입니다. 크렌 드 마트레인 남작. 아저씨가 아닙니다."

아아~ 크렌이었군. 크렌은 강하게 내뱉던 말꼬리를 슬며시 내리면서 작은 목소리로 말했다. 하긴 주변에 보는 눈이 많고 듣는 귀도 많으니까 함부로 열낼 수야 없었겠지.

"네네, 마트레인 경. 그보다 제 질문엔 대답하지 않을 거예요? 언제까지 이동 감옥에 가둬둘 거죠?"

"그건… 제 소관이 아닙니다."

"그럼 그 소관을 가진 사람 좀 불러주시죠?"

"…워렌 자작님은 지금 공무로 바쁘십니다. 조금 뒤 휴식 시간에……."

씨익 웃었다. 훗! 원래 말싸움이라는 건 목소리 높은 사람이 이기는 법! 말도 안 되는 소리라도 우기면 이긴다.

"그 워렌 자작님은 얼마나 바쁘시길래 5일 동안 얼굴 한번 보지 못할 수 있죠? 일부러 피하는 게 아니라면 우연히라도 볼 수 있었을 텐데……. 안 그래요?"

"…그게… 제 소관이 아닌… 지라……."

떠듬거리기 시작했다. 이건 너무 쉽잖아? 나는 최대한 짜증난다는 표정을 지으며 미간을 찌푸렸다.

"이봐요, 그놈의 소관인지 소갈인지는 내 알 바가 아니라고요. 그보다 중요한 건 날 언제 이 답답한 감옥에서 내보내 줄 건지라고요. 모르면 가서 알아봐 주는 조그마한 번거로움도 감수 못해요? 네?"

"하, 하지만… 근무 중에는 근무지를 이탈할 수 없……."

"나참, 그 정도 융통성도 없어요? 하여간 기사들은 무식해서 문제라니까."

 난 팔짱을 끼며 투덜거렸다. 그러면서 슬쩍 그를 쳐다보니 몸을 미세하게 떨고 있는 게 보였다.

 철컹!

 갑자기 크렌이 투구의 바이져를 올리고는 시뻘게진 얼굴로 날 노려보았다.

 "뭐예요? 불만이라도 있어요?"

 "…아닙니다. 잠시만 기다려 주십시오. 워렌 자작님을 곧……."

 그는 이를 뿌드득 갈면서 말을 몰아서 마차 앞쪽으로 몰고 갔다. 단순하기도 해라.

 몇 분 뒤 댄 녀석이 크렌을 혼내는 소리가 들려왔다. 대충 내용을 들어보니 암살자의 위협에서 아직 벗어나지도 못했는데 근무 중에 함부로 움직인 데 대한 훈계 정도인 것 같았다. 약간의 소란스러움을 끌고 댄과 크렌이 내 앞에 나타났다. 역시 댄 녀석도 말 위에 올라탄 상태라 날 내려다본다. 왠지 마음에 안 드는걸? 난 고개를 마차 밖으로 내밀고는 댄에게 손짓했다.

 "워렌 자작님, 오랜만이군요."

 "예, 마마. 요즘 조금 바쁜 일이 있어서……."

 "그래요? 별로 바빠 보이지 않는데… 혹시 누군가를 의도적으로 피할려고 멀찌감치 도망가 있는 건 아니고요?"

 "그럴 리가 있겠습니까, 마마?"

 "아니면 말고요."

 난 순순히 물러섰다. 그리고는 창턱에 턱을 괴고는 천천히 지나가는 풍경을 감상하기 시작했다. 그런 나를 바라보고 있던 댄은 얼마간 내가 타고 있는 마차를 따라 말을 몰다가 참지 못하겠는지 입을 열었다.

"그런데 용건이 있어서 저를 부른 게 아니었습니까?"

"아, 맞다. 앞으로의 일정에 대해서 알려달라고요."

댄 녀석의 표정이 꽉 구겨졌다. 오호호~ 역시 놀리는 재미가 있는 인간이야. 가끔 아픈 데를 찌르긴 하지만 저 뒤에 있는 크렌 녀석보다는 훨씬 재미있는걸?

"그런 일이라면 아무나 시키시면 될 일을… 기사를 시켜서 저를 부를 필요까지는 없지 않았습니까?"

"어머? 전 워렌 자작님을 부른 기억이 없는걸요?"

"…예?"

"전 단지 앞으로의 일정에 대해서 알려달라고만 했을 뿐이라고요."

댄이 옆에서 말을 모는 크렌을 노려보았다. 저런, 저걸 어쩌나? 또 한바탕 깨지게 생겼는걸? 하지만 난 거짓말한 게 아니라고. 융통성을 보이라고 했지 몸소 시범을 보이라고는 안 했으니까. 후훗.

"그, 그게……."

크렌 녀석, 식은땀을 삐질삐질 흘리면서 뭐라 변명하려고 하는 폼이지만 댄의 눈총에 입만 뻐끔거릴 뿐 말도 못하고 있다. 이제 슬슬 결정타를 먹여야겠지?

"전 누구라도 상관없다고요. 워렌 자작님이 직접 올 줄을 몰랐지만. 저기 있는 기사 아.저.씨.라도 상관없고 좀 미안하지만 저쪽에 걷고 있는 병사 분들이라도 상관없다고요. 중요한 건 이 망할 이동 감옥이 언제쯤 멈추냐는 것이죠."

"…앞으로 세 시간쯤… 입니다. 조금만 참으… 시면……."

크렌을 노려보는 시선을 거두지 않은 채 댄은 떠듬거리며―또한 주먹을 꽉 쥔 채 이를 갈면서―대답했다. 그 정도면 충분하지. 암암, 목적은 완수했으니까. 아아~ 시원해라.

"네에~ 그럼 계속 수고해 주세요."

라고 말해 준 난 댄 녀석이 뭐라고 하기 전에 창문을 탁 소리나게 닫았다. 불쌍한 기사 하나가 또 상관에게 깨지겠구나. 그래도 난 거짓말은 안 했다고. 정말이야! 밖에서 고함 소리와 구령 소리, 그리고 작은 신음 소리가 간간이 들려왔지만 나랑은 상관없으니 깨끗하게 무시. 잠이나 잘까?

밤이다. 원래대로라면 깨끗한 여관에서 두 발 쭉 뻗고 쿨쿨 자야 하건만 나랑 에린은 마차 안에 틀어박혀서―결국 이 망할 이동 감옥에서 벗어나지 못했다―잠자리나 준비하는 신세가 되었다. 대충 만든 티가 팍팍 나는 맛없는 저녁을 대충 먹어치우고 의자에 누우니 눈만 말똥말똥해질 뿐 잠이 올 기미는 보이지 않았다. 그건 에린도 마찬가지인지 내 옆에 누워서 작은 한숨만 내쉬고 있었다. 에잇! 잠도 안 오는데 누워 있어봐야 살만 찌지. 산책이나 해볼까?

"에린!"

"네?"

"마차에서 나오지 말고 여기 있어. 나가면 죽을 줄 알아!"

"…네."

입을 삐죽인다. 저 계집의 뒷통수를 한 대 후려치고 나가? 말어? 고민일세.

마차 밖은 삼엄하지 않았다. 병사들은 화톳불 앞에 삼삼오오 모여 잡담을 하거나 밀봉된 가죽 주머니를 꺼내 그 안에 든 물을 마시고 있었고 기사들은 주변의 평지—밀밭의 절반과 가도의 절반을 점거했다—에 친 막사에 들어갔는지 별로 눈에 띄지 않았다. 내가 마차 밖으로 나오자 마차 주변에 경비를 서고 있던 병사들이 서로 내 눈치를 보면서 주저했는데 아마도 함부로 마차 밖으로 나오면 안 된다고 말하고 싶은 거겠지? 하지만 내 지랄맞은… 이 아니라 조금 나쁜 성격 때문에 말도 못 꺼내는 것 같다. 이럴 땐 선수 필승!

"잠깐 볼일이 있어서 나왔어요. 금방 돌아올 테니 걱정 마세요."

"죄송합니다만 그렇게는……."

이마에 주름살이 몇 개나 있는 중년의 고참병이 다른 병사들의 손에 떠밀려서 내 앞으로 밀려 나왔다. 아마도 선임병이겠지? 난 내 앞을 떡하고 가로막는 그 늙은 병사를 올려다보면서 눈꼬리를 치켜세웠다.

"지금 누구의 앞을 막고 있는 건지는 알고 있나요?"

"예? 예… 그게……."

"흠! 지금은 로세니아의 왕족이지만 얼마 뒤면 크레센트의 왕족이 되죠. 당신, 어느 나라 사람이에요? 그리고 직위가 어떻게 되죠?"

"…다녀오십시오."

그 병사는 고개를 숙이면서 옆으로 비켜섰다. 역시 권력이란 좋은 거라니까.

내 뒤로 마차 옆에서 경비를 서던 병사 둘이 멀찌감치 떨어져서 좇아오고 있었지만 난 무시했다. 행동의 자유를 얻었는데 이 정도쯤은 감수해야지. 내 처지를 생각하면 말이야. 내 뒤를 좇아오는 병사들의 연약한 심상을 위해서 야영지 외곽으로 가는 것은 자제하고 난 목표물을 찾아서 야영지 이곳저곳을 돌아다녔다.

"어억?"

"어머나! 죄송해요. 하던 일 계속 하세요. 호호호!"

지나가다 부스럭거리는 소리에 천막의 휘장을 걷고 들어갔는데 내가 상상하던 거랑은 달리 별일 아니었기에 난 웃음으로 얼버무리면서 잽싸게 빠져나왔다. 남자 둘이 서로 발을 주물러 주고 있는 광경은 별로 보기 좋은 게 아니었으니까.

병사들이 쓰는 넓은 천막도 한번 열어젖혀 보고 야식을 만드는 당번병에게 다가가 설탕과 흰 빵을 달라고 졸라보기도 하고 피곤한지 꾸벅꾸벅 조는 외곽 경비병을 고참병에게 고자질하기도 하는 등 나는 야영지 주변을 바쁘게 돌아다녔다. 그리고 결국 야영지 한구석에서 목표물을 찾아내었다.

크렌 드 마트레인 남작이라고 했던가? 작위가 있으면서도 이렇게 기사 직을 수행하는 걸로 봐서는 영지가 없는 귀족인가 보다. 인간은 계속 늘어나지만 땅은 한정되어 있는지라 작위가 있는 귀족이라 해서 모두 영주가 되는 건 아니다. 그 별 볼일 없어 보이는 궁상맞은 기사는 야영지 외곽에 있는 돌덩어리 위에 엉덩이를 걸친 채 한 손으로 턱을 괸 자세로 궁상을 떨고 있었다. 아마 댄 녀석에게 찍힌 걸 후회하고 있는 거겠지? 나는 그에게 다가갔다.

"여기 계셨군요?"

"…아……!"

무언가를 생각하던 그는 내 말에 고개를 돌려서 날 보더니 입을 열고 뭐라고 우물거리다가 날 외면해 버렸다.

"어머~ 너무하셔라. 숙녀를 외면하다니 기사의 예.의.가 아니지 않나요?"

"…이익!"

갑자기 크렌이 벌떡 일어나더니 내게 등을 돌리고는 야영지 쪽으로 저벅저벅 걸어갔다.

"이봐요! 정말 그렇게 무시하기에요? 네?"

"…왕녀 마마, 미천한 기사 따위에게 커다란 관심을 보여주셔서 무한한 영광입니다만 전 마마께서 관심을 가지실 만큼 대단한 인물이 아니니 신경 쓰지 말아주십시오."

호오~ 요는 '귀찮으니까 날 좀 가만히 내버려 둬' 라는 건가? 단단히 삐쳤나 보네. 그렇지만 그럴 수야 없지.

"그래요? 음, 부탁이 있어서 발 아프도록 찾은 건데… 안 되겠네. 어쩌지?"

최대한 침울하고 실망한 듯한 목소리로 난 중얼거렸다. 너무 크게 말하면 뻔히 속 들여다보이는 소리가 되고 너무 작으면 못 듣고 갈 수 있으니 여기서 중요한 건 바로 목소리의 크기! 이게 포인트다.

"…부탁이라 하시면… 어떤……?"

크렌이 돌아봤다. 그럼 그렇지. 훗. 난 입가에 걸리는 미소를 살짝 손으로 가린 뒤 넓적한 돌 바닥 위에 앉았다. 그리고는 크렌에게 손짓한 뒤 돌 바닥을 몇 번 탁탁 쳤다.

"……."

인상을 찌푸리면서 고민하던 크렌은 어쩔 수 없다는 듯이 고개를 몇 번 설레설레 저은 뒤 내 옆에 앉았다. 나는 잠시 뜸을 들이다가 말했다.

"저… 검을 배우고 싶어요."

"…예?"

"검술을 배우고 싶다고요!"

"농담이라면 좀 심하십니다."

"불행히도 진담이라면?"

"농담보다 질이 더 나쁘군요."

크렌은 날 노려보면서 말했다. 이젠 황당하다는 표정으로 계급도 직위도 신경 쓰지 않는 듯한 눈빛을 보였다. 아마 내가 여자가 아니었으면 한 대 쳤을 듯한 그런 분위기랄까? 그래도 이 정도에 물러설 수야 없지. 암암.

"제 몸 하나 정도는 지킬 수 있게 검술 좀 배우겠다는데 그게 뭐가 나빠요? 네?"

"…왕녀 마마께서 직접 검을 드실 상황이라면 검술을 배우셨어도 별로 도움이 안 될 것입니다. 저희가 최선을 다해서 지켜 드릴 테니 다른 정.숙.한. 숙녀 분들처럼 꽃꽂이나 자수 같은 것에 관심을 가져 주십시오."

"……."

그렇게 말한 크렌은 더 이상 할 말이 없다는 듯이 몸을 일으키더니 터덜터덜 걸어가 버렸다. 작은 목소리로 투덜거리면서 가는 크렌. 난 속으로 맹세했다. 크렌 드 마트레인 남작, 당신만큼은 말이야, 내가 죽는 날까지 괴롭혀 주겠어. 훗! 감히 이 몸을 깔봐? 두고 보자!!

다음날 마차는 전날과 같이 가도를 따라 서쪽으로 이동했다. 아넬 공국의 가도는 로세니아의 넓은 돌길과는 달리 겨우 마차 한 대가 간신히 지나갈 만큼 좁았고 또 바닥에 깔아놓은 돌들도 울퉁불퉁하게 솟아 있어서 돌길을 따라가는 건지 황무지를 내달리는 건지 알 수 없을 정도였다. 하지만 참을 수밖에.

"약자의 설움이란 거겠지."

"네? 마마?"

"시끄럿! 혼잣말에 참견하지 마! 아니면 귀를 크게 열어놓고 있든지! 묻지 마! 짜증나! 귀찮아! 열받잖아!"

"네, 마마."

"고개 숙여! 콱 때려줄까 보다!"

익숙한 자세로 고개를 숙이는 에린. 그러게 남의 혼잣말에 왜 끼어들고 그래? 또 댄 녀석을 생각하고 있었겠지. 에린과도 오래 있지는 않았지만 저 녀석, 이전에 비해서 많이 멍해졌어. 특히 댄 녀석과 만난 뒤로 그게 더 심해진 것 같다니까. 우쒸~ 진짜 화난다. 내 앞에서 로맨스니 어쩌니 하는 인간들이 있으면 모조리 박살 내버릴 테얏!

로세니아 왕궁 서고에서 본 전략 전술학이라는 책에 대국은 국가의 도로망을 잘 정비하고 소국은 멀쩡한 가도도 때려 부순다고 하던데 그게 정말인가 보다. 정오가 좀 지난 시각부터 마차는 흙길을 달리고 있었다. 비라도 오면 완전 진창이 되어버릴 텐데도 돈이 없는 건지 아니면 일부러 그런 건지 사람이 걷기에도 힘들 정도로 피곤한 가도가 이어졌다. 흙먼지가 자꾸 마차 안으로 들어와서 창문까지 닫고 멍한 표정으로 천장만 올려다보고 있던 난 뭔가 사건이라도 벌어지길 속으로 빌고 또 빌었다. 심심해 미칠 것 같았으니까. 그러면서 댄과 크렌─추가되었다─과 에린을 골탕 먹일 계획을 짜고는 있었지만 실행에 옮길 때까지는 역시 심심했기에 지루함에 몸을 떨었다. 그때 밖에서 '대열 정지'라고 소리치는 소리가 들려오며 많은 사람들이 움직이는 소리가 들려왔다. 창문을 열고 밖을 쳐다보니 병사들이 가도에서 벗어나 횡대로 모이는 게 보였고 기사들과 기병들이 내 마차 옆으로 죽 늘어서는 게 보였다.

"무슨 일이에요?"

언제나처럼 크렌이 내 마차 옆에 있었기에—말을 걸어도 대답도 안 하긴 했지만—난 물었다.

"전방에 많은 병력이 모여 있다고 합니다. 위험할 수도 있으니 마차 안에 숨어 계십시오."

"…아아!"

탁!

순순히 창문을 닫은 난 마차 밖으로 던질 만한 게 없을까 찾아보다가 두런두런하는 소리에 마차 벽에 귀를 댔다. 그때 마차 문이 열리면서 댄 녀석이 반쯤 몸을 안으로 들이밀었다.

"…뭐 하십니까?"

"에? 하하하! 그냥… 그게……."

"아넬 공국의 왕이신 덴스턴 공왕 전하께서 왕림하셨습니다. 잠시 인사라도 나누시죠."

"네? 아, 네. 뭐, 그러죠."

공왕이? 날? 왜라고 해봐야 소용없겠지? 난 에린에게 몸단장을 받은 뒤 우아한 걸음걸이로 마차에서 내려왔다. 언제 깔아놨는지 흙 바닥에는 넓직한 양탄자가 깔려 있었고 내가 내려오자 배가 산만한 늙은 아저씨가 날 보며 '허허' 하고 웃고 있었다. 옅은 적발의 노친네는 화려한 옷에다가 머리엔 금으로 된 왕관까지 쓰고 있었기에 그가 누구인지는 금방 알아챌 수 있었다. 그런데 내가 먼저 인사를 올려야 하는 거야, 아니면 누가 중재해 줘야 하나?

"허허, 참 아름다운 아가씨로고."

"공왕 전하, 로세니아의 아넬리안 폰 로세니아 왕녀이십니다."

"만나뵙게 되어서 영광이옵니다, 전하."

풍성한 드레스 자락을 양손으로 살짝 쥐고 고개를 숙이며 인사를 했다. 그러자 공왕도 마주 인사를 하면서 예를 취했다. 서로 간의 인사가 끝난 뒤 우리는 화려한 대리석 테이블─분명히 공왕이 가져왔을 거다─에 앉았다. 주변으로 흰색 장막이 쳐지고 그 뒤로 수십 명의 병사들과 기사들이 그 누구의 침입도 용납하지 않겠다는 듯이 주변을 노려보았다. 그리고 내가 앉아 있는 안에서는 시종들이 홍차 잔을 돌렸다.

"갑자기 이렇게 찾아와서 미안하오."

"처음엔 깜짝 놀랐습니다, 전하. 하늘을 찌를 듯한 엄청난 군세가 앞을 떡 가로막고 있으니 마치 높게 솟은 철벽을 보는 것 같더군요."

"하하하! 거참, 재미있는 말이구려. 하지만 어디 크레센트의 병사들만하겠소?"

저게 그 유치하고 재미없고 짜증난다는 외교 용어인가? 하여간 외교관이라는 작자들은 도통 이해할 수가 없다니까.

난 내 앞에 놓인 차만 홀짝이면서 대화에 끼어들지 못하고 있었다. 댄 녀석과 이야기를 하고 있는─다른 외교관 녀석들은 잠깐 얼굴만 비추고 가버렸댄다. 그놈들, 외교관 맞나? 아니면 댄 녀석한테 맡겨도 된다고 생각한 건가─공왕은 뭐가 그리 좋은지 연신 웃음을 머금은 채 이것저것 물었고 댄은 그 나름대로 대답하면서 화기애애한 시간을 보내고 있었다.

나만 지루하여 발가락을 꼼지락거리며 속으로 투덜댔다. 차라리 마차 안에서 잠이나 한잠 더 자는 게 나을 뻔했잖아! 제길, 난 왜 부른 거야? 내가 장식용 인형이냐?

"그런데… 아넬리안 왕녀는 어느 왕자의 비가 되시는 것이오?"

"그게……."

처음으로 댄 녀석의 말문이 막혔다. 잠시 뜸을 들이던 댄은 묵묵히 입을 다물고 있는 공왕과 나를 한 번씩 힐끔 바라본 뒤 말문을 열었다.

"로이드 왕자 전하이시거나 마틴 전하시겠지요. 전 말단 외교관이라 자세한 건 잘 모르겠습니다."

"그렇소? 허허… 참 복이로구려. 양국의 우위를 다질 수 있는 기회이니 말이오."

"예."

"두 나라가 평화롭게 지내면 우리 아넬도 평화로워지겠구려. 좋소! 내 병사 오백 명으로 국경까지 호위해 드리리다."

"그렇게까지 안 하셔도… 말씀만으로도 감사드립니다."

"아니오. 혹여나 공국 내에서 불미스러운 일이라도 있으면 내 어찌 얼굴을 들고 다닐 수 있겠소. 아무 걱정 마시오. 국경까지는 내 무슨 일이 있어도 안전하게 아넬리안 왕녀를 모셔다 드리겠소."

"그렇게까지 해주신다면 영광이옵니다, 공왕 전하."

"그럼 바쁜 일정이 될 테니 난 이만 돌아가겠소. 부디 무사히 여행을 마치길 바라오, 아넬리안 왕녀."

"예, 전하."

"부디 행복한 생활을 누리시구려. 허허, 참, 왕녀를 보고 있으니 시집간 딸이 보고 싶군. 이래서 늙으면 주책이라는가 보군. 허허허."

공왕은 실없는 소리를 해대다가 손을 내저으면서 일어섰다. 유쾌한 아저씨랄까나? 첫인상과는 꽤 다른걸? 하지만 저 뚱뚱한 모습을 보니 별로 존경하고 싶지는 않다. 역시 남자든 여자든 잘생기고 잘나고 봐야 하는 법.

공왕과 짧은 티타임을 가진 뒤 사신단 행렬은 다시 이동을 시작했다.

그동안 내가 무서워서 피하던 댄이 웬일로 내가 타고 있는 마차 안으로 들어왔다. 진짜 웬일이지?

"마마, 잠시 드릴 말씀이……."

"하세요."

심드렁한 내 목소리에 약간 당황하던 댄은 이내 정신을 차리고는 에린을 힐끔 바라보았다. 내보내라는 건가?

"에린, 귀 막아."

"네, 마마."

두 손으로 귀를 꼭 막는 에린. 이럴 때 보면 귀엽다니까. 저런다고 안 들릴 리도 없는데 말이야. 거기다 두 눈은 맞은편에 앉은 댄 녀석의 얼굴을 힐끔힐끔 바라보고 있었고 볼에는 붉게 홍조가 물들었다. 병이야, 병.

"그럼……."

"공왕 때문이죠?"

"예, 대충은 그렇습니다. 공국에서 병력을 파견할 것은 예상했었지만 공왕이 직접 올 줄은 몰랐습니다."

"워낙 작은 나라라서 왕이 할 일이 없나 보죠 뭐."

"하하, 그럴 수도 있겠군요. 하여간 공왕이 몸소 여기까지 온 것은 케센의 입김 때문일 것입니다."

"……."

케센. 북방의 강호. 로세니아와 크레센트 양국과 거의 비등한 세력을 가진 나라. 호시탐탐 남방 진출을 노리고 있는 나라. 그리고 아넬 공국의 배경이 되는 나라.

"케센 국으로서는 로세니아와 크레센트가 혈연으로 이어져 맹방이라도 되면 위험하니까요. 경비를 좀 더 강화하겠습니다. 그러니 국경을 넘을 때까지 좀 더 조심해 주십시오. 좀 불편하더라도 말입니다."

"…그러죠."

혈연이라……. 하긴 대륙 내에서 손꼽히는 로세니아와 크레센트가 손을 잡는다면 남방의 여러 연합 국가들이나 작은 소국 따윈 금세 평정되어 버리겠지. 우선 케센을 먼저 친 뒤에 자잘한 나라들을 쓸어버리면 통일 제국을 세울 수도 있겠군. 그럼 난 제국의 초석이 되는 건가? 훗! 그것도 나쁘지는 않겠어. 하지만 역시 이름없는 조연보다는 무대 위에서 주목받는 주연이 돼야겠지? 제국을 세운다 해도 내 손으로! 남의 손아귀에서 노는 꼴은 죽어도 안 해!

"내일이면 국경에 도착하니 그때까지만 참으시면 됩니다. 그럼 전 이만 물러가겠습니다."

"그러세요. 아참, 그 아이는 어떻게 되었죠?"

"누구… 아! 암살자 소녀 말입니까?"

"네."

"지금 단단히 묶어서 마차 위에 올려놓았습니다. 본국에 돌아가면 배후를 캐볼 예정입니다."

저런, 그러면 안 되지. 그럴 리야 없겠지만 배후가 나와 버리면 내가 골치 아파지거든.

"그 녀석을 심문할 때 저도 동석시켜 주세요."

"예? 하지만… 숙녀 분이 보실 만한 것이 아닙니다."

"부탁이에요."

"하나……."

"대니어스 드 워렌 자작."

"예, 마마."

"명령이라고 정정하죠. 타국의 이름없는 왕자비라고 해도 당신보다는 직위가 높겠죠? 명령이에요. 동석시켜 주세요. 그리고 제가 동석하지 않았을 때는 절대 그 아이를 건드리지 마세요. 이것 역시 명령이에요."

"예, 마마."

"누가 뭐라고 하면 내 명령이라고 말하세요. 당신에겐 책임이 없으니까."

"예, 마마."

마차의 창문을 열고 밖을 빼꼼이 내다보니 전날보다 배는 될 법한 크레센트 국 병사들이 보였다. 그리고 크레센트 병사들 옆으로 아넬 공국의 병사들이 보였다. 저거 좀 피곤하겠는걸? 언제 적이 될지 모르는 아군은 눈앞에 보이는 적군보다 훨씬 무서운 법이지. 댄이 골머리 좀 썩겠군. 그래도 나랑은 상관없다네. 혹시나 아넬 공왕이 미쳐서 사신단 행렬을 공격한다 해도 말이야. 난 로세니아의 왕녀. 왕궁 안에 있을 때는 별 볼일 없었는데 막상 밖으로 나와보니 내 가치도 장난 아니더라고. 만약에 공왕이 내 몸에 위해를 가하면 로세니아는 체면 때문에라도 아넬 공국을 밀어버리겠지. 사신단을 잃은 크레센트 역시 마찬가지고. 아마도 아넬 공국을 지나는 동안은 안전할 것 같다. 그보다는 크레센트에 들어가서가 더 문제일 것 같은데? 역시 검술이라도 배워둬야겠어. 내 몸 하나쯤은 지킬 만한 기술이 있어야지 이거 원, 겁나서 어디 살겠냐고.

Chapter 3

크레센트

크레센트 제국? 아아, 뭘 묻고 싶은 건지 알겠군. 어떻게 대륙을 통일했느냐 하는 것이겠지? 그건 간단해. 유능한 인재들이 많았으니까. 제국이 대륙을 통일하는 건 원래 정해져 있던 것이라고. 그걸 이상하게 보는 쪽이 이상한 거지. 물론 그중 가장 유능한 건 당연히 나겠지만 말이야. 하하하! 이거 좀 쑥스러운걸?

—제2대 황실 서기관이자 궁중 역사학자인
후렌 경이 집필한 '황실 비사' 중.
—제국의 재상이자 3대 공작가의 수장인
대니어스 드 워렌 공작 각하와의 대담을 가장한,
이젠 지겨워진 자화자찬 중에서 발췌.

크
레
센
트

―대륙력 995년 봄. 크레센트 국경 요새 도시 밴튼.

내가 로세니아의 성을 떠난 지 2주가 지났다. 언제 시간이 이렇게 빨리 지나갔는지 나도 모르겠지만 어느새인가 난 집 떠나온 지 반 개월 가까이 되었고 이제 남의 집에 도착할 때까지 얼마 안 남았다. 드디어 크레센트 국경을 넘어섰거든. 드디어 주위 풍경은 별로 바뀐 게 없지만 남의 나라에 도착했다고 하니 왠지 설움이 북받쳐 올랐다. 아넬 공국을 지날 때는 아무런 감흥도 없었는데 말이야.

"다녀왔습니다, 마마."

"응, 그래. 그 앤 잘 있지?"

"네, 마마. 이젠 식사도 꼬박꼬박 잘 먹고 말도 잘 들어요."

누가 들으면 애완 동물이라도 키우는 줄 알겠네. 비슷하긴 하지만 말이야. 그 카렌이라는 아이, 당연하겠지만 나랑 에린의 말만 듣고 언제부터인지 모르겠지만 우리가 주는 것만 먹었다. 나야 귀찮게 왔다 갔다 할 리 없으니 카렌의 뒷바라지도 모두 에린의 책임이었지만 저 녀석은 귀찮지도 않은지 아주 부지런하다. 가끔 내가 시킨 일도 까먹을 정도로 말이야. 맹한 데다 정까지 많으니 출세하긴 글렀구나, 넌. 쯧쯧.

"…저… 시키실 일이라도?"

"없어."

내가 째려 보니까 또 겁먹었나 보지? 난 마차 안으로 들어온 에린을 무시하고 창밖을 내다보았다. 아넬 공국의 병사들은 국경에서 모두 돌아갔고 대신 크레센트의 병사들이 내 마차 주위에 몰려들었다. 일개 사신단 일행을 거의 천 명에 가까운 병사들이 호위하는 건 전적으로 나 때문이겠지? 이거 출세했다고 해야 하나?

하루 동안 크레센트 왕국을 가로지르며 내가 느낀 감상은 참으로 광활하다는 것이었다. 산지와 평야가 절반 정도의 비율로 되어 있는 우리 로세니아와는 다르게 크레센트의 영지는 대부분이 평야였고 산이라고 있는 것들도 로세니아에서 보기엔 언덕도 못 될 만큼 낮은 게 대부분이었다. 간간이 보이는 작은 숲과 넓게 펼쳐진 밀밭. 그것이 내가 본 크레센트의 모습이었다. 하긴 인간들도 참 많다. 곧게 뻗어 있는 가도 주위로 이제 파릇파릇한 싹이 나기 시작한 밀밭에서 김을 매고 있는 농부들의 모습을 쉽게 볼 수 있었으니까. 지루한 표정으로 창밖을 내다보니 댄 녀석이 내 마차 옆에서 말을 몰고 있었다. 그 녀석보다 더 직위가 높은 녀석이 왔다고 하던데 잠깐 얼굴만 본 뒤로는 어디 처박혀 있는지 알 수도 없다. 아마 사신단의 높은 녀석들과 잡담이나 나누고 있겠지. 평소 때라면 댄 녀석이나 놀리면서 마음을 풀겠지만 지금은 심란한 기분을 감출 수가 없어서 '복수'도 못하고 있다. 아아~ 정녕 하늘은 나를 버린 걸까?

여정은 별일없이 종장을 향해 달리고 있었다. 하긴 여행마다 사건이 터진다면 어디 피곤해서 여행을 다닐 수나 있겠어? 거의 평지나 다름없는 크레센트 국에도 산적이나 야적이 있다고는 하지만 그네들이 길을 가로막고 협박하는 건 소수의 여행자나 상인들이니 이렇게 대규모로 움직이는 사신단을 털 만한 배짱을 가진 녀석이 있을 리도 없고 말이야. 그렇다고 몬스터라고 불릴 만한 녀석들이 튀어나와 승산도 없는 싸움을 해댈 만한 지형도 아니고. 완전히 지루함 그 자체라니까. 봐도 봐도 똑같아 보이는 주변 풍경이나 말상대도 안 해주는 기사들이나 말이야. 괜히 짜증만 더 난다. 내 옆에서 꾸벅꾸벅 졸고 있는 에린이나 괴롭혀 버릴까 보다. 우이씨~

"카라덴이다!"

"대열 정비! 대열 정비!"

"깃발을 들어라! 기수 앞으로!"

갑자기 밖이 시끄러워지기 시작했다. 궁금해진 내가 고개를 빼꼼이 내미니까 크렌을 등에 달고 있는 댄 녀석이 마차 가까이로 말을 몰고 왔다. 앞을 바라보니 병사들이 대열을 맞춘다 장비를 점검한다 하며 부산을 떨고 있었고 수십 개는 될 것 같은 높다란 장대에 십여 개의 깃발들이 나부끼고 있었다. 그리고 그들의 앞으로 높다란 돌 성벽과 함께 뾰족한 첨탑을 대여섯 개나 가지고 있는 커다란 건물이 보였다.

"수도인 크론발로 들어가는 길목에 있는 요새 카라덴입니다."

"아아, 그곳이군요."

난 고개를 끄덕이면서 대답했다. 예전 로세니아가 크레센트의 수도를 포위했을 때 카라덴 요새를 점령하지 못하고 우회했다가 호되게 당한 역사가 있었다. 크레센트의 수도 크론발을 포위하기 위해 카라덴 요새를 포기한 로세니아 군은 그 뒤에 요새에서 쏟아져 나온 크레센트 군에게 뒤를 공격당해서 크게 패했지. 결국 로세니아 원정군은 그 패배를 기점으로 군을 물리고 도망쳤고 말이야. 수도 가까이에 있는 요새들은 목에 걸린 가시와 같다니까. 점령하자니 피해가 크고 지나치자니 뒤가 불안하게 되니까.

30분쯤 지나자 마차는 카라덴 요새 앞까지 다가갔다. 멀리서 볼 때는 금방 도착할 것 같더니만 꽤 걸리네? 마차를 천천히 몰아서 그런가? 그건 그렇고, 저 요새, 진짜 단단해 보인다. 거의 10여 미터는 될 법한 높다란 성벽에 검은색 돌을 빼곡하게 쌓아놓은 성벽은 웬만한 공성 무기로는 흠집도 못 줄 것 같은 인상을 주었고 그 요새의 넓이도 장난 아니게 넓었다. 거기다 가도가 요새의 바로 옆을 통과해서 지나가기 때문에 적군이 여길 피해서 지나가려면 몇 km는 우회해야 할 것 같았다. 흠, 거기다 요새 주변에는 작은 마을까지 있는 걸 보니 먹을 것 걱정은 안 하겠군. 평시엔 근처 농지에서 농사를 짓다가 전쟁이 일어나면 요새 안으로 들어가겠지? 역시 유명한 데는 이유가 있군.

사신단 행렬은 요새 앞에서 잠깐 멈췄다. 호위를 위해서 붙어 있던 병력들이 요새로 들어가고 다시 단출한 행렬이 된 사신단 일행은 후미에 붙어 있던 상인들마저도 떼어버리고 빠른 속도로 수도를 향해 이동했다. 그 상인들은 저 요새에서 세금과 상납금을 바치고 다시 수도로 향한다고 하니 앞으로 볼 일은 없겠군. 하긴 상인들과 내가 무슨 인연이 있다고 보겠는가만은……

 사신단 행렬에 끼어 있던 보병들마저 모두 돌려보내고 그 자리에 기사들과 기병들을 끼워 넣은 행렬은 빠르게 가도를 달렸다. 이제 가까워졌으니까 빨리 가자는 건가? 주변 풍경이 휙휙 소리를 내면서 뒤로 지나갈 정도로 빠른 속도였다. 시험 삼아서 머리를 밖으로 내밀었다가 내 머리카락이 얼굴을 마구 때리는 바람에 난 얼얼한 볼을 만지면서 댄 녀석에게 잔소리를 들었다. 그래도 보고 싶은 걸 어떡하라고. 뭐가 그렇게 보고 싶었냐 하면 당연히 크레센트 국의 수도인 크론발이지. 듣기로는 야트막한 언덕을 깎아내고 거기에 커다란 도시를 세웠다고 하던데…….
 "우와아아아~ 대단해! 정말 대단해!"
 결국 보고 말았다. 내가 자꾸 고개를 내밀고 밖을 내다보니까 불안해진 댄 녀석이 행렬의 속도를 줄여 난 그 기회에 창밖으로 머리를 내밀고 앞을 내다보았다. 그리고 보았다. 거의 지평선의 절반을 차지하고 있는 거대한 도시를 말이다. 어떻게 쌓았을지 궁금할 정도로 길게 뻗은 외성벽. 그리고 여기서도 보이는 수없이 많은 건물들. 그 건물들을 배경으로 우리 로세니아 왕성과 맞먹는 커다란 왕궁이 눈에 들어왔다. 새하얀 백색의 왕궁은 말 그대로 언덕 위에 떡하니 올라가 있었는데 내성벽에 둘러싸인 왕성의 모습은 동화책에서나 보던 아름다운 모습이었다. 회색의 석재를 사용해서 칙칙해 보이는 우리 로세니아의 궁과는 다르게 화사해 보이는걸?
 "마마, 위험합니다. 안으로 들어가십시오."

"아아, 알겠어요."

쳇! 좋았는데 말이야. 댄 녀석, 미워할 테다. 그런데 이 이상 어떻게 더 미워하지? 지금 미워하는 걸로도 충분히 댄 녀석을 열 번쯤 죽이고도 남는데…….

마차가 다시 속도를 높이기 시작했다.

꽃비가 내린다. 거대한 나팔 소리와 함께 웅장한 소리를 내면서 열린 커다란 성문을 통해서 안으로 들어가자마자 성벽 위에서, 그리고 3, 4층의 높은 건물 위에서 꽃잎을 가득 담은 주민과 병사들이 환성을 지르면서 꽃잎을 뿌리고 있었다. 나쁘지는 않군. 뭐, 그래도 귀가 아플 정도다. 그런 함성 소리 사이로 댄 녀석의 낮은 목소리가 들려왔다.

"웃어주십시오."

쳇, 뭐가 좋다고 웃냐고! 내가 기분 좋겠냐? 아무리 이렇게 환대해준다고 해도 말이야. 그래도 별수없지. 슬쩍 댄이 비켜서자 길가에 죽 늘어선 시민들이 날 보면서 손을 들고 환성을 지르는 걸 볼 수 있었다. 내가 입꼬리를 올리면서 손을 흔들어주자 날 보고 있던 시민들이 더욱 커다란―마치 비명 같은―함성을 질러댔다. 저기 서 있는 인간들은 내가 누군지나 알까? 어차피 궁에서 사람들을 풀어서 동원한 걸 테니 오늘 저녁 식사에서 다른 나라의 높은 사람이 왔더라 하고 떠들어대는 정도로 끝날지도…….

열렬한 환영을 받으면서 내성문까지 도달한 마차는 지체없이 안으로 들어갔다. 마차는 푸른 나무들과 화사하게 피어 있는 꽃들로 가득한 긴 정원을 지나서 거대한 왕성문 앞에 멈춰 섰다. 드디어 도착했다. 결국 여기까지 왔군.

"후아~"

작게 심호흡을 한 뒤 난 에린이 열어주는 마차 문을 통해서 밖으로 나갔다. 역시나 바닥에는 언제 깔았는지 모를 붉은 양탄자가 깔려 있었고 두 줄로 죽 늘어선 시종들과 병사들이 눈앞에 보였다. 의기소침해지면 안 되지. 겨우 이런 걸 가지고 말이야. 어깨를 펴고 눈에 힘을 주고. 자, 가자. 오늘부터 여기가 내 새로운 전쟁터이다.

궁중 악단의 웅장한 배경음을 뒤로 나는 왕궁의 넓은 홀로 향했다. 물론 나만 간 건 아니지. 내 앞으로는 사신단 일행과 댄 녀석 등이 걷고 있고 내 뒤로는 열댓은 될 법한 시종들과 시녀들이 내 발걸음에 맞춰서 뒤따르고 있었으니까. 수백 명이 춤추고 난리를 쳐도 넉넉할 만큼 넓은 홀에는 의외로 사람이 별로 없었다. 하긴 외국에 갔다가 돌아온 사신단 일행을 맞이할 만큼 한가한 귀족들이 많을 리는 없으니까. 그래도 좀 기분 나쁜데? 시내를 가로지를 때의 그 많은 환영 인파는 뭐야?

"아넬리안 폰 로세니안 왕녀님과 융센 드 마테니온 후작 각하, 그리고 프로겐스 드 리첸 백작께서 입장하십니다!"

내가 지나가자 문 옆에서 대기하던 시종이 큰 소리로 소리쳤다. 거참, 목소리도 크다. 홀 안이 쩌렁쩌렁 울리네. 여기서도 웃으면서 손을 흔들어주어야 할까? 시선이 모두 나에게 집중되어 있으니까 말이야.

댄 녀석이 슬그머니 내 왼쪽으로 다가와 섰다. 홀 중앙까지 나아간 나는 다른 사신단 녀석들이―이름을 들었는데 금세 까먹었다. 나, 머리가 나쁜 걸까―무릎을 꿇으면서 국왕에게 예를 표하고 나자 다음으로 차례가 돌아왔다. 두 손으로 드레스 자락을 붙잡고 살짝 고개를 숙이면서 왼발을 뒤로 뺐다. 자연스럽게 몸을 숙이고 나서 조금 뒤 이전과 같은 자세로 돌아왔다. 지겹도록 배운 왕실 예법. 여기서도 써먹게 되는군. 타국이니 좀 다를지도 모르지만 기본은 같을 테니 통하겠지 뭐. 그 중거로 주변에서 '오오' 하는 작은 탄성 소리가 들려오니까 말이야. 이렇게 국왕에 대한 예를 갖추고 난 뒤에야 난 크레센트 국을 다스리는 국왕의 면상을 볼 수 있었다. 평범한 외모네? 왕이면 뭔가 좀 특출난 무언가가 있어야 하는 거 아닌가? 이리 보고 저리 봐도 그저 그런 외모인걸? 곱슬곱슬한 백금발이나 흔하디흔한 갈색 눈동자나 말이야. 그렇다고 풍채—좋게 표현해서—가 좋은 것도 아니고. 빼빼 마른 것도 아니고 아무리 봐도 특별한 모습을 찾아볼 수가 없었다. 저렇게 특징이 없으니 지나가다 마주치면 또 까먹을지도 모르겠는걸? 앗! 눈이 마주쳤다! 황급히 고개를 숙이자 국왕의 걸걸한 목소리가 들려왔다.

"먼 길을 오느라 수고 많았네, 아넬리안 왕녀. 내 집처럼 생각하고 푹 쉬도록 하게."

우리보다 약간 높은 단 위에 멋드러진—눈에 확 띄는—의자를 가져다가 놓고 거기에 앉아 있던 국왕은 손뼉을 딱 하고 쳤다. 그러자 우리들 뒤에서 대기하던 시종들 중 몇 명이 내게 다가와서 공손히 갈 곳을 가르쳐 주어 난 그들의 뒤를 따라 홀을 나섰다. 등 뒤로 사신단 일행이 우리 나라와 협상한 결과를 보고하는 소리가 들려왔다. 쳇, 뭐냐? 벌써부터 찜짝 취급이냐? 이거 냉대하는 거 맞지? 맞을라나? 맞겠지 뭐.

시녀들을 따라서 간 곳은 왕실 동쪽에 있는 작은 별궁이었다. 내가 쓸 넓은 방이 두 개이고 서재에 작지만 쓸 만한 정원까지 딸려 있는, 말 그대로 왕궁을 축소해 놓은 듯한 곳이었다. 몇 명 들어갈 것 같지는 않지만 댄스 홀까지 있으니까 말이야. 갖출 건 다 갖추어놓았네.

나를 그곳까지 안내해 준 시녀들은 별궁 앞에 공손한 자세로 서 있는 네 명의 시녀들에게 나를 떠넘기고 가버렸다. 그리고 보니 옷 색깔이 좀 다른걸? 모양은 같은데 말이야. 색으로 시녀들의 직위와 신분을 표시하는 건가?

"귀하신 분을 모시게 되어서 영광입니다, 마마."

"그대의 이름과 신분은?"

"백합궁을 관리하고 있는 시녀장 에레니아 드 플로랜스 남작 부인입니다. 이 아이들은 궁에서 교육받은 시녀들로 왼쪽부터 제시, 죠안, 제린입니다."

"음, 에린은 아직 안 왔나? 나랑 같이 온 내 시녀 말이야."

"예, 마마. 아마 마마의 짐을 옮기는 중일 것입니다."

짐을 옮긴다……. 그보다는 짐을 검사하고 있다는 게 맞지 않나? 별로 걸릴 것도 없고 뒤끝이 찜찜할 만한 것도 없으니 상관은 없지만 그래도 좀 기분 나쁜 건 사실이다. 그렇다고 여기서 심술이라도 부렸다간 내일 아침 침실 위에서 싸늘한 시체가 될 수도 있으니 참아야겠지?

"아넬리안, 아넬리안 폰 로세니아야. 앞으로 얼마 동안이나 신세를 질지는 모르지만 그때까지 잘 지내자고. 제시, 그리고 죠안."

"네, 마마."

조금 나이가 들어 보이는 시녀가 대답했다. 저 애가 제시이고 그 옆이 죠안이고, 에이~ 뭐가 이렇게 헷갈리는 거야, 진짜?

"둘은 가서 에린을 도와줘. 맹한 데다가 멍청한 아이니까 헤매고 있을 게 뻔해. 그리고 제린이라고 했나?"

"네, 마마."

"홍차 한 잔 부탁해. 그리고 플로랜스 부인?"

"말씀하십시오, 마마."

"난 오늘 여기 도착해서 아무것도 모르니까 대충 내가 알아둬야 할 것들부터 알려줘. 날씨 좋네. 정원에 티 테이블을 놓고 차를 마시면 기분 좋을 것 같군."

"분부대로 하겠습니다."

말 잘 듣는다. 시녀장은 시녀 둘을 본궁으로 보내고 제린과 함께 흰색으로 도색한 목제 티 테이블을 꺼내놓고 의자 두 개를 가져다 놓았다. 좀 썰렁해 보이는 정원을 감상하던 내가 준비가 끝나자마자 슬며시 테이블로 다가가서 앉자 곧바로 진하게 탄 홍차가 내 앞에 놓여졌다. 내 맞은편에 앉은 시녀장은 우선 차를 마셔본 뒤 '흠흠' 하고 헛기침을 했다.

"무엇부터 알려 드릴까요, 마마? 제가 아는 한도 내에서라면 뭐든지 말씀드리겠습니다."

"그야 당연히 이왕자와 삼왕자의 근황이지. 내가 오는 사이에 열렬한 열애설이라든가 약혼 소문 같은 내가 무척 기뻐할 만한 사건은 없었어?"

"예, 마마. 두 분 모두 여자에게는 그리 관심을 가지시는 분이 아니십니다. 어느 분이 되실지는 모르지만 두 분 왕자님 모두 훌륭하고 좋은 분이시니 분명히 행복하실 것입니다."

행복 같은 소리 한다. 둘 다 약혼이라도 해버리면 어쩌면 돌아갈 수도 있을지 모른다는 생각을 했지만 역시 확률적으로 봐도 희박하겠지? 그나마 바람 안 피운다니 다행이네. 그런데 둘 다 나보다 어리지 않던가? 가만, 로이드라는 이왕자 녀석이 열여섯 살이고 마틴이라는 녀석이 열다섯 살이었으니… 젠장, 나보다 어린 꼬맹이랑 결혼해야 하는 거야? 정말 뭐가 이래? 인생이 꼬여도 한참 꼬였다니까.

대충 한 시간 정도 티타임을 가지면서 이 왕궁 내에서 돌아가는 일을 들었다. 아직 모두 파악한 것은 아니지만 진짜 로세니아나 크레센트나 왕궁 안은 똑같은가 보다. 하긴 왕성이라는 곳 자체가 더럽고 추악함이 가득한 곳이지만. 거기다 예법 같은 건 짜증나게 많은 곳이고 말 한마디에 목이 잘릴 수도 있는 곳이기도 하고 말이야. 뭐, 예전에 로세니아에서 살던 때랑 거의 비슷하니 여기서도 그럭저럭 적응해 나갈 수 있을 것 같지만 말이야.

한참 대화를 가장한 수다를 떨어대던 플로랜스 남작 부인이 갑자기 입을 다물면서 자리에서 일어섰다. 갑자기 시녀장의 표정이 딱딱하게 굳어지는 걸 보고 난 급히 몸을 돌려서 뒤를 바라보았다. 그곳에는 어깨까지 내려오는 다갈색 머리에 군청색 눈동자를 가지고 있는 소년이 두 명의 호위 기사를 대동한 채 내 쪽으로 다가오고 있었다. 누구?

"미천한 백합궁의 시녀장이 고귀하신 마틴 왕자 전하를 뵙습니다."

아아, 고맙군. 나도 빨리 얼굴과 이름을 외워야겠다.

"왕자 전하를 뵙습니다."

"고개를 드시오."

젊은, 아니, 어린 놈이 나한테 손짓을 하면서 말하는 폼이 아주 아랫사람을 대하는 듯한 태도다. 키도 나보다 작은 게 말이야. 저걸 한 대 쥐어 패버릴까? 속에서 뜨거운 무언가가 확 하고 솟아올랐다. 그것을 간신히 억누르고 있는데 나한테 다가온 마틴 녀석은 나를 위아래로 이리저리 쳐다보면서 '흠' 하고 소리를 낸다. 내가 물건이냐?

"외모는 그럭저럭 되는군."

"전하도 외모는 그럭저럭 합격점이십니다."

난 똑같이 맞장구쳐 주었다. 물건이나 상품이 될려고 여기까지 온 게 아니란 말이지. 어디 한번 해보자고. 나도 갈 데까지 간 몸이라 이거야.

나의 대답에 깜짝 놀란 듯한 표정을 짓던 삼왕자는 이내 '하하하' 하고 마구 웃어 젖혔다. 그의 등 뒤에 서 있던 두 기사가 어쩔 줄 몰라 하는 것을 아는지 모르는지 말이야. 한참을 웃던 마틴 왕자는 옷소매로 눈가를 몇 번 훔치더니—그렇게 웃겼던가—목소리를 가다듬은 뒤 태도를 바꾸며 물었다.

"그 자리에 앉아도 되겠소?"

"원하시는 대로 하십시오."

왕자가 어깨를 쫙 편 자세로 당당하게 나를 지나쳐 내 맞은편에 있는 의자에 앉자 나도 뒤따라서 앉았다. 그의 등 뒤로 두 명의 호위 기사들이 나를 노려보았지만 가볍게 무시하며 제린을 불러서 홍차를 다시 끓여오라고 시켰다.

마틴 드 크레센트. 댄 녀석의 말로는 현 왕비인 피오나 드 위크 왕비의 친자라고 했다. 성격은 좋은 편이 아니지만—이라는 엄청나게 순화된 표현을 했다. 한마디로 댄 자식, 나에게 사기 친 거다—현 왕비라는 어마어마한 뒷배경을 가지고 있는지라 귀족들이나 다른 왕자들에게도 곧잘 시비를 건다고 한다. 그런 녀석을 눈앞에 두고 있자니 속이 불편해져 왔다. 무엇보다 내 신랑감 후보 중 하나가 아닌가?

"여기 식사는 마음에 드시오?"

"그럭저럭 입에 맞더군요."

"그렇다면 다행이군. 어차피 이곳에 살아야 할 테니 말이야. 미리 적응해 두는 편이 좋겠지. 안 그렇소?"

"…예."

저, 저 자식! 열다섯 살짜리 꼬맹이 맞어? 말하는 투가 완전히 애늙은이잖아! 거기다 저 능글맞은 미소! 어린 놈이 벌써부터 싹수가 보인다, 보여!

"뭐, 대충은 알겠지만서도……."

슬며시 운을 떼는 마틴 왕자. 이리 보고 저리 봐도 밉게만 보인다. 실제로는 꽤 잘생긴 소년인데도 불구하고 첫인상이 개판이니 다른 모습이 이쁘게 눈에 들어올 리가 있을까?

"난 왕이 될 몸이오. 어마마마도 그렇게 말씀하셨고 또 나 자신도 왕이 될 것이라 생각하고 있소."

"…제게 바라시는 것이 무엇입니까?"

"간결해서 좋군. 크레센트와 로세니아라……. 서로 멀리 떨어져 있는 상대도 아닌데 너무 오랫동안 서로에게 이를 드러내고 있다 생각하지 않소, 아넬리안 양?"

야… 야… 야아아앙? 저절로 미간에 주름지는 게 느껴진다. 두 살이나 어린애한테 내가 이런 소리를 듣고 있어야 하나? 이거 확 뒤엎어 버릴까? 저 녀석의 양 볼을 꽉 쥐고 쭉 늘어뜨리면 소원이 없겠다아!

"글쎄요, 저 같은 소녀가 뭘 알겠습니까?"

"하하! 하긴 숙녀 분과 나누기엔 좀 지루한 대화겠군. 하지만 내가 왕이 된다면 크레센트와 로세니아는 서로 손을 잡고 더 나은 미래를 향해 협조할 것이오. 그렇게 만들겠소. 그럴 자신도 준비도 되어 있으니까. 그래서 말인데……."

주먹까지 불끈 쥐어가면서 강하게 연설하던 마틴 녀석이 갑자기 손가락으로 볼을 긁는 시늉을 했다. 거기다 얼굴까지 살짝 붉히기 시작했다. 무언가 심상치 않은 느낌이…….

"나, 나와… 결혼해 주시겠소?"

"…네에?"

머리 속에서 무언가가 퍼엉 하고 터져 버렸다. 무슨 해괴한 소리냐, 이게! 저런 말이 겨우 열다섯짜리 꼬맹이한테서 나올 법한 말이더냐? 하참, 세상이 어떻게 돌아가길래 애가 결혼 운운하는 소리를 할 수 있는 거야? 응? 이봐, 신 아저씨! 인간한테 관심이 있으면 설명 좀 해달라고!

말문이 턱 하고 막힌 덕에—다행히 입에 머금은 찻물을 뿜어내는 불행한 사태는 막았지만—내가 아무 말도 못하고 있자 그 덕분에 주변의 분위기는 싸한 냉기만 감돌았다. 무언가 말을 해야 하는데 솔직히 내가 뭔 말을 하겠냐고? 응? 저 마틴이라는 멍청이는 내가 무슨 로세니아의 잘 나가는 왕족인 줄 아나 본데 말이야. 애초에 온실의 화초처럼 곱고 곱게 기른 자기 딸을 외국으로 내몰 부모가 어디 있냐고. 조금만 생각해도 알 수 있는 건데 말이야. 바보 아니야? 하긴 저 녀석이 원하는 건 내가 아니라 내 뒤에 있는 로세니아라는 배경일 수도 있겠다. 아니, 그쪽이 더 타당하지.

"죄송하지만… 그건 제가 결정한 사안이 아닌 것 같습니다, 전하."

"음… 그런가? 하긴 그럴 수도 있겠군."

다시 애늙은이 자세로 돌아왔다. 뭐냐, 저놈은……. 만약의 가정이지만 저놈이 왕이 되면 진짜 피곤하겠다. 여러 나라가, 그리고 여러 인간들이 말이야. 의외로 유능한 왕이 될지도 모르겠는걸? 명군 어쩌구는 몰라도 최소한 자기 나라를 말아먹을 무능한 왕은 아닐 거야. 어쩌면 역사서에 이름을 남길 왕이 될지도 모르지. 칭송일지 혹평일지야 알 수 없지만……. 그걸 알면 벌써 점쟁이 노릇하고 있겠다. 내가 침묵을 지키고 있으니까 마틴 녀석이 불편했는지 '흠흠' 하고 헛기침을 하더니 찻잔을 들었다. 그리고는 한 번에 쭉 들이켰다. 세상에 홍차를 저렇게 마시는 법이 어디 있어?!

차를 다 마신 삼왕자가 그대로 몸을 일으켜 어쩔 수 없이 나도 따라서 일어섰다.

"그럼 조만간 좋은 소식을 가지고 오겠소. 그때까지 내 집처럼 생각하고 푹 쉬길 바라오."

"예, 전하. 멀리 나가지는 않겠습니다."

"그럼."

짧게 인사를 마친 마틴 삼왕자는 씨익 웃으면서―자기 딴엔 멋지게 보이려고 했을 거다. 하지만 내겐 재수없음 그 자체였다―돌아서서 가버렸다. 그 아버지에 그 아들이라고 하더니 인삿말까지 똑같네. 혹시 이게 황실 예절은 아니겠지?

마틴 삼왕자가 가버린 뒤 얼마 지나지 않아서 에린이 제시와 죠안의 도움을 받으며 별궁으로 들어왔다. 그리 많은 편은 아니지만 그래도 적잖은 부피의 옷가지들과 몇 가지 책들, 그리고 내가 즐겨 쓰던 화장품 등이 들어 있는 짐 보따리를 등에 진 에린이 내게 예를 표한 뒤 내 방으로 들어가자 다른 두 시녀들도 같이 따라 들어갔다. 방을 꾸미는 거야 에린에게 맡겨도 되겠지. 길지는 않았지만 그래도 여기 있는 시녀들보다는 나를 잘 아니까 말이야.

흐음, 따분해. 아직 해도 지지 않았으니 벌써부터 침대 속으로 들어가 뒹굴 수도 없고 그렇다고 마땅히 할 일이 있는 것도 아니고……. 에린 녀석이나 닦달할까 하다가 그것도 관뒀다. 첫날부터 신경질적인 모습을 보여주면 다른 시녀들에게 내 이미지가 나쁘게 비춰질 테니까 말이야. 눈치 하나는 기가 막히게 빠른 시녀들이니―에린은 시녀로서는 절대 불합격이다―조만간 내 성격을 속속들이 파악하겠지만 그래도 첫인상은 중요한 법이니까. 할 게 없으니 따분하고 일을 벌이자니 남의 동네이고 하니 역시 할 수 있는 것은 따분한 표정을 지으면서 조신하게 티 테이블이나 긁는 게 전부였다. 남들이 보기에 조신한지 어떤지는 모르겠지만…….

지루함에 몸을 떨고 있을 때―시녀장인 에레니아 남작 부인도 어디론가 사라졌다. 별궁 꾸미기에 동참한 건가―마침 잘 아는 목소리가 귓가에 들려왔다.

"그러니까… 얼굴이라도 한번 보십시오. 그게 예의가 아니겠습니까?"

"아참, 귀찮게!"

"전하, 목소리가 크십니다."

"흠흠."

댄이다. 그리고 다른 목소리는 아직 앳된 게 소년인 것 같은데 전하라면? 이거야 너무 쉽잖아. 내가 몸을 일으키자 어느새 다가왔는지 제린이 내 옷매무새랑 머리 모양을 손질해 주었다. 그리고 내가 자리에서 일어서자 구겨진 드레스 자락을 펴주었고 어느 정도 단장이 다 되자 역시 소리없이 뒤로 물러났다. 흠, 이게 제대로 된 시녀의 몸가짐이지. 역시 에린은 아직 한참을 더 배워야 한다니까. 눈치라곤 약에 쓸래도 찾을 수 없는 녀석 같으니라고. 속으로 에린을 씹고 있는 동안 별궁의 정문에서부터 이어지는 돌길 위로 능글맞은 댄 녀석과 청년 티가 조금씩 보이는 소년이 들어왔다. 검은 머리에 검은 눈. 특이하네? 그래도 역시 잘생겼군. 왕족은 모두 미남 미녀만 있는 건가? 으음.

난 상념을 접으면서 다가오고 있는 두 남자들에게 걸어갔다. 그리고 활짝 웃으면서 입을 열었다.

"만나뵙게 되어서 영광입니다, 로이드 왕자 전하."

"어?"

생각이 표정으로 다 드러난다. 단순한 녀석일세. 놀랍다는 표정을 짓고 있던 로이드 왕자는 댄 녀석이 옆구리를 툭툭 친 다음에야 정신을 수습했다. 그리고는 무뚝뚝한 목소리로 대답했다.

"흠흠, 만나서 반갑소. 이름이……?"

"아넬리안, 아넬리안 폰 로세니아입니다, 왕자 전하."

"아, 그렇군. 아넬리안이라……. 좋은 이름 같군. 앉으시오."

티 테이블까지 다가간 로이드 왕자는 자기가 먼저 앉고 나서야 자리를 권했다. 이거이거, 아무리 왕자라 해도 말이야, 숙녀에게 앉아보라고 권하지도 않다니……. 예절이 부족해. 정말 예절이 부족해. 이왕자나 삼왕자나 왜 다 이런 인간들뿐인 거야?

"예, 그럼."

조금 기분이 나빴지만 화를 낼 수야 없는 법. 나도 따라서 자리에 앉았다. 그러자 마치 기다렸다는 듯이 제린이 불쑥 나타나서는 로이드 왕자와 나, 그리고 언제 의자를 가져왔는지 왕자의 옆 자리에 앉은 댄 녀석에게 홍차를 내려놓고 테이블 중앙에 갓 구운 듯 아직도 향이 좋은 쿠키 바구니를 놓은 뒤 물러섰다. 꽤 멀리까지 떨어져 서 있는 것을 보니 정말 교육은 잘 받았구나 하는 생각이 들었다. 최소한 5~6m는 되겠는걸? 그 정도 거리면 크게 떠들지 않는 한 아무리 귀가 좋더라도 말소리를 정확하게 알아듣기는 힘들지.

"……."

"……."

"후룩."

침묵뿐인 티 테이블. 찻잔을 들어서 적당히 식은 홍차를 한 모금 마셔보았다. 꽤 괜찮은걸? 에린보다 백 배는 낫군. 그나저나 무슨 이야기라도 해야 하는 거 아니야? 내가 말하리? 역시 이놈의 왕자도 제대로 된 인간이 아니야. 꽤 긴 침묵이 이어진 덕분에 난 막 입을 열려고 했다. 그런데 그보다 먼저 로이드 왕자가 행동하는 것이 아닌가?

"잠깐 실례하겠소."

라고 말한 로이드 왕자는 댄 녀석이 들고 온 두꺼운 책을 들더니 읽기 시작했다. 책을 보기 시작했단 말이다. 이 나를 앞에 두고. 어떻게, 어떻게……? 그래, 내가 로세니아의 왕족이니 뭐니 하는 건 그렇다 치자. 그리고 내 신랑감 후보 중 하나라는 것도 그렇다 치자 말이다. 하지만 숙녀를 앞에 두고 책이나 보고 있는 것이 세상 어느 나라 예법이냔 말이다. 왼쪽 눈썹이 부르르 떨린다. 테이블 밑에서는 내 두 주먹이 부르르 떨리고 있었고 입가에는 가느다란 경련이 일어난다. 으아아아!! 누가, 누가 나 좀 말려줘! 제발!

"잠시 실례… 전하아……."

왕자 옆에 앉아서 안절부절못하던 댄 자식은 내 표정을 보고는 황급히 고개를 숙이며 사과한 뒤 로이드 왕자에게 작게 속삭였지만 왕자 녀석, 요지부동이다. 독서삼매경이라는 말이 딱 저럴 때 쓰이는 거구나. 하하! 허탈해라!

댄 녀석은 간절하게 불러대면서 안절부절못했고 로이드 왕자는 철저하게 무시한 채 책만 보고 있었다. 그리고 난 그런 그들을 보면서 작게 하품을 했다. 처음의 긴장감 따윈 이미 저 하늘로 날아간 지 오래였고 남은 건 소외된 자의 지루함뿐이었다. 이거 성질나는데 확 엎어버릴까? 응? 이 생각, 벌써 두 번째 아닌가?

"에잇! 워렌 자작! 당신은 왜 허구한 날 나한테 찾아와서 귀찮게 하는 거야? 응? 다른 귀족들처럼 마틴한테나 가라고! 뭘 얻어먹을 게 있다고 나한테 들러붙는 거야?"

타악!

강하게 책을 덮은 로이드 왕자가 빽 하고 소리쳤다. 놀라라. 심장이 쿵쿵 뛰잖아! 왜 갑자기 소리는 지르고 그러는데? 중간에 끼어 있는 댄 녀석은 나와 로이드 왕자의 눈치를 살피면서 울상을 지었고 짜증이 난다는 표정으로 댄을 노려보던 왕자는 이내 몸을 일으켰다. 그리고는 나를 한번 힐끔 본 뒤에 자기 앞에 놓인 찻잔을 들었다. 그리고 단숨에 마셔 버렸다.

"소리를 질러서 미안하오, 아넬리안… 왕녀."

나를 부를 호칭이 마땅히 생각 안 났나 보지? 왕녀라……. 흐음.

"그럼 편하지는 않겠지만 그래도 내 집처럼 생각하고 편히 지내시오. 난 바빠서 이만……."

"전하! 전하아……!"

댄 녀석이 애원하며 매달리든 말든 로이드 왕자는 그대로 그 두꺼운 책을 든 채 아무 거리낌 없이 별궁 밖을 향해 걸어나갔다. 뒤따르던 댄 녀석은 내게 미안하다는 듯 연신 몸을 굽신거리면서 사과했고 왕자가 별궁 밖으로 나가 버리자 뭐라고 소리치면서 뒤쫓아가 버렸다. 아아~

골치 아파. 제대로 된 인간은 없는 거냐, 여긴?

저녁 식사는 간소한 편이었지만 그럭저럭 마음에 들었다. 제시가 요리를 잘한다고 하던데 나중에 칭찬이라도 해줘야지. 특히 과일 샐러드가 맛있었어. 밤에 조금 더 만들어달라고 해볼까? 느긋하게 식사를 마치고 나서 2층에 있는 내 방으로 들어온 나는 로세니아에서 살던 내 방과 비슷한 분위기를 보고는 작게 미소 지었다. 에린도 쓸모가 있을 때가 있구나. 비록 완전히 같을 수야 없지만 비슷한 색조에 비슷한 장식들, 그리고 벽 한 면이 투명한 유리로 되어 있는 넓은 테라스가 내 맘에 쏙 들었다. 1층에 있는 내 침실은―정확히는 두 번째 침실―테라스가 없어서 뭔가 밋밋해 보였는데 여긴 놀기에도 좋고 놀다가 지치면 침대로 기어들어 가 자면 되니 그것도 맘에 들고 말이야.
"하아… 무언가 피곤한 하루였어."
국왕과 왕자들. 지금의 나로서는 감히 올려다보기도 힘든 높은 위치의 인간들인데 실제로 만나보니까 뭐랄까, 좀 어긋났다고 해야 하나? 예상과는 많이 달랐다. 괜히 기분이 찜찜해지기에 나는 창가로 걸어가서 커다란 창문을 활짝 열어젖혔다. 대여섯 쌍의 남녀가 왈츠를 추어도 충분할 정도로 넉넉한 넓은 공간이 나를 맞이하였고 어느새 하늘에는 새하얀 별들이 반짝이고 있었다.
"후우~"
테라스 끝의 난간을 붙잡고 작게 숨을 들이켰다. 시원한 밤 공기를 마시니 머리가 좀 맑아지는 듯한 느낌인데 테라스 아래쪽, 그러니까 정원 한구석에서 두런두런하는 말소리가 들린다. 귀를 귀울여 보니 사람이 수군거리는 소리였다. 이거 소리를 질러야 하는 건가?

"거기 누구야?"

라고 생각하기 전에 입이 먼저 움직여 버렸다. 내 목소리에 제린과 에린—침착한 제린에 비해서 에린은 허둥대는 모습이 보였다—이 내게로 뛰어왔고 1층에서는 에레니아 남작 부인과 다른 두 시녀들이 급히 정원 쪽으로 뛰어가는 게 보였다. 와~ 교육이 잘된 거야? 빠릿빠릿한 게 진짜 대단한걸? 거기다 별궁 밖에서 경비를 서던 병사들이 뛰어오는지 철컹거리는 소리까지 들려왔다. 이거 이렇게 소동을 벌여놨는데 사실은 환청이거나 하면 어쩌지? 왠지 끔찍한 상상이…….

"거봐요. 들렸잖아요."

"이런이런……."

다행히 환청은 아니었나 보다. 정원 한구석에서 두 남녀가 수풀을 헤치고 기어나왔으니까 말이야. 뭐야, 저것들은? 내 바로 옆까지 다가온 제린이 촛불이 가득 켜진 촛대를 들고 있어서 난 내 눈앞에 나타난 남녀를 자세히 관찰할 수 있었다. 사내는 멀리서 보기에도 꽤 커다란 키에 아주 짧은 머리를 하고 있었고 헐렁하고 간소해 보이는 옷을 입었지만 다부진 몸매를 가지고 있었다. 그리고 여인 쪽은 사내 쪽과는 다르게 아주 긴 백금발의 생머리를 가진 귀여워 보이는 인상이었는데 샐쭉한 표정을 지으면서 사내에게 핀잔을 늘어놓고 있었다.

"누구세요?"

라고 묻는 것이 내 입장에서는 당연한 거겠지? 그런데 대답은 엉뚱한 데서 들려왔다. 아래층에서 정원으로 뛰쳐나온 시녀장이 그 사내를 보더니 깜짝 놀라면서 소리친 것이다.

"브래드릭 왕자 전하!"

"아, 들켰네?"

아… 아아! 정말 대책이 안 선다. 저기서 애정 놀음—이라고 판단되는 몰골—을 하고 있는 인간이 크레센트 국의 일왕자인 브래드릭 왕자라고? 거참, 이 동네, 정말 사람 사는 데 맞아? 사람을 얼마나 놀래켜야 속이 시원한 거야?

왕자가 왔다니 손님 입장인 난 또 아래층으로 내려가야 했다. 내가 1층에 도착해서 가장 먼저 본 것은 여인을 둘러싸고 있는 시녀들이었다. 직업 의식이 무엇인지 새 집이나 다름없는 몰골에 온몸에 나뭇가지며 나뭇잎을 잔뜩 붙이고 있는 일왕자는 내버려 둔 채 여인 쪽을 먼저 단장시키고 있는 것이다. 그것도 아주 능숙하게. 시녀장인 에레니아 남작 부인은 일왕자의 시선을 가리고 서서 설교를 늘어놓고 있었고 다른 두 시녀는 그사이에 같이 있던 여인—이 여인도 필시 무슨 내력이 있을 것이다. 장담한다—의 차림새를 봐주고 있었다. 시녀장에게 한참 설교를 듣고 있던 브래드릭 왕자는 내가 내려오자 아주 호탕하게 웃었다.

"하하하하!! 이것참, 초면에 실례가 많았습니다."

"…정원에 숨어 계실 줄은 몰랐습니다."

"아하하! 그게 그렇게 됐군요."

뭐가 그렇게 된 건데? 그리고 일왕자는 결혼했다고 하지 않았던가? 여긴 왜 온 거지? 의문이 꼬리를 물고 생겨났다. 때마침 시녀들의 마수(?)에서 풀려난 여인이 눈꼬리를 치켜뜨면서 일왕자에게 다가가더니 화가 난 목소리로 입을 열었다.

"그러길래 제가 미리 연락하고 찾아오자고 했잖아요!"

"하지만……."

"뭐가 하지만이에요! 네?"

"하지만 말이야, 그러면… 재미가 없잖아. 안 그래?"

씨익 웃는 일왕자 전.하.였다. 우하하하~ 맞아, 잠시 깜박했구나. 이 왕궁엔 제대로 된 인간이 없었지. 제길.

"그런데 이 늦은 시간에 무슨 용무로 오셨는지……?"

"아, 그게 여기 있는 엘린이 이번에 로세니아에서 오시는 아넬리안 왕녀에게 많은 관심을 보여서요. 그래서 늦은 시간에 실례했습니다."

"예? 저를요?"

"예, 뭐… 자기 딴엔 신경이 쓰였나 본데……. 음… 거 있잖습니까? 이번에 오시는 왕녀께서 우리 나라 왕자랑 결혼한다는 소문. 그래서 질투… 커헉!"

봤다. 그리고 들었다. 뻐억 하는 소리가 들렸다. 무언가 아작나는 소리. 한 손으로 입을 가린 채 '호호호' 웃고 있는 엘린이라는 여자. 오른팔 팔꿈치로 브래드릭 일왕자의 명치를 정말 온 힘을 다해서 후려쳤다. 진짜로. 그 증거로 일왕자의 얼굴색이 시퍼렇게 변하면서 컥컥거리고 있었다.

"우리 전하는 농담도 잘하시죠? 호호호!"

"아, 예."

"그럼 저희는 이만……. 다음에 정식으로 찾아뵐게요. 내 집처럼 생각하시고 편히 쉬세요. 저도 그랬답니다. 호호호! 그럼 이만."

"네에."

뭐, 할 말이 있나. 간다는데 보내줘야지. 손수건이라도 흔들어줄까? 거의 바닥을 구를 듯한 자세로 고통스러운 표정을 짓는 브래드릭 왕자의 옆구리를 한 손으로 꼬집으면서―확실하게 두 눈으로 봤다―엘린이라는 여자는 끝까지 웃는 얼굴로 별궁을 나갔다. 그제야 정신을 차린 나는 시녀장을 불렀다.

"그 숙녀 분은 누구지? 일왕자 전하와 친한 것 같던데……."

"네? 모르셨습니까? 미노스 가의 장녀이시자 브래드릭 전하의 부인이신 엘린 왕자비이십니다. 현숙하고 정숙하신 숙녀 중의 숙녀시죠."

"아아… 이제 더 찾아올 사람은 없겠지? 난 잘 테니까 별일없으면 깨우지 마."

"예, 마마. 편히 쉬십시오."

숙녀 중의 숙녀라……. 하하하! 건장한 사내의 명치를 정확하게 가격해서 숨 쉬기 힘들 정도로 만드는 여자가? 하여간 제대로 된 인간이 없다. 정말로 나, 잘해 나갈 수 있을까? 자신감이 팍팍 줄어드는걸?

크레센트 왕국. 이 대륙 내에서 가장 부유하고 가장 힘이 강한 나라라고 하지만 세력 비율은 우리 로세니아와 비등비등하다. 군사력으로만 따지만 케센이 가장 강하긴 하지만 그 동네는 워낙 춥고 배고픈 동네인지라 타국으로 원정 나와 장기전을 벌일 여력이 거의 없기에 크레센트 국이 우위를 점하고 있는 것이다. 전쟁은 병사만으로 할 수 있는 게 아니라고 책에 쓰여 있었으니까 맞는 말이겠지.

"심심해……."

난 읽고 있던 책을 침대 위에 대충 집어 던지고 넓은 침대 위를 데굴데굴 굴러다녔다. 평소처럼 아침 일찍 일어나긴 했지만 이 왕궁 안에서 내가 할 수 있는 일은 없다. 전혀. 하나도 없다. 정식으로 가족이 된 것도 아니고—물론 그쪽도 별로 마음에 들지는 않지만—아직까지는 손님 신분인지라 별궁 밖으로 마음대로 나다니지도 못한다. 그저 기다릴 뿐.

침대 위에서 데굴데굴 굴러다녀 봐도 심심함은 금할 길이 없었다. 결국 할 일이 없던 나는 아까 집어 던졌던 책을 다시 주워 들었다.

"흐음… 크레센트의 건국왕 같은 건 관심없고……."

파라락.

누가 들으면 눈을 부라리면서 화낼 만한 내용이지만—여긴 크레센트니까—난 로세니아 인이라고. 책의 중간쯤을 펼친 나는 아까 읽던 부분을 마저 읽기 시작했다.

"사실 군사적 입장에서 봤을 때 크레센트 국의 지형적 요건은 매우 불리하다. 광대한 영토를 지켜줄 어떠한 지형적 우위점도 없는 평탄한 대지는 농사를 짓기에는 매우 유리하지만 적군의 진격을 막는 데는 더 없이 불리하다. 거기에다 대륙의 중앙에 위치한 지리적 불리함에 이 나라가 아직까지 버티고 있는 것은 신의 은총이라 할 수 있다. 사면이 타국의 국경선으로 이어진 크레센트 국은 언제나 외세의 침입을 대비해야 했다. 그 덕분에 자연적으로 발생한 것이 수천에서 수만 명의 병사들을 장기간 주둔시킬 수 있는 요새 도시이다. 크레센트 국에는 상당히 많은 숫자의 요새 도시들이 있고 전략적 가치가 사라진 요새 도시들은 일반 농경 도시로 탈바꿈하기도 하였다. 그리고 다량의 병사들을 빠른 시간 안에 목적지까지 보낼 수 있게끔 하기 위해서 크레센트 국은 비나 눈에도 별 무리 없이 진군할 수 있는 튼튼한 가도를 거미줄처럼 온 국토 안에 만들었고 자국 내에서의 기동력을 살리고 적군의 기동력을 죽이기 위해서 가도 주변에는 요새 도시나 그보다 규모가 작은 요새들과 정규군 주둔지들이 생겨났다. 또한 병사 수의 우위를 점하기 위하여 귀족은 물론이고 일반 평민, 그리고 노예들에게까지 강제적인 징집 기한을 두는 국가는 오직 크레센트 국뿐이다. 이는 타국에 비해서 병사들의 무장도와 훈련도를 떨어뜨리지만 타국보다 월등히 많은 군사력으로 이를 보완하였다. 더욱이 무서운 점은 크레센트 국은 그 많은 병사들을 먹여 살릴 만큼 부유한 국가라는 것이다. 흐응……."

침대 위에서 발을 흔들면서 책을 보던 나는 향긋한 냄새에 고개를 돌렸다. 어느새 가져다 놓았는지 향긋한 홍차와 함께 쿠키 바구니가 침대 위에 놓여 있었다. 이젠 좀 질린다. 기척이 없는 것도 어느 정도지 눈을 잠깐 뗐다가 돌리면 어느새인가 왔다 간 흔적만 남아 있다. 혹시 저 시녀들은 모두 소리없이 걷는 훈련을 받은 게 아닐까? 도둑들처럼 말이야.

바스락.

아직 따뜻한 쿠키를 입에 넣었다. 고소한 맛이 올라오는 걸로 봐서 보리로 만든 것인가 보다. 잘 구웠네. 한 손으로는 연신 쿠키를 집어 먹으면서 나는 다시 책으로 눈길을 돌렸다.

"하지만 병력의 분산은 여러 가지 부작용을 낳았다. 특히 중소 요새들의 귀족들이 서로 작당하여 연합하는 모습은 자주 볼 수 있었는데 이는 병사들을 자신의 불순한 의도에 끌어들인 귀족들의 반란을 가져왔다. 과거 크레센트 역사에는 군사를 이용한 직접적인 반란 및 내전은 셀 수 없을 정도로 많이 일어났다고 적혀 있다. 당시 일부 역사가들은 적군에게 죽은 병사보다 동족에게 죽음을 당한 병사의 숫자가 더 많다고 주장할 정도인 것이다. 이에 7대 국왕으로 등극한 프로텐스 국왕은 각 지방의 중소 영주들의 사병 숫자를 대폭적으로 축소시키는 동시에 왕실에서 정규군 병사들을 지휘할 장군들을 직접 임명하는 방식을 취하였다. 당연히 자신들의 기득권을 빼앗긴 귀족들은 연합하여 내전을 일으켰으나 병력의 수와 질에서 차이가 나는 반란군은 겨우 1년도 못 가고 지리멸렬하고 말았다. 그후 귀족들의 권한은 약화되었고 왕권은 유래를 찾아볼 수 없을 정도로 강화되었다. 약화된 귀족들은 행정 관료라는 이름으로 다시금 역사에 등장하였으나 과거와 같은 권세를 누리기는 힘들었고 절대 왕정이 자리 잡았다. 크레센트 국의 특징이라 함은 왕은 물론이고 대귀족조차도 세금과 병역의 의무를 지는 것으로 유명하다. 가진 자는 가진 만큼 내놓아야 한다는 프로텐스 국왕의 유지에 따라서 지위 고하를 막론하고 신체 건장한 청년은 누구나 병역의 의무를 지어야 했다. 어쩌면 이러한 책임 의식 덕분에 크레센트 국이 지금의 커다란 왕국을 세우고 유지해 왔는지도 모른다. 크레센트 국민은 자신이 국가에 납부한 세금이 자신들을 지켜줄 것이라 굳게 믿었고 군인으로 징집된 청년들이 주변국들의 불순한 의도를 억눌러서 평화로운 일상을 보내게 해줄 것이라 믿어 의심치 않았다라……. 이거참, 몇백 년 전 이야기를 하고 있는 거야?'

확실히 내 기억으로도 크레센트 국이 최고로 확장했을 때가 프로텐스 국왕 때라고 생각된다. 그 당시 크레센트 국은 북방의 케센을 상당히 북쪽까지 밀어버리고 우리 로세니아 국의 영토를 절반이나 점령할 정도로 강력했다. 남방의 소국들은 모두 공물을 바친다 공녀를 보낸다 하며 정신없었기도 하고……. 하여간 대륙 최강이라는 수식어가 붙을 정도로 강한 힘을 가졌던 크레센트 국은 프로텐스 국왕 사후 억눌러졌던 귀족들의 연이은 반란과 점령지의 주민들이 일으킨 폭동, 그리고 패전국들의 연합군에 밀려서 강대한 권세를 채 다 누리기도 전에 지금의 몰골이 되었다. 프로텐스 국왕이 통치하던 40여 년간은 최고의 힘을 자랑하는 제국에 가까운 국가였지만 강력한 통치자가 사라지자마자 모든 힘을 잃고 자멸해 버린 것이다.

"음음… 역시 권력은 한곳에 집중하면 안 좋군."

여기선 성군으로 추앙받는 프로텐스 국왕이지만 다른 국가에서는 침략자로 이름을 드높인 왕이지. 거기다 귀족들의 목을 수도 없이 베어버린 왕이기도 하고. 대단한 왕이지만 마무리가 그저 그랬으니 결국 실패한 인생이지 뭐. 자기만 잘 먹고 잘살았다고 장땡인 게 아니니까. 덕분에 대륙 최강국이라던 크레센트는 3대 강국으로 명성이 추락했고 우리 로세니아는 그 덕분에 약소국 신세를 면했지. 지금은 당당히 어깨를 견주는 대국이 되었지만.

"마마……."

응? 에린인가?

"왜?"

"궁에서 연락이 왔습니다. 오늘 오찬에 마마를 초대하신다고 하옵니다."

"누구 이름으로 부른 건데?"

"국왕 폐하이십니다."

"폐하께서? 흐음……."

에린 녀석, 내가 말꼬리를 흐리자 몸을 작게 떤다. 날 힐끔거리는 걸로 봐서 내 눈치를 보나 본데 또 뭔 꼬투리를 잡혀서 혼나게 될까 하는 생각을 하는 것 같다. 꼬투리 잡을 거야 뭐, 있긴 하지만 지금은 그럴 기분이 아니란 말씀. 갑자기 왜 부른 거지?

"알았어. 준비해."

"예, 마마."

별로 재미없던 책은 구석으로 집어 던져 버렸다. 어차피 시간 때우기로 읽던 거라 손에서 내던지고 나니까 금세 관심이 식어버린다. 제시가 가져온 청동 대야에 손을 넣어보니 미지근하다. 거기다 장미 향이 은은히 나는 걸로 봐서 향수라도 넣었나? 방 한구석에서는 제린이 내가 입고 갈 드레스를 몇 벌인가 꺼내놓고 있었고 바보 같은 에린은 그저 내 등 뒤에서 서서 안절부절못하고 있었다. 맹한 것. 나를 몇 년이나 시중들었는데 단 이틀 된 다른 시녀들보다도 못하냐? 정말이지, 빨리 갈아치워 버려야 된다니까!

대충 씻고—긴 머리는 정말 짜증난다. 머리를 감을 때마다 완전 중노동이다—제린이 골라놓은 드레스 중 가장 화사한 연분홍빛 드레스를 입고 시녀장이 가져온 보석함에서 귀고리와 목걸이를 찬 뒤 내가 로세니아 왕성에서 받아온 루비가 박힌 팔찌를 차고 화장을 마치고 나니 오찬 시간까지 얼마 안 남았다. 치장하는 데만 두 시간이나 걸렸다.

정오가 다 되어가는 시각이잖아!

"에린! 에린!"

"네! 마마!"

크레센트 왕국의 시녀복으로 갈아입은 에린이 내 앞으로 쪼르르 달려온다.

"왕궁 지리는 다 외웠겠지?"

"예? 그게……."

고개를 푹 숙이면서 우물쭈물거린다. 이러니 내가 골려주고 싶어지는 게 당연하지. 이 맹한 것!

"멍청아! 지금까지 뭘 한 거야? 너, 그리고도 내 전속 시녀라고 할 수 있어? 엉?"

"죄송합니다, 마마. 용서를……."

"마마, 오찬에 늦겠습니다."

쳇! 에린 너, 시녀장한테 감사하라고!
"할 수 없지. 제린, 안내해. 그리고 죠안과 에린은 뒤에 서고. 이런 걸 내가 일일이 말해 줘야 되는 거야?"
짜증이 부글부글 끓어오른다 정말. 이 맹한 것! 내일도 우물거리면 당장 거리로 내쫓아 버리겠어! 이건 진심이라고!!

제린의 안내를 받아 본궁으로 들어가는 길은 참 멀었다. 어제는 몰랐는데 뭔 놈의 왕궁이 이렇게 넓은지 길 잊어먹기 딱 알맞다. 앞서서 걸어가던 제린도 중간에 잠깐 길을 잃었는지 당황했지만 뒤따르는 죠안이나 에린이 무언가 눈치 채기 전에 다른 곳으로 날 안내해서 사태를 수습했다. 관록이라는 건가? 능숙하게 대처하는걸?

대략 20여 분 정도 부지런히 걸어서 도착한 곳은 처음 이곳에 들어왔을 때 보았던 거대한 홀이었다. 시종들만 간간이 보이는 그 넓은─혹은 썰렁한─홀을 지나친 뒤 기다란 복도를 지나 대연회장으로 들어가자 길고 긴 테이블과 거기에 빽빽하게 앉아 있는 사내들이 눈에 들어왔다.

"오오~ 어서 오게, 왕녀."
"초대해 주셔서 감사합니다, 국왕 폐하."
"어서 앉게나, 어서."

핸드릭스 국왕이 이미 와 있었다. 완전 지각이야. 거기다 다른 수십 명의 귀족들이 날 노려보는 걸로 봐서 늦어도 상당히 늦은 것 같다. 제린의 시중을 받으면서 국왕의 옆 자리로 안내된 나는 우아한 자세로 의자에 앉았다. 곧 이어 시종이 차가운 음료와 함께 냉수를 내 테이블 위에 올려놓았다. 가지런히 정렬되어 있는 은제 포크와 나이프, 그리고 빈 그릇이 보인다. 아직 에피타이져(전채요리)도 안 나왔네? 저 국왕 아저씨의 보챔은 내가 반가워서일까, 배가 고파서일까? 심히 의심스러운걸?

"자자, 뭐, 대충 소문으로 들어서 알겠지만 내 직접 소개하도록 하지. 아넬리안 왕녀일세. 아넬리안 폰 로세니안."

"귀한 분들을 뵙게 되어서 영광입니다."

난 고개를 살짝 숙이면서 다른 귀족들에게 인사했다. 이것도 예의라고. 아무리 왕족이 아닌 일반 귀족들이라 해도 국왕과 함께 식사를 한다는 것은 궁 내에서 상당한 실권을 가진 자들이라는 뜻이니까. 내가 고개를 숙여 먼저 인사를 건네자 몇몇 귀족들이 헛기침을 하면서 슬며시 고개를 돌렸다. 저 인간들은 날 싫어하는 쪽이겠지? 기억해 두자. 그리고 내 맞은편에는……. 맙소사! 브래드릭 일왕자? 거기다 그 옆엔 로이드와 마틴까지. 마틴 녀석, 나랑 눈을 마주치자 배시시 웃으면서 손까지 흔든다. 어린 녀석이 어디서!!

전채요리로 나온 샐러드와 훈제 닭고기는 눈물 나게 맛있다. 무슨 소스를 썼는지 시면서도 아주 단맛이 나는 드레싱 소스는 내 마음에 쏙 들었고 소금만으로 간을 한 닭살은 겨우 한입거리였지만 담백한 맛이 입 안에 가득 맴돌 정도로 훌륭했다. 이거 만든 주방장 솜씨가 아주 뛰어난걸? 뒤이어 나온 완두콩 수프는 깔끔한 뒷맛에 빠져 버렸고 차게 식혀서 나온 레몬 쥬스를 마시면서 난 살짝 미소를 지었다. 그만큼 훌륭했거든. 국왕 폐하도 식사가 마음에 들었는지 냅킨으로 입가를 닦으면서 입을 열었다.

"오늘 식사는 아주 마음에 드는군. 예쁜 숙녀 분이 옆에 있어서 그런가? 허허허."

'노인네가 주책이야' 라고 하면 목이 뎅겅이겠지? 하지만 주책은 주책인걸. 국왕 폐하의 옆 자리에 앉아 있는 왕비의 미간이 살짝 찌푸려지는 걸 봐도 알 수 있다. 그리고 보니 핸드릭스 국왕 폐하의 취미가 지나가는 시녀 건드리기라고 들었던 기억이……. 설마 저렇게 평범하고 점잖아 보이는 사람이 그런 취미가 있을려고.

"호호호! 마치 공주님 같네요. 어머! 공주님이 맞던가?"

"공주는 공주지. 암. 내 슬하에 공주가 없었는데 오늘 딸 하나가 생긴 기분이구려."

"영광입니다, 폐하."

딸 같은 시녀를 건드린다는 소문이……. 흠흠, 뭐, 원래 위에 있는 자들은 마음대로 바람피우고 깽판 부려도 다 무마가 되는 법이니까. 그 갈아 마실 커트렌 자식만 봐도 알 수 있지. 암. 그런데 여기 분위기가 좀 이상한걸? 내가 끼어 있으니 당연히 좀 불편한 자리이기는 하겠지만 그래도 자기네들끼리 소곤거리거나 하는 건 있을 만도 한데 모두 벙어리라도 된 건지 입을 꾹 다물고 식사에만 열중하고 있다. 이것 참…….

"……."

문득 시선이 느껴져서 식탁 맞은편을 바라보니 로이드 이왕자가 날 바라보다가 눈길을 돌린다. 뭐야? 나한테 무슨 할 말이라도 있었던 건가? 할 말이 있으면 말을 하든가 말이지. 왜 괜히 사람을 노려보고 그러는데?

"그런데… 아넬리안 왕녀."

"예? 예, 폐하."

"그대가 보기엔 저 세 아들 녀석 중에 어떤 녀석이 마음에 드는가? 뭐… 세 녀석 다 그리 떨어지는 녀석들은 아니네만……."

"…저, 그게……."

으아!! 저 늙은이—중년 아저씨. 노친네. 늙은이. 착실히 단계를 올리고 있다. 독심술을 쓰는 자가 있다면 확실히 단두댓감이다—이런 자리에서 왜 그런 질문을!! 누굴 죽이려고 물어보는 거얏!

"허허, 내 질문이 너무 짓궂었나?"

"폐하, 세 분 왕자님들 모두 뛰어나니 왕녀로서는 누굴 선택해야 할지 혼란할 것이옵니다."

"그런가? 하긴 그렇겠군."

왕비의 말에 국왕 폐하가 고개를 끄덕이면서 한 손으로 수염을 쓰다듬었다. 때마침 생선 요리가 들어오고 있는 중이라 화제는 그럭저럭 넘겼지만 분위기는 영 아니올시다가 되어버렸다. 아니, 저 케센 북방의 툰드라 지방만큼이나 냉랭해졌다.

생각 같아서는 눈앞에 놓인 도미찜을 난도질하고 싶지만 예법이 몸에 밴 내가 그런 짓을 할 수 있을 리가 없잖아! 최대한 기품있고 우아하게 살점을 잘라낸 나는 포크로 그것을 입 안으로 가져가 살짝 씹었다. 음? 이거 진한 육즙이 배어 나오는걸? 환상적이다. 기품이고 뭐고 다 때려치우고 접시 위에 올려져 있는 도미를 두 손으로 들고 뜯어 먹고 싶다는 생각이 들 정도로 맛있다. 정말 맛있어. 눈가에 눈물이 밸 정도로 맛있다. 그런데 국왕 폐하께서는 이 내가 도미 맛을 보는 게 마음에 안 드는지—그럴 의도는 없었겠지만 타이밍이 정말—또 말을 걸었다.

"그런데 식은 언제쯤 올리는 게 좋을까? 역시 뜨거운 여름보다는 봄이나 가을이 낫겠지?"

으앗! 실수로 포크를 떨어뜨렸다. 다행히 테이블 위에 떨어져서 소리가 안 났기에 망정이지 잘못했으면 여기 있는 사람들 시선을 모조리

끝 뻔했잖아. 국왕 폐하는 자기가 말을 꺼내놓고도 쑥스러운지 껄껄 웃으면서 왕비의 핀잔을 듣고 있었고 내 옆이나 다른 자리에 앉은 귀족들은 식사에 열중하느라 못 본 듯했다. '휴~ 다행이다' 라고 생각했는데 맞은편에 앉은 로이드 이왕자가 날 보다가 피식 웃으면서 고개를 떨구며 포크를 든다. 뭐야, 저놈? 불만있으면 말로… 할 만한 자리가 아니군. 그래도 심히 기분 나쁘다.

그 뒤로 메인 요리들이 줄줄이 나왔지만 이제는 두려워지기까지 한 국왕의 툭 꺼내놓는 말과 로이드 이왕자의 태도가 걸러서 무슨 맛으로 먹었는지 기억도 안 난다. 간신히 디저트를 먹어치우고—그래도 다 먹은 걸로 봐서 꽤 맛있었나 보다—오렌지 쥬스를 마시고 나니 좀 살 것 같았다. 정식 요리는 여기서 끝이니까 이제 별궁으로 갈 수 있다. 제발 그냥 가게 해줘! 이런 자리는 죽어도 다시 참석하고 싶지 않아!
"흠, 맛있었는가, 아넬리안 왕녀?"
"예, 폐하. 이런 훌륭한 자리에 초대해 주셔서 감사드립니다."
"마음에 들었다니 다행이군. 이 늙은이를 상대하느라 피곤했을 테니 이만 가서 쉬게."
"먼저 자리를 뜨는 무례를 용서해 주십시오."
조용히 자리에서 일어섰다. 그런데 왕자들이나 귀족들 중 단 한 명도 자리에서 안 일어난다. 먼저 일어선 나만 괜히 머쓱해졌잖아! 뭐야? 소외감이 팍팍 밀려오는걸?
"이리로."
내 의자를 뒤로 빼준 시종이 공손히 나에게 말했다. 난 국왕에게 예를 취한 뒤 그 시종을 따라서 대연회장을 빠져나왔고 밖으로 나오니 제린과 에린이 기다리고 있었다. 이 애들은 밥이나 먹었으려나? 아니지. 그게 아니지. 지금 중요한 건 내 시녀들이 식사를 했는지 걸렀는지 하는 게 아니야.

"마마, 별궁으로······."

"쉿."

제린의 입을 막아버린 난 복도를 돌아보았다. 문 옆에 경비병 두 명이 있었지만 그들은 제외. 상관없으니까. 복도에 돌아다니는 시종도 없고 나를 데리고 나온 시종도 문 앞에서 돌아갔다. 좋아!

"···마마, 엿듣는 것은 품위에 어긋나는······."

"닥쳐."

관록있는 제린도 내 살벌한 말투에 꼬리를 내렸다. 나는 눈을 부라려서 시녀들과 경비병들이 내게 등을 보이게 만든 뒤 두터운 나무 문에 귀를 대었다. 역시나 안에서는 '타국에서 온 출신도 불분명한···', '고귀한 혈통에 누가 되는···' 어쩌구 하는 소리가 들려온다. 역시나 나는 불청객인 것이지. 뭐, 이로써 마틴 삼왕자는 떨어져 나간 것 같은 걸? 삼왕자는 현 왕비의 자식이고 자기 파벌도 빵빵하게 키워놓은 것 같으니 잘 나가는 귀족가의 숙녀를 부인으로 맞이하겠지. 그게 귀족들을 다루는 정석이기도 하고. 하지만 역시 기분 나쁜 건 나쁜 거다. 여기까지 와서도 짐짝 취급이라니······. 17년 동안 쌓아왔던 자존심이 와르르 무너지는 듯한 기분이랄까? 무너질 자존심이랄 것도 별로 없지만서도······.

"마마······."

울상을 짓는 에린을 노려봐 준 나는 다시금 귀를 문에 가져다 대었다. 내 남편이 누가 될지 정해지는 중요한 판국에 지금 품위가 문제야?

어라? 마틴 왕자가 큰 소리로 떠드는걸? 소리치는 거야 상관없지만 그 내용이 문제잖아!

'아넬리안 왕녀를 소홀히 대하면 로세니아와의 관계가 소원해지고 그 틈을 타서 케센이 끼어들 수 있다. 그렇기에 난 아넬리안 왕녀와의 결혼을 추진하겠다' 라는 요지다. 이럴 수가! 이건 완전 선전 포고다. 눈앞에 단두대가 아른거리는걸? 아니면 독살당할까? 그도 아니면 한밤중에 암살자가……?

"크흠흠."

누군가 헛기침을 하면서 내 어깨를 툭툭 친다.

"누구얏?"

"…죄송합니다만……."

백발의 하얀 노인이 길게 기른 콧수염을 쓰다듬으면서 날 물끄러미 바라보고 있었다.

"에에?"

"왕성 시종장이신 맨허틴 드 웰슨 자작이십니다."

제린이 슬며시 다가와서 속삭였다. 그러자 내 앞에 뻣뻣하게 서 있던 시종장이 고개를 살짝 숙이면서 인사를 했다.

"아아……!"

"마마, 돌아가실 시간이니다만……."

정중한 말솜씨를 뽐내면서 복도를 슬며시 가리키는 시종장은 부드럽지만 단호한 눈빛으로 나를 이곳에서 내몰겠다는 의지를 피력했다. 뭐, 물러나야겠지? 더 듣고 싶기는 하지만 할 수 없지.

"에린, 가자."

무안해진 나는 고개를 살짝 숙이면서 시종장의 옆을 지나쳤다. 아쉽게도 결과는 듣지 못해서 궁금증이 꼬리에 꼬리를 물고 고개를 치켜세웠지만 나머지는 에레니아 시녀장이나 댄 녀석을 통해서 들어야 할 것 같다. 으음… 그런데 시종장이 어떻게 내가 엿듣고 있는 줄 알고서 찾아온 거지? 누군가에게 내가 엿듣고 있는 걸 들켰나? 아니면 누군가 가서 이야기했다거나……. 유력한 용의자 셋이 내 앞뒤에서 숨죽인 채 걸어가고 있다. 으음…….

다시 별궁으로 돌아가다가 문득 나는 발걸음을 멈추었다. 앞서서 걸어가던 제린이 멈춰 서서 나를 돌아보았지만 난 아무 말도 않고 가만히 서 있었다.

"마마?"

"에린!"

"넷? 마마!"

"그 애, 어디 있지?"

"예?"

"그 아이 있잖아. 카렌이라고 했던가? 그 애."

"아! 그 아이는 궁에 들어오면서부터 못 봤습니다, 마마."

"찾아."

"…예?"

"찾아서 데려와."

"하, 하지만 마마."

어쭈? 저것이 이젠 말대꾸까지 하네? 자아, 오른손을 올리고 주먹을 꽉 쥔 다음 꽁.

"더 맞기 싫으면 빨리 가서 찾아와. 아니면 어디 처박혀 있는지라도 알아가지고 와."

크레센트 173

"네네, 마마. 히잉."

어린 녀석, 눈물을 글썽이면서 나를 가로질러 복도 끝으로 뛰어간다. 후우~ 바보.

"죠안, 가서 저 덜떨어진 애 좀 도와줘. 그리고 이 근처에 볼 만한 정원 있어?"

"예, 마마. 후원에 왕족 전용 화원이 있습니다."

"안내해."

제린의 눈치를 받은 죠안은 두 손으로 치맛자락을 쥐고 어린이 달려간 방향으로 뛰어갔다. 그리고 제린은 공손한 자세로 나를 후원으로 안내했다. 역시 이런 게 바로 권력이란 말이지. 말 한마디로 사람을 부리는 것. 과거 어떤 사람이 말했었지. '권력가란 일반 평민이 평생을 바쳐 이루는 것을 단지 말 한마디로 해내는 자' 라고 말이야. 자~ 기다리는 동안 꽃 구경이나 갈까?

제린을 따라서 10분쯤 걸어가자 왕궁 뒤편의 넓은 화원이 나왔다. 화원은 낮은 벽돌담으로 막혀 있었는데 화원으로 통하는 입구에는 작은 목제 막사가 있었고 두 명의 병사가 할버드를 든 채 서 있었다. 처음에 나와 내 시녀들이 다가가자 허가받지 못한 자는 들어갈 수 없다고 뻣뻣하게 굴던 경비병들이었지만 내가 눈썹을 꿈틀거리자 내 눈치를 보던 제린이 급히 병사들에게 다가가서 내 신분과 왕자비―이 점을 강조했다―가 될 예정이라는 사실을 알리자마자 입구를 막고 있던 할버드는 슬그머니 병사들의 팔 사이로 돌아갔다. 한쪽 발을 구르며 경례까지 붙이는 병사들 사이로 고개를 뻣뻣이 들고 들어서자 정원사로 보이는 늙은 사내가 슬며시 길가 풀숲 사이에서 나타났다.

"마음에 드시는 꽃이 있으시면 미천한 소인에게 언질해 주십시오. 예쁘게 다듬어서 바치겠습니다."

내 옆에 나타나자마자 허리를 푹 꺾으면서 늙은 정원사가 말했다. 꽃을 함부로 꺾지 말라는 경고인가? 훗! 그 정도쯤이야 지켜주지. 무려 17년간이나 왕실 예법을 갈고닦은 몸이란 말이야. 천박하게 화원의 조화를 망치는 짓거리는 안 해. 그런 건 골이 비고 겉멋만 잔뜩 든 계집들이나 하는 짓이지. 아니면 조화로움 속에 숨어 있는 미학을 모르는 천치들이거나.

내가 고개를 살짝 끄덕여 보이자 그 정원사는 황송하다는 표정을 지으면서 뒷걸음질로 물러섰다. 그리고는 내가 구불구불한 화단 길을 따라서 걷는 동안 화단 주변에서 일하던 젊은 정원사들을 모조리 끌고 어디론가 사라져 버렸다. 흠, 눈치도 빠르군.

그나저나 상당히 멋들어진 화단이다. 새하얀 대리석 블록을 따라서 붉은색, 연녹색, 분홍색의 꽃들이 가지런히 피어 있었고 시선을 조금 멀리 두면 보기에도 시원해 보이는 푸른 나무들이 눈에 들어온다. 나무들 사이로 새하얀 내성벽이 보였고 고개를 들어 위를 올려다보니 나무 너머로 단단해 보이는 돌 벽이 눈에 들어왔다. 그 위에서 오락가락하는 수비병들은 엄지손가락만하게 보이는 걸로 봐서 그 크기가 어느 정도인지 짐작할 수 있었다. 말로 표현하자면 '우라지게 넓고 지랄맞게 크다'였지만 그런 말은 숙녀가 내뱉을 말이 아니지. 속으로만 생각해야겠다. 그나저나 좀 걸었더니 다리가 아픈걸? 이 드레스라는 물건은 입고 있는 것 자체만으로도 체력을 상당히 소모하는 것이니까 말이야. 하긴 드레스야말로 숙녀들의 전투복이 아니겠어?

"흐음……."

"마음에 드십니까, 마마?"

"그럭저럭."

"안으로 조금 더 들어가시면 쉬실 곳이 있습니다."

"응."

저 제린이라는 시녀, 그리 나이 들어 보이지는 않는데—기껏해야 20대 중반 정도이다—상당히 노련하다. 겨우 하루 만에 내 성격을 파악했는지 내 눈치만 보고도 내가 뭘 원하는지 금방 알아챈다. 정말 비교 상대라고는 에린뿐이지만 너무 비교가 되잖아. 내가 데리고 온 아이가 다른 집(?) 아이보다 떨어진다는 건 굉장히 자존심 상하는 일이다. 괜스레 심술이 날 정도로 말이야. 실수라도 하면 당장에라도 한바탕 소란을 피우겠지만 뭐든지 척척 다 잘해내니 뭐라고 할 수도 없고……. 우이씨! 이게 다 에린 탓이야! 멍청하고 맹한 것 같으니라고! 별궁에 돌아가서 두고 보자!

제린의 말대로 좀 더 걸어 들어가니 새하얀 테이블 보가 정갈하게 놓여 있는 작은 공간이 나왔다. 담쟁이덩굴들이 봄날의 따가운 햇볕을 막아주고 있었고 싱그러운 풀 내음과 꽃 향기가 주변을 맴도는 상당히 마음에 드는 곳이었다. 이런 좋은 데를 왕족들만 드나든단 말이야? 다른 사람들에게 부끄럽지도 않은가?

"홍차, 진하게."

"예, 마마."

내가 자리에 앉아서 말하자마자 제린은 품속에서 작은 주머니를 꺼내 들고서는 내 시야에서 사라졌다. 정말 잽싸다니까. 눈만 떼면 사라진다. 저것도 기술이야. 음음, 홍차가 나오려면 시간이 좀 걸리겠지? 물 끓이는 데도 시간이 필요할 테고. 한 손으로 턱을 괴고 눈앞에 보이는 연보랏빛의 이름 모를 꽃을 보고 있노라니 마음이 흐물흐물해지는 느낌이다. 꽃 사이를 날아다니는 크고 작은 나비들과 붕붕거리면서 나비들과 속도 경쟁을 벌이는 꿀벌들. 저 꿀벌을 보고 있으니 꿀이 먹고 싶어진다. 홍차에 달디단 벌꿀이나 많이 넣으라고 할 걸 그랬나? 하긴 이 정도로 커다란 화단이니 양봉장도 있겠지. 눈치 빠른 제린이라면 알아서 할지도. 그나저나 혼자 있으려니 지루한걸?

　혼자서 이런저런 생각을 하면서 화단을 멍하니 바라보고 있을 때 등 뒤에서 부스럭거리는 소리가 났다. 제린이 이제야 왔나 하며 고개를 돌려본 순간 소리를 낸 장본인과 시선이 딱 마주쳤다.

"……."

"…아……!"

　제린인 줄 알았던 상대는 로이드 이왕자였다. 인간 책벌레라던데 도서관에서나 처박혀 살지 이런 화단엔 왜 오는 거야?

"…거긴 내 자리인데……."

"예? 아, 예. 실례했습니다, 이왕자 전하."

"음……."

　내가 급히 자리에서 일어나면서 고개를 숙이자 그제야 로이드 왕자는 고개를 까딱이면서 내 맞은편에 앉았다. 그리고는 다시금 옆구리에 끼고 있던 책을 펼치더니 내겐 시선 한번 주지 않고 책만 파기 시작한다. 자존심이 와르르 무너지는 소리가 내 귓가에 들리는 건 환청일까?

　이놈의 이왕자라는 자식은 아무리 생각해도 마음에 안 든다. 내가 싫은 건지 아니면 원래 태도가 이런 건지 노골적으로 나를 무시하는 폼이 정말 짜증이 부글부글 끓어오르게 만든다. 문제는 그 무시하는 폼이 너무나 자연스럽다는 것! 이것 때문에 화낼 타이밍을 몇 번이나 놓친 것이다. 하, 참나, 정말 많이도 참는다, 아넬리안. 바꾸기로 한 날 이후로 누구의 눈치도 보지 않고 살기로 다짐했는데 그 다짐이 벌써 흔들리기 시작한다.

사락사락.

책장 넘어가는 소리만 귓가에 들려온다. 이미 이왕자는 내가 자기 앞에 앉아 있는지도 잊어먹었는지 나를 완.전.히. 무시한 채 자기만의 세계에 빠져들었고 그런 그를 잡아먹을 듯 노려보던 나도 제풀에 지쳐서 이제는 넋 놓고 두꺼운 책에 열중하는 저 이왕자의 검은 머리를 바라만 보고 있었다. 무언가 외로운 듯한 분위기를 풍기면서도 그 누구도 다가오지 못하게 막는 듯한 분위기. 내 눈에 비친 로이드 이왕자는 상처 입은 새끼 고양이 같았다. 누군가의 손길이 필요하지만 그 누구의 접근도 거부하는 의심 많고 악에 받친 새끼 고양이 말이다.

"응?"

"아, 음……."

내 시선을 느껴서인지 로이드 이왕자의 새까만 눈동자가 나를 바라보았다. 괜히 무안해진 나는 턱을 괴고 있던 손을 슬그머니 내리면서 고개를 돌렸으나 그러면서도 힐끔거리며 그의 눈치를 살폈다. 나를 빤히 바라보던 이왕자는 이내 관심을 잃었는지 다시 책으로 눈을 돌렸다. 그때 마침 제린이 찻잔이 올려져 있는 쟁반을 들고 테이블 쪽으로 걸어왔다. 그러다가 나와 함께 있는 로이드 이왕자를 보고는 깜짝 놀란 표정을 지었다. 호, 숙달된 시녀도 놀랄 때가 다 있군. 그래도 노련한 시녀는 아무나 하는 게 아니라는 것을 말해 주듯 금세 평소 모습으로 돌아간 제린은 조심스럽게 테이블로 다가와서는 찻잔을 내려놓고 홍차를 따랐다.

쪼르르르.

문제는 제린이 놓아둔 찻잔의 위치가 나와 로이드 이왕자의 중간쯤이라는 거다. 제린도 이왕자의 출현은 예상 못했는지 찻잔을 달랑 하나만 가져와—그녀는 어떻게 해야 할지 몰라서였는지 아니면 일부러였는지—테이블 정중앙에 찻잔을 내려놓고 홍차를 따랐다(후자일 확률이 높다고 생각한다. 그래, 나 삐뚤어졌다. 흥!).

"흠."

책을 읽던 로이드 이왕자는 찻잔에 홍차가 가득 차자 아주 자연스러운 태도로 손을 내뻗어서 찻잔을 들더니 책에서 눈을 떼지도 않은 채 한 모금 마셨다.

"흐음, 괜찮군."

라고 말하면서 찻잔을 자기 앞에 내려놓는다. 찻잔 받침까지 끌어가서 내려놓는 폼이 아주 자연스럽다. 쥐어 패고 싶을 정도로 말이다.

"…어?"

내가 노려보는 폼이 자못 심각했는지 로이드 이왕자 녀석이 다시 홍차 한 모금을 마신 뒤 내려놓다가 나와 안절부절못하고 있는 제린을 보면서 약간 당황한 표정을 지었다.

"…미안."

이제야 상황이 파악된 건가? 저 녀석, 남의 차를 허락도 없이 마음대로 가져가서 마시고는 한다는 말이 겨우 미안이란다. 하참, 내가 어디 가서 꿀리는 배경도 아니고 말이야. 정말 머리끝까지 화가 치솟는걸. 차 쟁반을 든 채 어쩔 줄 몰라 하던 제린은 내가 노려보자 급히 정원 한 켠으로 달려갔다(아마도 찻잔을 가지러 갔으리라). 그때까지 무심하던 로이드 왕자도 나한테 조금 미안하다는 표정을 지었다.

"실수했네. 사과하지."

라고 말한 뒤 슬며시 손으로 찻잔을 내 쪽으로 조금 밀어낸 로이드 왕자는 내 눈길을 피하기 위해서였는지 아니면 원래 그런 성격인지 얼굴색 하나 변하지 않고 다시 책을 보기 시작했다. 지겹다, 저 인간. 내 동생이라도 된다면 그대로 엎어놓고 발로 자근자근 밟아버릴 텐데……. 제발 살려달라고 빌 때까지 말이야.

헉헉거리는 숨을 내뱉으면서 제린이 달려왔다. 품 안에 찻잔 세트를 들고 급히 뛰어오는데 용케도 넘어지지도 않고 잘 오네? 에린 같았으면 두어 번은 구르고 넘어져서 깨진 찻잔을 들고 다시 뛰어가야 했을 텐데……. 크게 헐떡이면서 달려온 제린은 재빠른 손놀림으로 내 앞에 찻잔을 놓고 조금 식은 홍차를 따랐다. 그리고 소매 끝에서 작은 유리병을 꺼내서 내 앞에 내려놓고는 손수건으로 닦은 티스푼을 찻잔 받침에 내려놓았다.

"……."

스륵스륵.

내 눈이 한 손으로 가슴을 잡은 채 조심스럽게 숨을 고르면서 헐떡이는 제린과 무심한 눈길로 책장만 넘기는 로이드 이왕자 사이를 오가다가 내 앞에 놓인 홍차로 돌아왔다. 그 옆에 놓인 작은 유리 병에는 황금색—이라고 표현되는—벌꿀이 가득 들어 있었다. 그제야 난 마음이 조금 풀리는 걸 느꼈다. 뭐, 이 정도로 용서해 줄까? 내가 유리 병에 꽂혀 있는 코르크 마개를 뽑고 제린에게 손짓하자 그녀는 공손히 고개를 숙여 보인 뒤 슬그머니 내 시야에서 안 보이는 곳으로 사라졌다. 조금 짜증나기는 했지만 그래도 화창한 날씨에 화내봐야 내 손해이니 느긋하게 즐거나 볼까?

홍차를 두 잔이나 마시고 느긋하게 먼 하늘을 바라보면서 시간을 죽이고 있을 때쯤—한마디로 지루함에 몸을 떨고 있을 때—에린과 죠안이 돌아왔다. 내 옆에 앉아 있는 로이드 이왕자 때문에 잠깐 움찔하던 에린은 조심스럽게 내게 다가와서 작게 속삭였다.

"카렌이 있는 곳을 찾았습니다, 마마."

"그래? 그럼 가자."

저런 무뚝뚝함이 흘러넘치다 못해 차 오르는 왕자 따위와 있느니 차라리 별궁으로 돌아가 침대에서 뒹구는 게 낫겠다. 그런 생각에 난 자리에서 일어섰다. 그런데도 저놈의 망할 왕자 자식은 나한테 눈길 한 번 안 준다. 정말 자존심에 금이 쫙쫙 가버린다. 잘근잘근 씹어버리고 싶어!!

"가는가?"

"…예, 이왕자 전하."

내가 막 몸을 일으켜서 시녀들을 부르려고 할 때 그 무겁디무거운 로이드 이왕자의 입이 열렸다. 새로운 발견인걸? 석상인 줄 알았던 물체가 인간이었다니!

"조심해서 가도록."

역시 책에서 눈길 하나 안 떼고 말하는 로이드 이왕자. 도대체 어떤 삶을 살아야 저렇게 싸가지없음이 철철 넘치는 재수없는 성격이 나올 수 있는 거야? 나보다 한 살이나 어린 것이—무려 한 살이다. 무려 12개월이고 무려 360일이다—저 정도로 재수없는 성격이 될려면 굉장히 불우하다 못해 비참한 생활을 했어야 했을거다. 장담하는데 안 그러면 저런 삐둘어지고 무관심한 인간이 되지는 못할걸? 정말 끓어오르는구나. 크으…….

"그래도 나중에 전하의 부인이 될지도 모르는 여성에게 너무 무관심하신 게 아닙니까, 전하?"

우웃! 머리보다 입이 먼저 움직였다. 본심이긴 하지만 그래도. 내 말에 책을 보던 로이드 이왕자는 갑자기 책을 탁 소리나게 덮더니 나를 물끄러미 올려다본다. 재수없는 왕자지만 맑아 보이는 검은 눈동자는 마음에 드는걸?

"…당분간 그런 걱정은 안 해도 될 거야."

"……."

"가봐. 귀찮게 하지 말고."

라고 말한 이왕자 자식은 다시 책을 펼쳐 들더니 독서를 시작한다. 으으… 저절로 주먹이 불끈 쥐어진다. 내려치고 싶다. 후려패고 싶다. 걷어차고 싶다아아아!! 마음에 든다고 했던 거 취소! 취소! 취소오!!

"마마……."

내게 조심스럽게 다가와서 말을 건네는 에린. 이것이 겁을 상실했구나. 이걸 쥐어 패버려? 눈물이 찔끔 나도록? 흠흠, 여기선 안 되지. 우선 이 화원부터 벗어나고 보자! 죽었어!!

"그럼 먼저 실례하겠습니다, 이왕자 전하."

내가 살짝 고개 숙여서 인사하자 이 망할 놈의 왕자는 책에서 눈도 안 뗀 채 고개만 까딱거리며 답변했다. 이 무시당한 원한은 차후에 꼭 갚을 테닷! 두고 보자! 뿌드득!!

이를 벅벅 갈면서 화원을 나선 나는 에린의 안내―실제로는 죠안이었지만―를 받아서 왕성 지하에 있는 감옥까지 발걸음을 옮겼다. 왕성이라는 데가 워낙 삼엄하기에 그곳에 중죄수를 처박아두면 웬만해서는 빼돌리기 힘들다. 왕성이란 그 나라의 수도이자 정신적 상징이기에 이곳을 침범한다는 것은 그 국가와 적이 되겠다는 선전 포고나 다름없을 정도니까 말이다. 그렇기에 내가 가는 곳의 경비는 삼엄하기 이를 데 없었다. 에린의 안내를 받으며 걸어가던 나는 세 곳의 경비 초소와 네 명씩 짝을 이룬 경비병들의 의아한 시선을 받으면서도 마치 내 집처럼—국왕도 자기 집처럼 편하게 지내라고 하지 않았던가—당당한 걸음으로 지하 감옥 앞까지 왔다. 여기서 두 명의 기사들이 나의 앞을 가로막았지만 '무엄하다' 라는 말과 함께 로이드 왕자에게 받았던 분노를 상기하면서 미간에 주름을 잡자 순식간에 길이 생겨났다. 훗! 감히 누구의 앞을 막으려는 거야? 오늘 난 기분이 최악이라고! 괜히 내 눈앞에서 얼쩡거리다간 어디 한 군데 내놓을 각오를 해야 할 거다. 흥!

아직 낮인데도 불구하고 지하로 통하는 계단에는 몇 미터마다 횃불이 걸려 있었다. 햇빛이 들어올 창이라곤 단 하나도 없는 데다가 사방이 돌로 된 복도였기에 분위기는 음침 그 자체였고 아래서부터 불어오는 작은 미풍을 타고 역한 냄새가 내 코를 찔렀다.

"마마, 여기⋯⋯."

등 뒤에서 제린이 공손히 손수건을 내게 바쳤다. 난 한 손으로 제린이 건네준 수건을 들어서 코를 막고는 인상을 쓰면서 좀 더 아래로 내려갔다. 꽤 긴 계단을 통해서 아래로 내려가자 계단이 끝나면서 어린애 팔뚝만한 굵은 쇠창살 문이 나타났다.

"뭐야? 아직 밥 때가 아닐 텐데?"

철창 너머로 머리가 절반쯤 벗겨진 중년의 사내가 고개를 내 쪽으로 들이밀면서 물었다. 건방지게 의자에 앉아서 고개만 내 쪽으로 내민 그 녀석을 난 지그시 노려보았다. 졸린 듯한 눈으로 멍하니 날 바라보던 그 녀석은 내가 여자라는 것과 내 옷차림이 예사롭지 않다는 것을 무려 1분이나 지난 뒤에야 깨달은 듯하더니 쿠당탕거리면서 바닥으로 넘어졌다. 그리고 오뚝이처럼 순식간에 벌떡 일어나더니 허리를 푹 꺾었다.

"무, 무례를……."

"됐어. 문이나 열어."

"예? 하, 하지만 이곳은 인가받지 않으면 들어가실 수 없습니다. 죄, 죄송합니다."

"흠……."

저 녀석, 내가 누군지나 알까? 모른다는 데 10골드 건다. 단지 내 옷차림만 보고 저렇게 반응하는 걸 테지.

"열어."

"죄송합……."

"말했다, 열라고. 문. 열. 어."

"하, 하나……."

연신 굽신거리면서 나에게 죽을죄를 지었다는 표정을 짓는 철창 너머의 녀석은 그래도 문을 열 생각은 하지 않고 죽여달라고 빌기만 한다. 오냐, 그래. 오늘 시체 하나 치워보자. 젠장할! 오늘 정말 무슨 날인가? 왜 이렇게 사람을 짜증나게 만드는 일만 생기는 거냐?!

"후우~"

나는 속에서 올라오는 한숨을 길게 내뱉은 뒤 그 녀석에게 이리 오라고 손짓했다. 그러자 자기 손으로 자기를 가리키며 주변을 두리번거리다가 녀석은 우물쭈물거리면서 내 쪽으로 슬금슬금 다가왔다. 엉덩이를 뒤로 한껏 뺀 채 내 쪽으로 주춤거리며 다가오는 걸 보니 마치 오리가 뒤뚱거리는 것 같지만 안 웃긴다. 오히려 짜증만 더 나게 만든다. 창살 너머까지 다가온 그 녀석은 나를 보면서 비굴한 웃음을 지어 보였다. 그런다고 봐줄 줄 알아? 덥석!

"어어?"

쾅!

내 두 팔이 창살 너머에 있는 사내자식의 멱살을 움켜잡고 한 발로 창살 끝을 밀면서 힘을 주자 건장한 체구인 그 녀석이 아무런 저항도 못하고 내 쪽으로 딸려오다가 철창에 얼굴을 처박았다.

"크악!!"

두 손을 허우적대면서 작게 비명을 지른 놈의 머리카락을 한 손으로 움켜쥔 난 반항할 생각조차 못하는 불쌍한 사내 녀석의 머리를 번쩍 들었다. 그리고 겁에 질린 그의 두 눈을 노려보면서 소리쳤다.

"당.장. 열어. 임무를 충실히 하다가 지금 당.장. 목이 잘리든지 나중에 문책을 받아서 목이 잘리든지 빨리 선택해!"

"으으······."

턱!

내가 사내를 잡고 있던 손에 힘을 빼면서 그를 밀자 연약한 내 힘에도 힘없이 밀려난 그는 엉덩방아를 찧으면서 주저앉았다. 창살 너머의 그자는 공포에 질린 표정으로 부들부들 떨다가 허둥대면서 자기가 앉아 있던 책상으로 기어갔다. 그리고는 책상을 짚고 비틀거리며 일어나서는 열쇠 꾸러미를 들고 내 쪽으로 걸어와 급히 창살 문을 열었다.

끼이이이익!

나는 당당한 걸음으로 창살 안쪽으로 걸어 들어갔다. 그자는 내게 단단히 겁을 집어먹었는지 내가 안쪽으로 들어서자 벽에 바짝 붙은 채 고개를 땅에 처박았다. 누가 보면 잡아먹는 줄 알겠네.

"직책은?"

"예? 예, 왕실 지하 감옥 간수입니다."

"간수장은 있겠지? 가서 데리고 와."

"예!"

살 것 같다는 표정을 지은 그 녀석은 급히 책상 맞은편에 있는 나무 문으로 뛰어들어 갔다. 흠, 감옥이라……. 처음 보는군. 하지만 습하고 음침한 데다가 지독한 악취까지 나는 곳이라 별로 정 붙이고 싶은 생각은 안 드는 곳이군. 문득 등 뒤를 돌아보니 제린과 에린이 꽤 멀찍이 서서 자기네들끼리 작게 수군거리다가 내 시선을 받고는 화들짝 놀라서 어쩔 줄 몰라 한다. 저것들이 남 등 뒤에서 욕을 하다니—자기들끼리 이야기하다가 내 시선에 놀란 것을 보니 분명히 내 욕을 하고 있었을 것이다—나중에 돌아가서 두고 보자. 난 이를 뿌드득 갈면서 철창 문 맞은편에 있는 강철 문을 노려보면서 복수를 다짐했다.

한 5분쯤 기다리자 서너 명의 사내들이 내가 기다리고 있는 이 작은 철문과 철창 사이의 복도인지 방인지 구분이 애매한 곳으로 뛰어왔다. 들어온 녀석들 모두가 머리가 붕 뜬 걸로 봐서는 자다가 뛰쳐나온 것 같았다. 난 그 녀석들을 노려보다가 소리쳤다.

"간수장이 누구인가? 앞으로 나와!"

내 외침에 사내놈들 중 하나가 앞으로 나오면서 고개를 푹 숙였다.

"미천한 것들이 고귀하신 분을 뵙습니다."

"이름과 직위는?"

"제프쉬 드 브로크슨 남작입니다. 직위는 왕실 지하 감옥을 총책임지는 간수장의 역할을 맡고 있습니다."

그나마 이놈은 예절이 뭔지를 좀 아는 녀석 같네? 내가 고개를 끄덕이자 내 눈치를 살피던 녀석이 슬며시 고개를 들어서 나를 관찰하기 시작했다. 내가 누구인지 알고 싶었나 보지? 30대 중반? 후반? 어쩌면 더 젊을 수도 있겠군. 나는 조심스럽게 내 눈치를 살피면서 나를 관찰하는 사내를 노려보다가 철문을 가리키면서 말했다.

"두말하기 싫다. 열어."

"하나… 이곳은 중죄인을 감금하는 곳으로 인가받지 않으신 분은 들어가실 수가 없……."

쾅!

온 힘을 다해서 발로 철문을 걷어찼다. 덕분에 내 앞에서 쫑알대는 간수장의 입을 막을 수는 있었지만 더럽게 아프다. 눈물이 찔끔 날 정도로.

"인가? 누구의 허락을 말하는 거야? 그렇게 일찍 죽는 게 소원인가?"

라고 소리치자 간수들 중 하나가 급히 내 옆으로 뛰어와서 철문을 열어준다. 후~ 말이야, 사람이 말로 하면 좀 들어달란 말이야. 발을 옮길 때마다 눈물 나도록 아프잖아! 이 자식들! 네놈들도 내 복수 목록에 넣어두겠어!

감옥이라고 하면 무언가 특별한 게 있을 줄 알았는데 의외로 별 볼 일 없었다. 길고 긴 복도와 그 좌우로 나 있는 나무 문들뿐이다. 그런데 문제는 그런 나무 문이 한두 개가 아니라 횃불의 빛이 닿는 곳만도 대충 20개가 넘는다는 것이지. 저걸 언제 다 일일이 확인할까?

난 철문 뒤에서 내 눈치를 살피는 녀석들 중 간수장을 턱짓으로 불러내 비척거리면서 다가온 그에게 물었다.

"어제 암살자 소녀가 하나 들어왔을 거다. 안내해."

"…예?"

"귀 먹었어? 두 번 말하게 하지 말란 말이야! 난 오늘 매우 기분이 나쁘다고!"

"아, 예. 죄송합니다. 잠시만."

굽신거리면서 내게서 도망치듯 빠져나간 간수장은 다른 간수들을 모아놓고 무엇인가를 묻더니 얼마 뒤에 나와 내 시녀들을 안내해서 길고 긴 복도를 걸어갔다. 가면서 보니까 나무 문에는 대충 휘갈겨 쓴 숫자들이 표시되어 있었는데 간수들은 이걸로 죄수를 구분하는 것 같았다. 내 예상이 맞았는지 맨 앞에서 걸어가던 간수장은 '63번, 63번' 하고 작게 중얼거리다가 나를 63번이라는 숫자가 씌어진 나무 문 앞까지 데려다 주었다.

"이곳입니다."

"……"

내가 문가에 서자 언제 주워 들었는지 횃불 하나를 들고 내 뒤를 따르던 제린이 내 옆으로 다가와 감옥 안쪽을 비추었다. 눈 높이에 맞춰서 뚫려 있는 창에는 두터운 쇠창살이 박혀 있었기에 감옥 안에 들어 있는 인간이나 기타 등등이 밖으로 나오는 것은 막았지만 내 시선을 막을 수는 없었다. 하지만 비었잖아?

"이봐, 아무도 없는걸?"

"예? 그럴 리가……?"

놀란 간수장이 급히 내 옆에 서서 안을 들여다보았지만 그도 역시 아무것도 찾지 못했다. 급기야는 열쇠를 들고 63번 감옥 문을 열고 간수장이 안으로 들어갔지만 역시나 아무것도 없었다. 나도 모르게 눈꼬리가 슬며시 올라가는걸? 이걸 늘씬하게 패버려?

"이봐."

"이럴 리가… 이럴 리가 없는데……? 아! 어쩌면……!"

"어쩌면?"

"네, 아마도 고… 문실에 있을지도……."

라고 말하면서 슬며시 말꼬리를 내린다. 완전히 고양이 앞의 쥐 같다. 남작이라 해도 귀족이니 눈치는 어느 정도 있을 테고 지위가 높아 보이는 내가 몸소 찾아와서 죄인을 찾는데 그가 고문실에 들어가 있다. 아주 좋아하거나 아주 불쾌해하거나 둘 중 하나일 것이다. 불행히도 나는 후자였던 것 같다. 나도 모르게 간수장을 죽일 듯이 노려보다가 안내하라고 짧게 외쳤으니까.

퀴퀴한 곰팡이 냄새와 불쾌한 악취가 코를 찌르는 복도를 따라서 감옥 반대 편에 있다는 고문실로 걸어가는 동안 나는 기분 나쁘게 만드는 악취 속에서 다른 느낌의 냄새를 맡을 수 있었다. 그것은 피 냄새. 전에 가슴을 찔린 자리가 뜨끔 하는 느낌이 드는 건 기분 탓이겠지? 그 고문실이라는 곳으로 다가갈수록 진한 피 냄새는 그렇지 않아도 안 좋았던 내 기분을 그야말로 최악으로 바꿔놓았다.

"이쪽이옵니다."

이제는 내게 간이라도 빼줄 듯이 굽선거리는 간수장을 잠깐 노려본 나는 다른 감옥 문보다 더 튼튼해 보이는 고문실의 문을 힘껏 열어젖혔다.

쫘아악!

간수인지 고문관인지 온몸이 근육질덩어리로 되어 있는 사내 녀석 하나가 힘껏 채찍질을 하고 있었다. 근 4~5m는 되어 보이는 긴 채찍을 힘차게 휘두를 때마다 채찍 끝은 마치 뱀처럼 꿈틀거리면서 벽 한 구석을 후려갈겼다. 아니, 벽에 붙어 있는 고깃덩어리를 후려쳤다. 고깃덩어리! 그래, 내 눈앞에 드러난 현실은 그 표현이 딱 맞았다.

"멈춰!"

"…어?"

씨근덕거리면서 상체를 벗은 채 죽어라고 채찍질을 하던 고문관 녀석이 내 외침에 손을 멈추었다. 내가 안으로 들어가자 그 고문관은 움찔거리다가 내 뒤에서 따라 들어오는 간수장의 태도를 보고는 벽 한 켠으로 공손히 물러섰다. 내가 묵고 있는 방만큼이나 넓은 고문실의 풍경이 눈에 들어왔다. 뭐, 풍경이라고 표현할 만한 건 없지만 수많은 고문 기구들이 빽빽하게 늘어서 있고 발 디딜 틈조차 없을 정도로 많은 죄수들이 수십 명의 고문관들에게 고문을 당하는 광경… 이 아니라 넓기만 더럽게 넓은 빈 공동에 달랑 간수 하나와 죄수 하나가 있을 뿐이다. 그 달랑 하나뿐인 죄수라는 게 기분 나쁘게도 내가 마음에 들어하는 아이라는 게 문제였지만…….

흐릿한 횃불이 고문실 안을 비추고 있었지만 거리가 좀 멀었기에 카렌—으로 추정되는—에게 다가갔다. 가까이 갈수록 피 냄새가 진하게 피어올랐고 바닥은 축축한 붉은 물이 흥건했다. 찰박거리면서 소녀가 매달려 있는 곳까지 다가간 나는 주먹을 꽉 움켜쥐었다.

"으득……!"

애초에 감옥에 갇히고 고문실로 끌려왔다는 소리를 들었을 때 어느 정도 예상은 했지만 이건 정말 말로 표현하기 힘들 정도다. 카렌. 나를 죽이려고 했던 암살자. 그 아이가 지금 내 눈앞에 있다. 타오르는 듯한 붉은 머리카락은 그보다 더 진한 붉은색으로 물들어 있고 벌거벗은 소녀의 몸은 그야말로 붉은 핏줄기와 푸른 멍으로 도배가 되어 있었다. 머리끝부터 발끝까지 채찍 자국이 없는 데가 없었고 곳곳이 푸른 멍으로 가득했다. 양다리는 공중에 떠 있었는데 카렌의 양 손목에 채워져 있는 두꺼운 수갑이 그녀의 몸을 단단히 물고 있었다. 체중을 그대로 받은 카렌의 양 어깨는 시퍼렇다 못해 보라색으로 변해 있었고 소녀의 열 손가락은 기이한 각도로 꺾여 있었다. 채찍질에 부어오른 상처에서는 연신 피가 흘러나와 몸을 타고 바닥으로 떨어졌다.

  손을 들었다. 그리고 고개를 떨구고 있는 소녀의 턱을 잡고 들어 올렸다. 오른쪽 눈가는 퉁퉁 부어 있었지만 왼쪽 눈은 그나마 괜찮은지 머리 색과 같은 붉은 눈동자가 나를 바라보는 게 보였다. 소녀의 눈에 맑은 액체가 고이다가 퉁퉁 부은 턱 선을 타고 내려와 내 손을 적셨다.

  "아… 으… 어……."

  카렌은 몸을 가늘게 떨면서 뭐라고 중얼거렸지만 입 안도 헐었는지 괴상한 발음만 새어 나왔다. 거기다 입속에서 핏덩어리가 한 움큼이나 튀어나와 내 손을 적셨다.

  "마마, 손을……."

  "입 닥쳐!"

  손수건을 든 제린이 내 옆에 다가와서 작은 목소리로 말했지만 내가 으르렁거리자 금세 물러났다. 끼어들지 말란 말이다. 그래도 내가 왔다는 게 안심이 되는지 카렌은 히죽거렸다. 그 퉁퉁 부은 얼굴로 웃어

봐야 기괴한 몰골밖에 안 되지만 그 정도쯤은 봐주지 뭐. 카렌의 턱을 들고 있던 손을 내린 나는 몸을 돌린 뒤 간수장의 훈계(?)를 받고 있는 고문관을 노려보다가 소리쳤다.

"당장 가서 왕실 의원과 성직자를 불러와! 그리고 이 아이를 당장 풀어줘! 어서!"

"예, 마마."

쯧. 제린이 벌써 나에 대해 말을 한 건가? 뭐… 상관없지. 아니 그쪽이 더 편하겠군. 하여간 간수장은 카렌을 고문하던 그 고문관 녀석에게 그 아이를 풀어주라고 명령한 뒤 급히 고문실을 뛰쳐나갔다.

에린이 어디서 가져왔는지 얇은 모포를 가져와서는 수갑에서 풀려난 카렌을 덮었다. 그리고는 손수건으로 카렌의 얼굴을 닦아주면서 작은 소리로 말하는데 잘 들리지는 않는다. 그보다 이 끓어오르는 분노를 어디다 풀어야 할까? 저기서 겁에 질린 채 떨고 있는 고문관 녀석에게? 아니면 문 뒤에서 고문실 안을 힐끔거리는 간수 녀석 중 하나에게? 이도 저도 아니면 그냥 만만한 에린 녀석이나 괴롭힐까? 음, 우선은 나가야겠다. 피 냄새와 악취가 새삼스럽게 역겹게 느껴졌다. 구역질이 날 것 같아. 현기증도……

지하 감옥에서 카렌을 꺼내온 나는 제린과 죠안에게 카렌을 업으라고 시킨 뒤 별궁으로 돌아갔다. 시녀장인 에레니아 남작 부인이 괴상한 냄새를 풍기며 소매에 피를 묻히고 돌아온 나와 완전 시체나 다름없는 몰골의 카렌을 보고 놀라서 뛰어다녔지만 무시. 무시. 우선 씻고 보자. 역겨움을 참을 수 없어. 당장이라도 토할 것 같아.

내가 목욕을 마치고 나오자 에린이 내 머리를 수건으로 말리면서 말했다.

"헨켄 드 시켈 백작님과 대니어스 드 워렌 자작님께서 기다리고 계십니다."

"그래? 얼마나 됐지?"

"대략 20여 분쯤."

"알았어."

머리를 말리는 동안 생각해 봤다. 누구에게 이 식지도 않는 분노를 풀어야 할지를……. 나는 간편한 일상복으로 갈아입은 뒤 아래층으로 내려갔다. 1층 거실에는 댄 자식과 헨켄 백작이라는 녀석이 차를 마시면서 담소를 나누고 있었는데 내가 내려오자 둘 다 자리에서 일어섰다.

"만나뵙게 되어서 영광입니다, 마마."

"저도 만나서 반갑군요. 성함이……?"

"헨켄 드 시켈 백작입니다. 외교부 정보실을 맡고 있습니다."

"그런가요? 그런데 제게 할 말이 뭐죠?"

"그… 암살자 소녀를 데려가셨다고 들었습니다. 죄송하지만……."

"아아, 무슨 말인지 알겠군요. 내 답변은 싫다입니다."

"…예?"

"다시 말씀드릴까요? 싫.어.요. 그러니까 빈손으로 털레털레 손 흔들면서 돌아가시길. 배웅 안 해도 되겠죠?"

"하오나… 마마."

"돌아가시죠. 내 결정을 번복하긴 싫으니까. 그리고 댄, 아니, 워렌 자작은 단둘이 할 말이 있으니 따라오세요."

그렇게 말한 난 헨켄 백작이 입을 뻐끔거리거나 말거나 싸그리 무시한 뒤 등을 돌렸다. 그런 내 뒤로 댄 녀석이 건들거리는 걸음으로 뒤따라왔다. 난 턱을 높이 치켜들고 내 방으로 향했다. 등 뒤에 실실거리는 녀석을 하나 달고 말이다.

탁!

문이 닫혔다. 방 안에는 나와 댄 녀석 단둘뿐이었는데 다른 시녀들까지 모두 아래층으로 내쫓아 버린 뒤라 누가 엿들을 염려는 없을 것 같았다.

"이야! 이곳이 숙녀가 기거하는 방이라는 곳이군요?"

"……."

저 능글맞은 자식은 내가 심각한 표정을 지어도 농담을 내뱉어서 내 속을 긁는다. 저러니 미움받지. 저 녀석, 대인 관계는 최악일 거다.

"댄, 아니, 대니어스 드 워렌 자작."

"예, 마마."

"……."

"말씀하시지요."

"…전에 내가 했던 말 기억하고 있나요?"

"예? 어떤 말씀을 말하시는 것입니까?"

잊었군. 그래, 그랬던 거야. 하긴…….

"후우~"

나는 길게 한숨을 내뱉은 뒤 댄에게 다가갔다. 그의 코앞까지 다가간 나는 두 손으로 내 치맛자락을 쥐고 그것을 위로 들어 올렸다. 그러자 댄 녀석이 한쪽 입술을 실룩이면서 말을 더듬는다.

"마, 마마… 이러시면… 안 되는데… 아직… 저기…….."

"잔말 말고 이거나 잡아줘요."

난 두 손으로 잡고 있는 치맛자락을 눈으로 가리키면서 말했다. 그러자 댄 녀석 이게 웬 떡이냐는 듯이 냉큼 두 손으로 내 치맛자락을 움켜쥐더니 위로 올리는 게 아닌가? 역시 남자들이란……. 무릎을 지나 허벅지까지 올라온 치맛자락을 바라본 나는 그쯤이면 됐다 싶어서 두 팔을 높이 뻗어서 나보다 10㎝는 큰 댄의 양 어깨를 단단히 움켜쥐었다. 그리고 그를 올려다 보자 기쁨인지 당황인지 알 수 없는 표정을 짓고 있는 댄 녀석의 얼굴이 보였다.

"마, 마마… 저기……."

양손에 힘을 단단히 준 뒤 오른발을 뒤로 뺐다. 그리고 온 힘을 다해서 무릎을 쳐 올렸다.

뻐억!

"크에엑!"

인간이 낼 수 없는 괴상망칙한 비명을 지르는 댄. 그대로 모로 쓰러지면서 온몸을 움찔움찔 떠는 걸로 봐서 꽤 아픈가 본데? 흥! 네놈은 맞아도 싸다고. 나는 씨익 웃으면서 한 손으로 벽을 짚은 뒤 오른발을 높이 들어 올렸다. 댄 자식의 등이 아주 커다랗게 보인다. 너, 오늘 한 번 죽어봐라.

힘들다.

"헤엑! 헤엑!"

남을 때리는 직업도 아무나 하는 게 아닌가 보다. 어깨가 들썩거릴 정도로 힘들다. 난 댄 녀석의 등을 무자비하게 사정없이 걷어차고 밟았다. 수십 번을 그렇게 밟고 나니까 숨이 턱까지 차 오르고 지친 것이다. 그 결과물로 댄 녀석은 구겨진 세탁물처럼 바닥에 구겨져 끙끙거리고 있었지만……
"후우~"
서 있기도 힘들 정도로 힘이 빠진 나는 길게 한숨을 내뱉으면서 방 중앙에 있는 테이블로 걸어가서 의자를 뺀 뒤 거기에 앉았다.
"댄."
바닥에 고개를 처박고 죽은 듯 누워 있는 사내놈의 몸이 움찔거리는 게 보인다. 기절한 척하려는 거냐?
"댄, 일어나."
"……"
또 한번 움찔거리지만 일어날 기미는 안 보이는걸? 어디, 음…….
이 은제 촛대가 좋겠군. 내가 촛대에 꽂혀 있는 양초를 뽑아내고 촛대를 거꾸로 움켜쥐자 한 눈으로 날 빼꼼이 바라보던 댄 녀석이 벌떡 일어서더니 부동 자세로 섰다.
"이, 일어났습니다, 마마!"
"그래, 이제야 말을 좀 듣네. 역시 뺀질거리는 자식들은 칼 좀 찔려보고 몽둥이로도 좀 맞아보고 해야 말을 듣는단 말이야?"
"…하… 하하하… 하하……!"
어색한 웃음을 짓는 댄. 하지만 내 분노는 이 정도로 끝난 게 아니라고.
"기억하고 있겠지? 저 카렌이라는 아이, 심문할 때는 꼭 나를 동석시키라고. 분명히 너한테 말했을 거야. 그렇지?"
거꾸로 든 촛대를 손으로 쓰다듬으면서 말했다. 말이 촛대지 근 40㎝는 될 법한 커다란 물건이고 양초를 꽂는 곳은 끝이 뾰족해서 무기로 써도 될 정도다. 이걸로 찌르면 크게 다칠걸? 그런 물건이 내 손에서 오락가락하니 댄 녀석도 조금은 긴장한 듯했다. 음, 역시 소녀의 연약한(?) 발길질보다는 이런 물건이 조금 더 아프겠지.

"그런데 왜 내 말을 무시한 거지? 그렇게 내가 우스워 보였나? 아니면 일부러?"

"서, 설마 그럴 리가 있겠습니까, 마마. 모든 게 제 잘못입니다. 죽여주십시오, 마마."

"그래? 그럼 죽여줄게."

죽여달라는데 부탁을 들어줘야지. 내가 촛대를 돌려서 뾰족한 부분을 댄 녀석에게 겨냥하면서 의자에서 일어서자 댄 녀석이 황급히 두 손과 머리를 도리도리 저으면서 외쳤다.

"아닙니다! 살려주세요, 마마! 제발 살려주세요!"

"귀찮게 이랬다 저랬다 할래? 죽을 건지 살 건지 빨리 정하라고. 내 마음에 들면 그대로 해줄 테니까."

댄 자식이 '살려주세요'라고 말하면 '싫어'라고 대답하고 찔러 버릴까? 으… 내가 왜 이렇게 과격해졌지? 난 다소곳하고 얌전한……. 관두자. 내가 작게 고개를 젓고 있자 내 앞에 서서 어쩔 줄 몰라 하며 울상을 짓던 댄 녀석이 갑자기 한쪽 무릎을 꿇으면서 고개를 푹 숙였다.

"죄송합니다, 마마! 제 책임입니다! 제가 실수로 그 아이를 정보실로 넘겨 버려서 이런 착오가 생겼습니다!"

"흐음……."

"…게다가 마마께서도 아무 말씀이 없으셔서… 그래서……."

"호오~ 그래서 내 탓이다?"

내가 살짝 인상을 쓰면서 말꼬리를 올리자 댄 녀석이 다시 두 손을 마구 저으면서 말했다.

"아니옵니다, 마마! 죽여… 아니, 죄송합니다!!"

에이! 죽여 버릴 수 있었는데… 쩝쩝. 하긴 로세니아에서는 별 대접도 못 받고 살아온 나지만 지금의 나는 로세니아라는 왕국을 등에 업고 있는 왕족이다. 웬만한 귀족쯤은 말 몇 마디로 뭉개 버릴 수도 있지. 물론 그 말을 들어줄 사람이 내 말을 듣고 대신 댄 녀석 같은 귀족을 뭉개주어야 하겠지만……. 뭐, 이쯤 할까? 분도 좀 풀렸고 말이야.

"카렌은 내가 가질 거야. 그러니까 그쪽은 손 떼. 알았지? 자잘한 건 맡길 테니까 알아서 처리하라고. 그리고 의사랑 신관은?"

"모, 모시고 왔습니다. 아마 지금쯤 그 아이는 상처 하나 없이 깨끗한 모습이 되어 있을 것입니다, 마마."

"아아! 그거 잘됐군. 좋아, 나중에 부를 테니까 가봐."

"예에……."

내가 손을 까딱거리자 그제야 댄 녀석이 몸을 일으킨다. 일어서면서 잠깐 비틀거리는 걸 봐서 내 발길질이 조금 아팠나 본데? 설마 이 연약한 소녀가 패봐야 얼마나 아프다고. 아, 맞다.

"아참!"

"…예?"

막 도망치듯 빠져나가려던 댄 녀석이 죽을상으로 날 힐끔거린다. 저 몰골을 보니 좀 더 패주고 싶은걸?

"오찬 뒤에 내가 가고 나서 뭐 나온 이야기 없어? 내 남편이 누가 될지라든지 뭐 그런 말 말이야."

"아… 그게……."

"있군. 말해 봐."

"저, 저기… 다음에 말씀드리면 안 되겠습니까?"

나쁜 이야기인가 보지? 그렇다고 해도 궁금하니 지금 들어야겠다. 그래서 테이블 위에 올려놓았던 촛대를 다시 들어 올렸다. 촛대야, 너도 오늘 고생하는구나. 본래 임무 외의 부가 임무를 수행하느라고 말이야. 내 의도를 읽은 댄 녀석이 조심스럽게 입을 열었다.

"저… 회의 결과… 마마의 부군 되실 분은 정해지지 않았습니다."

"호오! 그거 기쁜걸?"

"그리고… 잠시 동안 궁성 밖에서 기거하시게 될 듯… 합니다만……."

"으응?"

"그러니까 잠시 공기 좋고 경치 좋은 곳에서 쉬시라는… 뜻입니다."

"아~ 그 말은 날 내쫓겠다는 이야기군. 이대로 다시 로세니아로 돌려보내면 우리 나라 체면이 말이 아니게 될 테니까 그건 안 되고, 그렇다고 왕성에 놔두자니 우연이라도 왕자들과 마주치게 되니까 딸 가진 다른 귀족 녀석들이 가만히 있지 않았겠지? 어때? 비슷해?"

"…정확하십니다. 그래서 우선 왕세자 책봉이 끝날 때까지 결혼식은 보류라고 합니다."

"그래? 그럼 왕세자가 되지 못한 왕자 중 하나가 내 남편이 되겠군. 좋아, 잘됐네. 그렇지 않아도 밖에 나가보고 싶었는데."

"화… 안 나십니까? 다른 숙녀 분들이 왕자님들께 벌 떼처럼 몰려들 텐데요."

"별로. 왕성이라는 데도 한 17년쯤 살다 보니까 질리더라고. 여기나 로세니아나 거기서 거기인 거 같아. 이 기회에 밖에 나가서 좀 편하게 살다 오지 뭐."

"예에……."

댄 녀석의 표정이 뭐랄까, 괴상하게 일그러진다. 나한테 뭘 기대한 거야? 어라? 그러고 보니 내가 언제부터 댄 녀석에게 반말을 하게 된 거지? 이건 숙녀로서의 예의가 아닌데……. 으음.

"그럼……."

"응, 가봐. 그리고 다시 말하는데 카렌은 절대 못 데려가. 내가 왕성을 나가게 되더라도 같이 데리고 나갈 거니까 포기해."

"예……."

그렇게 말한 뒤 댄 녀석은 풀이 죽은 모습으로 내 방을 나갔다. 아마 1층에서 기다리고 있을—혹은 먼저 가버린—시켈 백작에게 밟힐지도……. 훗! 고소하다.

내가 카렌을 데려온 지 4일이 지났다.

어제 궁에서 시종이 와서는 이틀 뒤, 그러니까 내일 궁에서 나가라는 통보가 왔다. 국왕의 직인이 찍힌 종이를 가져온 시종은 공손한 어조로 무슨 지방으로 가게 될 거라고 말했지만 크레센트의 지명을 거의 모르는 난 그저 그런가 보다 하고 시종을 돌려보냈다.

카렌은 성직자와 의사가 꽤 힘썼는지 어제 정신을 차렸고 오늘 아침엔 조금씩 돌아다니기 시작했다. 많이 나아지긴 했는데 역시 나와 에린의 말만 들었고 에린이 주는 음식만 먹었다(내가 직접 먹을 걸 가져다줄 리가 없잖아?). 에린과 다른 시녀들은 그동안 풀어놓았던 내 짐들을 다시 싼다고 난리를 피우고 있었고 왕성에서 쫓겨나는 비운의 왕녀인 나는 따사로운 햇살 아래서 느긋하게 홍차를 마셨다. 어차피 돌아올 텐데 뭘. 그보다 내일부터는 좀 더 자유롭게 돌아다니면서 살 수 있겠지? 후후후, 내게도 이런 날이 오는구나. 역시 오래 살고 볼 일이라니까.

Chapter 4

우아한 일상

네? 아넬리안 황후 마마요? 아~ 물론 대단하신 분이죠. 미모면 미모, 행동이면 행동, 뭐 하나 빠지는 게 없으신 분이니까요. 호호호! 정말 숙녀 중의 숙녀라는 말은 그분을 위해서 있는 말이에요. 아! 엘린 공작 부인이요? 물론 그분도 숙녀 중의 숙녀시죠. 그분만큼 정숙하신 분이 또 어디 있겠어요? 끙챠! 거기, 보고만 있지 말고 여기 시트 자락 좀 잡아달라고요. 여성이 이렇게 고생하는데 보고만 있다니 당신은 신사 중의 신사는 못 되겠네요.

―제2대 황실 서기관이자 궁중 역사학자인
후렌 경이 집필한 '황실 비사' 중.
―크레센트 제국 황실 1,200명의 시녀들을 다루는
황실 시녀장 에레니아 드 플로랜스 백작 부인과의 대담 중 발췌.
―주: 가사 일은 굉장히 고되다.

우아한 일상

―대륙력 995년 봄. 크레센트 왕국 수도 크론발.

드디어 날이 밝았다. 오늘이 바로 내가 궁 밖으로 나가는 날이다. 그것도 소설 속에 나오는 겁없는 여인들처럼 남몰래 가출하여 부모 속을 썩이는 게 아니라 당당하게 허락받고 나가는 거다. 비록 목적지는 내가 정할 수 없지만 그래도 그게 어딘가? 17년. 17년이다. 고난과 좌절로 점철되었던 내 인생에 봄날이 찾아온 거다. 막 태양이 뜨고 있는 하늘은 구름 한 점 없이 맑고 깨끗한 날씨였고 따사로운 햇빛이 아직 추운 새벽 공기를 따뜻하게 데우고 있었다. 좋아, 좋아. 오늘은 기분이 매우 좋을 것 같은걸?

"마마, 차가 준비되었습니다."

"응, 가져와."

죠안이 말리고 제린이 끓인 뒤 에린이 들고 온 홍차가 내 앞에 놓여졌다.

달그락.

테이블 위에 올려놓던 에린이 손을 떨었는지 찻물이 찻잔을 넘어서 테이블을 약간 적셨다.

"아앗!"

"…됐어. 가봐."

"예에……."

기분 좋으니까 봐줬다. 나에게 공손히 대답한 에린은 내 옆모습을 슬쩍 보면서 이상하다는 표정을 짓더니 작게 안도하면서 내 시야에서 사라졌다. 그리고 이제 멀쩡해진 카렌은 웬일인지 에린의 뒤만 좇아다녔다. 지금도 에린의 등 뒤에 서서 멀거니 지켜보다가 그 애가 방을 나가자 같이 따라나갔다. 저 카렌은 밥 주는 사람을 주인으로 생각하는 거 아니야? 음… 정말 그럴지도…….

"순한 고양이는 재미없는데……."

쩝쩝, 왠지 처음 봤을 때의 독기가 너무 많이 빠진 것 같다. 예전의 반항적이고 주저함이 없는 카렌의 눈동자가 마음에 들었던 건데. 이러다가 에린 같은 아이가 또 하나 생기는 건 아닌지 몰라. 아니야. 그래도 카렌은 암살자 수업을 받을 정도로 똑똑한 아이니 에린보다는 나을 거야. 음… 하지만 에린과 같이 다니다 보면 바보 병이 옮을지도……. 으아~ 모르겠다. 될 대로 되라지. 찻잔을 들었다. 오늘도 변함없이 향긋한 홍차 향이 내 마음을 기쁘게 한다.

대여섯 명의 시종들이 본궁에서 찾아왔다. 내 짐이라고 해봐야 마차 한 대분 정도밖에 안 되었지만 그동안 별궁에서 내가 사용하던 물건들과 옷가지까지 모조리 준댄다. 뭐, 준다는 걸 거절할 필요는 없지. 오찬 때 한 번 사용했던 장신구들까지 통째로 주는데 내가 마다할 이유가 어디 있겠어? 자고로 돈이란 많으면 많을수록 좋은 거라고. 개인이든 국가든 말이야. 덕분에 죽어나는 건 내 시녀들과 궁에서 온 시종들뿐이었지만.

"마마, 마차가 준비되었습니다."

"응."

백합궁 시녀장인 에레니아 남작 부인이 공손히 내게 말을 올렸다. 준비가 다 끝났나 보군. 그럼 슬슬 가볼까?

별궁 앞에는 내가 타고 갈 6두 마차와 그것과 비슷한 크기의 짐마차가 기다리고 있었다. 그리고 그 앞에는 에린과 카렌, 그리고 다른 시녀들이 공손히 서 있었다. 내가 마차로 다가가자 시녀들이 좌우로 비켜서면서 길을 만들어주었고 시종 중 하나가 붉은 양탄자를 바닥에 깔아주었다.

"흠."

"어서 오르시지요, 마마."

"응, 그래. 하지만 가기 전에……."

내가 몸을 돌리자 백합궁의 시녀들이 날 빤히 바라본다. 그런 시녀들에게 난 씨익 웃어주면서 말했다.

"일주일도 채 안 되었지만 그동안 고마웠어. 그리고 만약에 내가 다시 돌아올 때까지 여기서 일하고 있다면 꼭 불러줄게. 기다리고 있어."

"신경 써주셔서 감사합니다, 마마."

"감사합니다."

시녀장인 에레니아 남작 부인, 그리고 차를 잘 끓이는 제린, 왕성

지리에 밝은 죠안, 음식을 잘 만드는 제시. 넷 다 기억해 둬야지. 허리를 깊이 숙여서 인사를 하는 시녀들의 배웅을 받으면서 나는 마차에 올랐다. 내 뒤로 에린과 카렌이 따라 들어왔고 마차 문이 닫히자 마차는 서서히 앞으로 나아가기 시작했다. 창문으로 내다보니 시녀장과 다른 시녀들이 날 보면서 손을 흔들고 있었다. 특히 제린은 훌쩍이면서 손수건을 흔들어댔는데 누가 보면 사랑하는 애인이 전장에라도 끌려가는 줄 알겠다. 그래도 이런 땐 손을 흔들어줘야겠지? 그게 상식이니까.

별궁을 지나 본궁으로 가는 길목에서 마차가 멈춰 섰다. 왜 멈춰 섰나 궁금하여 밖을 내다보니 놀랍게도 국왕 폐하께서 몸소 나와 있는 게 아닌가? 할 일이 없는 거야? 국왕 자리가 그렇게 널널하던가? 내 아버지는 너무 바빠서 내가 가는 날에도 시종 하나 보내지 못했는데 말이야. 아! 마차 문이 열린다. 내려야겠지?

내가 마차 밖으로 나오자 국왕 폐하와 세 왕자들이 본궁의 현관 앞에 서 있었다. 거기다 그들 뒤로는 아마도 이름있는 귀족들임이 분명한 중년의 사내들이 벽을 만들 듯 서 있었고 그 옆으로 십여 명의 기사들이 완전무장을 한 채 대기하고 있었다.

"국왕 폐하를 뵈옵니다."

"오오! 여전히 미색이 뛰어나군, 왕녀."

"칭찬, 감사합니다, 폐하."

"허허허, 이거 우리 집안일 때문에 그대를 너무 귀찮게 하는군. 미안하게 되었네."

"아니옵니다, 폐하."

"조금만 있으면 될 걸세. 얼마 뒤면 왕녀도 우리 왕가의 일원이 될

터이니 너무 섭섭하게 생각하지 말고 잠깐 경치 좋은 곳에서 요양하다 온다 생각하고 푹 쉬다 오게나."

국왕 폐하께서 왕가의 일원 어쩌고 하는 말을 하자 뒤에 서 있던 귀족들이 눈살을 찌푸렸으나 특별히 나서는 자는 없었다. 하긴 누가 이런 자리에서 나서서 눈총을 받고 싶을까. 국왕 폐하가 '허허허' 웃으면서 고개를 끄덕였다. 그리고 그 옆에 서 있는 브래드릭 일왕자와 눈을 마주치자 그는 씨익 웃으면서―유부남인 게 좀 아깝다. 잘생기긴 했는데―말을 꺼냈다.

"잘 다녀와요. 동생들 교육을 단단히 시켜놓을 테니까. 하하하!"

"전하아……."

일왕자와 언제나 찰싹 달라붙어 다니는 엘린 왕자비가 그런 브래드릭 일왕자의 옆구리를 찌르면서 눈치를 살핀다. 왠지 웃음이 나오는 걸?

"푹 쉬다 오시오. 자잘한 일은 내가 알아서 해둘 테니. 그리고……."

라면서 말끝을 흐리는 건 둘째인 이왕자보다 더 왕자다운 기품이 철철 흘러넘치는 마틴 삼왕자. 아무리 봐도 저 꼬맹이 녀석은 국왕감이야. 자기 아버지라고는 해도 국왕 앞에서 자기 할 말을 다 하는 저 폼으로 보나 가슴을 쭉 편 채 당당한 모습으로 서 있는 걸로 보나 말이다. 다만 말끝을 흐리면서 볼을 빨갛게 물들이는 건 왠지 소름이 돋는다. 난 개와 어린애에겐 관심없단 말이다.

"흥!"

코웃음을 치는 녀석은 로이드 이왕자. 책을 보다 끌려 나왔는지 옆구리엔 역시나 두꺼운 책을 들고서 삐딱한 자세로 서서 고개를 홱 하고 돌려 버린다. 저놈은 언젠가 꼭 복수하고 만다. 나를 무시하는 인간이 어떻게 되는지 남들에게 똑똑히 알려주겠어. 미간이 찌푸려지려는 걸 간신히 억제하면서 나는 입가에 미소를 지었다.

"이렇게 열렬한 환송을 받으니 몸 둘 바를 모르겠습니다, 폐하. 진심으로 감사드리옵니다."

"허허허, 뭐, 대단한 것도 아니구먼. 그래, 먼 길을 가야 할 테니 어서 가보게."

"예, 폐하."

나는 치마 끝을 잡고 정숙한 몸짓으로 예를 표하였다. 그리고 국왕 폐하의 배웅을 받으면서 다시 마차에 올라탔다. 내가 탄 마차가 다시금 천천히 앞으로 나아가기 시작하자 본궁의 현관이 점점 작아져 보인다. 후우, 우울하다.

"에린."

"네, 마마. 말씀하십시오."

"눈 감아. 귀 막아. 고개 박아."

"네에……."

창문을 닫고 창턱에 턱을 괸 채 에린을 힐끔 바라보니 두 손으로 귀를 막고 눈을 꼭 감은 채 상체를 푹 숙여 얼굴을 무릎 사이에 파묻고 있는 게 보인다. 옆에서 카렌도 덩달아 에린이 하는 꼴을 따라 하는데 이건 영락없는 에린 2호다. 젠장, 난 왜 이렇게 인재 복이 없는 거냐. 후우…….

따각따각거리는 말발굽 소리와 조금씩 덜컹거리는 마차 바퀴 소리. 조용한 마차 안에 들려오는 소리는 그것뿐이었다. 덕분에 기분이 더욱 더 우울해졌다. 같은 왕궁이다. 그리고 내 신분은 그때와 같은 왕녀이다. 그리고 전과 같이 왕궁을 나가는 마차에 타고 있었다. 그러나 난 지금 여기서 예전에는 느낄 수 없었던 따뜻함을 맛봤다. 어쩌면 가식적인 걸지도 모른다. 그저 함부로 대하기 껄끄러운 다른 나라의 왕족이라서 예의상 나와준 건지도 모른다. 그렇다 해도… 그렇다 해도…….

"아…….."

나도 모르게 눈가에 눈물이 주르륵 흘러내린다. 소매로 쓱쓱 닦아보기도 하고 눈을 깜빡여 보기도 하는데 눈물은 쉴 새 없이 줄줄 흘러내린다. 옹달샘의 샘물처럼 쉴 새 없이 말이다.

"마마, 손수건을… 드릴까요?"

"누가 눈 뜨랬어! 입도 닫아!"

"넷, 마마."

날 빤히 보면서 조심스럽게 말하던 에린은 다시 눈을 꼭 감으면서 입술이 하얗게 될 정도로 꼭 다물었다. 거기다 카렌까지 덩달아서 따라 하는 꼴이란……. 저 꼴들을 보고 있으니까 왠지 웃음이 나오는걸?

"풋."

"…마마?"

"푸하하하! 아하하하하하하! 하하하!"

눈에선 눈물이 줄줄 흘러내리는데 배가 아프도록 웃음이 나온다. 하하하! 나, 미쳤나 봐. 하지만 눈물도 웃음도 멈출 줄을 모른다. 눈물이 가득 차서 뿌예진 시야에 걱정스러운 표정으로 날 힐끔거리는 에린이 보였지만,

"아하하하하하!"

우아한 일상 211

웃음은 멈출 줄을 몰랐다.

2대의 마차와 10명의 기마병이던 내 호위 병력은 키라덴 요새에서 세 배로 늘었다. 수도에서 빠져나와 키라덴 요새까지 오는 동안 내내 울었던 난 붉어진 눈을 가리기 위해서 마차 안에서도 챙이 넓은 모자를 써야 했다. 누가 보면 정신이 어떻게 된 건 줄 알 거야. 하지만 누가 보겠…….

"마마, 대니어스 드 워렌 자작께서…….''

"안 만나!"

"예? 하지만… 마마……."

"안 만난다면 안 만나! 나중에 오라고 해! 나중에!"

목도 잠겼는지 목소리도 잘 안 나온다. 거울을 보지는 못했지만 지금 내 몰골을 보면 눈물로 퉁퉁 부어서 엉망인 얼굴과 줄줄이 흘러내린 눈물에 다 지워진 분 덕분에 괴상한 몰골이 되어 있을 거다. 이런 얼굴로 누굴 보라고?

"이거이거… 너무하신 거 아닙니까? 전 공무도 팽개치고 달려왔습니다, 마마."

"…….''

문 앞에서 어쩔 줄 몰라 하던 에린을 슬쩍 밀어낸 댄 녀석이 싱글거리면서 마차 안으로 들어온다. 저놈과 눈 마주치기 싫어! 분명히 놀려댈 게 뻔해! 난 고개를 홱 돌려 벽만 바라보고 있기가 이상해서 마차의 창문을 열고 밖을 노려보았다. 물론 모자의 챙을 한 손으로 잡고 아래로 내리는 것은 잊지 않은 채.

"마마께서 관심 가지시고 보실 만한 것은 없을 텐데요?"

"……."

그의 말마따나 밖에서는 몇 대의 짐마차들과 내 호위로 뽑힌 기사와 병사들이 요새 앞 구석에 모여서 떠들고 있었다. 아마도 훈시라도 하는 건가 보지? 근데 등 뒤가 너무 조용하다. 가만히 있을 성격이 아닌데……. 슬쩍 뒤를 돌아보니 댄 녀석이 슬금슬금 다가와서는 내 뒤에 착 달라붙는 게 아닌가?

"이 자식!"

내 뒷통수에 얼굴을 가져다 대던 댄 녀석을 향해 난 주먹을 휘둘렀다.

"이런이런, 너무하신 거 아닙니까, 마마?"

타악!

꽉 쥐어진 내 주먹은 너무나 어이없게 댄 녀석의 손바닥에 막혀 버렸다. 하긴 당연한 거겠지만……. 저래 뵈도 크레센트의 귀족이다. 검술 교육 정도는 받았을 테고 남자이니 나 같은 것이 휘두르는 주먹 따윈 간단히 막아내겠지. 내가 남자였다면 이런 수모는 당하지 않을 텐데……. 내 얼굴이 떡이 되는 한이 있더라도 저 능글맞고 재수없는 자식을 박살 낼 텐데……. 분해! 분해!!

"…마마? 아넬리안 왕녀 마마?"

"나가!"

"예?"

"…나가! 나가란 말이야! 나가라고!!"

난 댄을 노려보면서 소리쳤다. 급하게 몸을 돌리다 보니 머리에 쓰고 있던 챙이 넓은 모자가 바닥으로 떨어졌지만 신경 쓰지 않았다. 오직 내 머리 속엔 날 가지고 조롱하는 저 죽일 놈의 자식을 진짜로 죽여 버리고 싶다는 생각뿐이었다.

"아… 저기… 그게……."

내 앞에서 굉장히 당황한 듯 얼굴을 붉히면서 안절부절못하는 댄 녀석. 그런 그의 몰골이 미치도록 날 짜증나게 만든다. 아프다고 느낄 정도로 꽉 쥐어진 두 주먹은 새하얗게 변해 있었고 어느새 내 눈에서는 또다시 눈물이 흘러내리기 시작한다.

"그, 그럼… 잠시 뒤에 뵙겠… 습니다, 마마. 저… 전 그게……."

"나가앗!!"

"예, 예! 지금 다, 당장!"

등을 보이며 도망치는 댄 자식을 향해 쿠션을 집어 던졌다. 댄 녀석과 내가 깔고 앉았던 쿠션이 동시에 마차 밖으로 튀어나갔는데 둘 다 돌아오지 못했다. 억울하고 분하다. 날 가지고 놀려 하는 댄 자식이 미웠고 아무런 힘도 없는 내가 저주스러웠다. 태어나서 처음으로 내가 여자라는 사실이 죽도록 싫었다. 난 밖에서도 다 들릴 정도로 엄청나게 큰 소리를 내면서 엉엉거리며 울었다. 왕실 예법과 숙녀로서의 정숙한 몸가짐을 완벽하게 몸에 익힌 내가 이런 볼썽사나운 행동을 한다는 게 믿기지는 않지만 울어버리지 않으면 미쳐 버릴 것 같았다. 그래서 난 울었다. 장장 두 시간을 말이다.

원래 예정이 그랬는지 아니면 나 때문인지는 몰라도—아마도 후자일 확률이 다분하다—내가 타고 있는 마차는 왕성을 나온 지 세 시간 만에 다시 출발할 수 있었다. 부끄럽게도 난 내 울음소리를 듣고 달려온 에린의 품속에서 하염없이 울어 젖혔다. 나보다 어린 꼬맹이한테—그것도 멍청한 데다 맹하기 이를 데 없는 바보에게—위로를 받으면서 겨우 진정한 내 몰골은……. 더 이상 생각하기 싫다. 내 눈치를 보면서 손수건을 빨아 온다고 말한 어린 녀석에게 목이 콱 잠긴 목소리로 손수건 버리라고 명령할 정도였으니까.

호위 기사를 대동한 채 크레센트 왕성을 나선 나는 5일 동안 마차를 타고 이동한 끝에 목적지에 도착했다. 내가 앞으로 살게 될 그곳은 아론 협곡을 끼고 있는 작은 영지였다. 평야가 많은 크레센트답지 않은 장소랄까? 주변으로는 높은 산이 영지 북쪽을 떡하니 가로막고 있었고 주변에는 숲이 울창했다. 마차를 타고 영주의 저택까지—성조차 없다. 가난한가 보다—도착하는 동안 내가 본 것은 겨우 백여 가구나 될지 의문스러운 작은 마을 두어 개와 역시 별 차이가 없는 조그만 규모의 마을이었다.

"조용하긴 조용하겠군."

"예? 마마?"

"아니야. 혼잣말이야."

"예."

마차는 작은 언덕 위에 세워진 영주 저택을 향해 힘차게 나아간다. 나를 태우고…….

정장을 빼입은 집사가 정중히 나를 향해 고개를 숙인다. 그리고 그 뒤로 시녀들과 시종 몇 명이 집사와 같은 태도로 나를 맞았다.

"랭스턴 자작령에 오신 것을 환영합니다, 왕녀 마마."

"그대는?"

"영주관의 집사 직을 맡고 있는 시만이옵니다."

우아한 일상

"집사?"

이거 기분 나빠지는걸? 첫날부터 내 표정 변화를 눈치 챘는지 시만이라는 집사는 더욱 공손히 머리를 조아렸다.

"죄송하옵니다, 마마. 영주님께서는 지금 편찮으신지라……."

"시만! 시만! 이 자식, 어디 처박혀 있는 거야?! 시마아안!!"

나와 집사의 담소를 깨는 천박한 고함 소리가 내 귀를 자극했다. 악을 쓰는 소리가 들리더니 곧 이어 와창창, 쨍그랑 하는 무언가 부서지는 소리가 들려오자 내 앞에서 고개를 숙이고 있는 집사의 얼굴색은 그 무언가 부서지는 소리와 작은 비명 소리 등이 현관 쪽으로 가까워질수록 새하얗게 탈색되어 갔다. 그리고 얼마 지나지도 않아서 거나하게 취한 몰골에 좀 뚱뚱해 보이는 중년 사내가 나타났다. 특이할 것 없는 평범한 갈색 머리를 가진 그는 귀족다운 화려한 옷을 입고 있었지만 튜닉 자락이 바지 위로 삐죽 올라와 있었고 새집처럼 화려하게 하늘로 향한 머리카락 등은 그의 상태를 완벽하게 알려주었다.

"병자의 모습치고는 쌩쌩하군요."

"저… 그것이……."

"호~ 이건 뭐야? 제법 반반하게 생겼는걸?"

코끝이 새빨간 주정뱅이가 반쯤 풀린 눈으로 나를 보면서 비틀거린다. 그가 집사를 제치고 나에게 가까이 오자 술 냄새가 확 풍겨오며 역한 냄새가 코끝을 자극했다.

"여, 영주님, 이분은……."

"처음 뵙는군요, 델민 드 랭스턴 자작. 이 이름, 맞지요?"

우선 인사는 해야지. 암암. 추해 보이는 몰골이지만 그래도 영주라니까 말이야. 내가 말한 이름이 맞는지 나는 내 뒤에 서 있는 호위 기사 중 한 명을 바라보면서 물었다. 그 기사는 내가 말한 호칭이 맞는지 작게 고개를 끄덕인 뒤 부동 자세를 취하면서 랭스턴 자작을 경멸의 눈초리로 노려보았다. 하긴 귀족의 수치겠지. 더군다나 나는 타국 사람이니까.

"키킥! 그래, 내가 랭스턴 자작이다. 이 대단한 영지에 갇혀 사는 멋지신 귀족 나으리지. 넌 뭐냐? 새로온 창녀냐? 크크크!"

'으득.'

머리 속으로 분노가 끓어올랐다. 마치 오한에 걸린 것처럼 온몸이 부들부들 떨려왔다. 그럼에도 불구하고 머리 속이 새하얗게 변해서 뭐라고 말조차 나오지 않는다. 그때 등 뒤에서 기사 중 하나가 '네 이놈' 하는 소리와 함께 검을 뽑아 드는 소리가 들려왔다. 하지만 그보다 먼저 에린 옆에 서 있던 카렌이 뛰쳐나가더니 언제 어디에 숨겨놨는지 모를 작은 단검을 저 건방진 영주의 목에 들이댔다.

"……."

"죽일까?"

아무 말도 못 꺼냈다. 주변 분위기는 영주 자식이 나에게 창녀 운운할 때보다 몇 배는 더 싸늘하게 변했다. 언제 어떻게 움직였는지조차 알 수 없는 방법으로 카렌은 영주의 목에 단검을 바짝 가져다 댄 채 나를 보면서 무미건조한 목소리로 다시 물었다.

"죽일까?"

누가 암살자 아니랄까 봐. 영주 자식이 자기 목에 닿아 있는 단검의 날과 나를 힐끔거리면서 입을 꾹 다물자 막 한 발 앞으로 뛰어나왔던 기사는 롱 소드를 든 채 갑자기 변해 버린 상황을 어떻게 해석해야 할지 곤란해하는 표정이었다. 한숨이 나온다. 맥이 탁 풀리면서 머리끝까지 솟아올랐던 분노가 사라지는 게 느껴졌다.

"후우, 됐다. 카렌, 물러나."

한 손으로 이마를 짚으면서 내가 손짓하자 카렌은 순순히 물러서서 에린 옆으로 돌아왔다. 워낙 순식간에 일어난 일이라 마치 꿈처럼 느껴지지만 영주의 목젖 부근에 방울방울 맺혀진 붉은 피는 꿈이 아니라고 말하고 있었다. 당황한 듯 굳어 있는 영주와 그 옆에서 어쩔 줄 몰라 하는 시퍼런 안색의 집사에게는 안됐지만 모욕은 갚아줘야겠지? 예의를 다해서 말이야.

주먹을 꽉 움켜쥐었다. 그리고 아직도 굳어 있는 영주에게 성큼성큼 다가가서 팔을 높이 들어 올린 뒤 힘껏 내질렀다.

퍽!

"크헉!"

술에 취해 비틀거리는 술주정뱅이가 안면을 얻어맞고도 멀쩡할 리 없으니 내 연약한 주먹질에도 코를 감싸 쥐면서 엉덩방아를 찧었다. 하지만……

"…우……!"

나 역시 주먹, 아니, 팔목을 움켜쥐고 주저앉았다. 젠장, 쌍방 전멸인가?

허약한 영주 녀석은 그대로 대자로 뻗어서 실려 갔고 나는 에린의 부축을 받으면서 앞으로 내가 기거하게 될 방으로 옮겨졌다. 때릴 때 주먹을 삐끗했는지 팔목은 금세 퉁퉁 부어오르며 눈물이 줄줄 흐르도록 아팠다. 내 호위를 위해서 왔던 기사들이 영주의 처소로 우르르 몰려가서 국가의 망신이라는 둥 귀족의 수치라는 둥 하는 소리를 마구 쏟아 부어서 내 아픔을 조금은 가시게 했지만 아픈 건 아픈 거다.

"으……."

"마마, 괜찮으세요? 네?"

"넌 이게 괜찮은 걸로 보여? 누구 놀리는 거야?!"

"죄, 죄송……."

하면서 고개를 또 숙이는 에린 녀석. 저 녀석의 뒷통수를 한 대 때려 주고 싶지만 왼손마저 같은 꼴이 나면 진짜 웃길 것 같아서 포기했다. 으윽! 마음이 너무 약해졌어. 난 부기를 빼는 데 좋다는 약초를 갈아 붙이고 거기에 붕대를 감는 한심한 에린을 보다가 그 뒤에 서 있는 카렌에게 눈길을 돌렸다. 내가 손짓하자 카렌은 순순히 내 앞으로 걸어 왔다.

"내놔."

"……."

아무 말도 없이 작게 고개를 젓는다. 이것도 반항하는 건가?

"주인으로서 명령한다. 내놔."

"…주인?"

"그래, 네 주인. 넌 나의 부하고 난 너의 주인이다. 숨겨놓은 단검 내놔. 몽땅!"

저 녀석의 편집증적인 성격이라면 한두 개가 아닐 거다. 분명해.

"주인… 나의 주인……."

카렌 녀석은 주인이라는 단어를 몇 번 중얼거리더니 치마 끝을 잡고 들어 올렸다. 카렌의 치마 속에는 단검이라는 물건이 정확히 열세 개가 달려 있었고 그 외에도 80㎝쯤 되는 숏 소드가 허벅지 사이에 묶여 있었다. 저게 인간이냐, 걸어다니는 무기고냐?

"…그게 전부야?"

작게 고개를 끄덕이는 카렌. 내가 앉은 테이블 위에는 어떻게 입수했는지 모를 열세 개의 단검과 숏 소드가 올라왔다. 한숨이 절로 나온다. 정상적인 인간이 보고 싶어. 이런 괴상망측한 인간들 말고 평범하고 정상적인 인간들이 보고 싶어. 두통이 몰려왔다. 지끈지끈.

"후우, 카렌, 이리 와."

내가 손짓하자 볼을 작게 부풀리면서 뚱해 있던 카렌이 순순히 내게 다가왔다. 그런 카렌의 머리를 향해 나는 작게 말아 쥔 주먹을 살짝 내질렀다.

따악!

"우……!"

이마를 맞은 카렌은 아까보다 더 많이 볼을 부풀리면서 불만을 표시했지만 꼬맹이의 불만 어린 표정에 눈 하나 까딱할 내가 아니라고. 난 최대한 엄한 표정을 지으면서 카렌에게 말했다.

"다시는 저런 물건 가지고 장난치지 마. 알았어?"

"……."

"대답해!"

"응."

따악!

아까보다 조금 더 세게 쥐어박았다. 카렌이 두 손으로 이마를 감싸 쥐면서 나를 노려보았지만 내가 마주 노려봐 주자 금세 눈을 내리깐다.

"그리고 존칭을 써! 나이로 보나 지위로 보나 내가 너보다 위대해! 그러니까 진심을 담아서 존칭을 써! 알았지?"

"…네."

"좋아, 바로 그 자세야. 에린!"

"네, 넷?"

"가서 카렌이 입을 만한 옷 좀 가져와. 시종들이 입는 바지 같은 걸로. 카렌 넌 오늘부터 치마는 절대 입지 마! 이건 명령이야."

알아들었는지는 확신할 수 없지만 카렌은 내가 윽박지르자 고개를 끄덕였다. 내 팔에 붕대를 다 감은 에린은 단검들과 숏 소드를 안아 들고 방을 나갔다. 에린이 나가자 언제나처럼 카렌도 에린의 뒤를 따라서 나가 버렸고…….

랭스턴 자작은 정말로 앓아 누워버렸다. 역력한 구타의 흔적을 가지고 말이다. 법대로—로세니아든 크레센트든—처리하자면 왕족을 모독한 랭스턴 자작의 목은 지금쯤 저 산 위의 무덤 속에 들어가 있어야 했지만 목숨은 건진 것이다. 기사 녀석들은 나를 핑계로 '크레센트 귀족의 위신'을 와르르 무너뜨린 랭스턴 자작을 '공개적으로' 두들겨 팼는데 저택 안의 그 누구도 그들을 말리지 못했다. 덕분에 아픔에 혼자 눈물을 흘리던 내 기분도 상당히 좋아졌고……. 하지만 그날 저녁 어디론가 사라졌다 나타난 카렌 녀석이 내 앞에 나타나면서 나는 또 두통을 앓아야 했다. 소년들이나 입을 법한 작은 셔츠와 바지를 입고 나타난 그 녀석은 소매 속에서 가드—검막이. 손을 보호하기 위해 손잡이 위쪽에 붙여놓은 돌출물—를 떼어낸 단검을 꺼내서 내 앞에 보임으로써 나를 열받게 한 것이다. 거기다 열받은 내가 부르자 혀를 냴름 내민 뒤 도망쳐 버려 분노가 하늘을 찌르게 만들었다. 그날 밤 에린은 내가 잠들 때까지 시달려야 했지만 뭐, 다 자업자득이라고 생각하라고. 훗.

일주일이 훌쩍 지나갔다. 그동안 변한 일이라고는 내가 카렌을 찾아 저택을 뒤지고 다니느라 이곳 지리를 완벽하게 익혔다는 것과 이틀 동안 대기하면서 끊임없이 영주를 질책하던 기사들이 돌아갔다는 것이다. 그리고 오늘 수도에서 나를 지켜줄 기사와 병사들이 도착한다는데 그거야 나랑은 상관없고.

"이 망할 계집애, 또 어디로 도망간 거야?"

카렌 녀석, 또 도망쳤다. 완전 반항기에 든 사춘기 소년처럼 카렌은 나만 보면 은근히 날 놀리면서—등 뒤에서 소리없이 다가온다든지 대놓고 자기가 수집한 단검들을 슬쩍 보여준다든지—사라진다. 차곡차곡 쌓인 분노가 돌아갈 곳은 당연히 에린. 어떻게 교육했길래 카렌 녀석이 저렇게 버릇없이 구느냔 말이다! 오늘도 어김없이 에린을 들들 볶던 나는 슬그머니 나타나서 날이 잘 갈린 롱 소드를 흔들며 내 속을 끓게 만든 카렌을 쫓아서 저택 뒤켠으로 뛰쳐나왔다. 그러나 역시나 이번에도 놓쳐 버려 죄없는 땅바닥이나 차면서 화를 삭였다.

"으으으!!"

내가 열내면서 화를 풀고 있자 저택 뒤켠에 있는 마구간에서 마구간지기가 슬그머니 뒷걸음질치면서 도망친다. 여기 와서 하도 카렌과 숨바꼭질을 하면서 신경질을 부려댔더니 시종과 시녀 가릴 것 없이 모두 나만 보면 슬그머니 도망쳤다. 집사마저도 나랑 있으면 불편한 기색을 숨기지 못하는데 뭘. 내 이런 행동을 말려줄 위치에 있는 인간은 영주뿐이었지만 그는 앓아 누운 김에 자리에서 일어날 생각을 하지 않았다. 매일같이 술에 절어 살던 인간이 다친 걸 핑계로 아예 방에서 나올 생각을 안 하는 것이다. 인간 말종의 귀감이랄까? 그런 무능한—이라는 단어조차 사치스러운—영주가 다스리는데도 불구하고 평화로운 이 영지가 신비스럽게 느껴질 정도였다.

　제풀에 지쳐 버린 나는 터덜터덜 걸어서 조그마한—일반 평민들의 집보다는 훨씬 크지만 귀족의 기준에서는 작은—저택의 앞마당까지 걸어나왔다. 정문을 지키고 있던 병사 둘이 나를 힐끔 바라보고는 마치 석상인 양 부동 자세를 취하는 것이 눈에 들어왔지만 내 관심을 끌지는 못했다. 이곳에 와서도 나는 심심했고 그렇기에 사건을 찾아 돌아다녀 봤지만 이런 조그만 영지에 무슨 큰일이 있을까. 지루함은 시간이 갈수록 더 깊어졌다. 무언가 정신없이 매진할 만한 일거리라도 있으면 좋겠지만 귀족가의 정숙한 숙녀가 할 수 있는 일이라는 것은 정해진 것들 뿐이었다. 차를 마시고 시를 읽고 자수를 놓는 것, 시간이 날 때마다 춤 연습을 하고 예법을 익히는 것 외의 것들은 귀족 여성에게 허락되지 못한 것들뿐이었다. 이건 크레센트도 마찬가지더라고.

　내 얼굴을 힐끔거리는 경비병들 사이를 지나쳐 저택의 정문을 나서자 저 멀리 마을의 전경이 나타났다. 마차 한 대가 지나갈 만한 흙길과 그 도로 좌우로 지어진 목조 건물들. 이것도 영주의 저택이 여기 있어서 그나마 이만큼 발전한 거란다. 정말 한심할 정도로 작은 시골이었다. 나는 발길 가는 대로 흙길을 따라서 걸었다. 가끔 보이는 영지의 주민들이 내게 모자를 벗거나 고개를 숙여 인사를 올렸다. 물론 내가 누군지야 모르겠지만 내가 입고 있는 드레스는 아무나 입을 수 있는 게 아니니까 이들의 반응은 당연한 것이었다.

　별 볼일 없는 작은 잡화점과 야채와 동물 가죽을 늘어놓은 노점상을 지나서 마을 끝까지 도달하는 데는 10분도 안 걸렸다. 마을마저 벗어나 숲 사이로 나 있는 흙길을 따라서 계속 걸었다. 아무 생각 없이 그저 발길 가는 대로 걷다 보니 주변은 숲이었고 난 그 숲 사이로 난 길한복판에 멈춰 서 있었다.

"…여긴 어디야?"

정신을 차리고 뒤를 돌아보았지만 길게 이어진 숲길만 보일 뿐 마을은 눈에 들어오지 않았다. 얼마나 걸어온 거지? 숲 안에서는 새의 지저귐이 들려오곤 했지만 주변은 적막한 편이었고 이쯤 되니 슬슬 불안해지기 시작했다. 이럴 때 갑자기 누가 불쑥 뛰쳐나온다면……?

"웃차!"

"까아악!"

"우헥~"

제발 상상은 상상으로 끝나달라고! 갑자기 내 앞에 거대한 체구의 사내 하나가 불쑥 튀어나왔다. 내 키보다 30㎝는 더 커 보이는 거구에다 팔뚝 하나가 내 허리만큼이나 굵어 보이는 근육질의 사내가 눈앞에 갑자기 나타난 것이다. 내 비명 소리에 놀랐는지 그는 뒤로 펄쩍 뛰면서 두 손으로 자기 가슴을 가렸다. 난 쿵쾅거리며 뛰는 심장을 한 손으로 누르며 뒤로 몇 발자국이나 물러섰다.

"누, 누구……?"

"그러는 아가씨야말로 누굽니까? 갑자기 비명을 지르다니, 놀랐잖습니까!"

"그… 그게…….''

이걸 적반하장으로 봐야 할지 아니면 당연한 반응으로 봐야 할지 헷갈린다. 화를 내야 하나, 아니면 미안하다고 해야 하나? 얼굴이 달아오르는 게 느껴졌다.

"흠흠, 뭐, 저도 불쑥 튀어나온 점은 사과드리죠, 아가씨."

"아… 예."

"그럼."

이라고 말하면서 바닥에 떨어진 노루―아까 내가 비명을 지를 때 떨어 뜨렸나 보다―를 어깨에 짊어진 그는 길을 가로질러 반대 편 숲으로 들어가려고 했다.

"저, 저기요!"

"예? 무슨 일입니까?"

"저기… 당신… 사냥꾼인가요?"

"사냥꾼? 아닙니다. 전 마법사입니다. 지금은 견습이지만요."

"마, 마법사?"

난 다시금 그의 몸을 위아래로 훑어봤다. 거의 2m는 되어 보이는 커다란 키, 떡 벌어진 어깨, 온통 근육투성이인 몸, 저기에 할버드 하나와 갑옷 한 벌만 쥐어주면 그 누구라도 기사라고 해도 믿어버릴 모양새다. 아니, 왕궁에서 살면서 저 사람만큼 체격 좋은 기사는 거의 못 봤다. 그런데 마법사란다. 아하… 하하하!

"그… 마법사요?"

"예!"

"정말?"

"정말!"

"…거짓말이죠? 아니면 농담?"

믿기지가 않는다. 조금도. 전혀. 눈꼽만큼도! 저런 사람이 마법사? 보통 마법사는 극심한 운동 부족 때문에 허약하다고 하지 않던가! 이건 상식이라고!

"제가 아가씨께 거짓말을 해서 뭐가 남는다고 거짓말을 합니까? 전 엄연히 마법사입니다."

란다. 허무라는 감정이 물밀듯이 밀려들어 오는 게 느껴지는 건 왜일까? 아아! 이 나라는 왕궁뿐만 아니라 왕궁 밖에도 정상적인 인간이 없는 게 분명해. 이젠 장담조차 필요없을 것 같은 기분이 드는걸? 나를 보며 약간 불쾌한 표정을 짓던―믿지 않아서 기분 나빴나 보다―그는 어깨에 메고 있는 노루를 한번 툭 치더니 몸을 돌렸다.
"아! 잠깐만요!"
"왜 또 그럽니까, 아가씨?"
짜증스러운 듯한 목소리로 돌아보는 사내. 음… 그냥 순순히 믿어줄 걸 그랬나? 이곳은 비정상적인 것이 정상인 곳이니까.
"아, 아니요. 그게 아니고… 그러니까… 저기… 어디 사세요?"
"…예에?"
"아, 음… 그게… 마법사라면서요? 그럼 특이한 데 살 거 아니에요."
"여기서 북쪽으로 1시간쯤 걸으면 마법사의 탑이 나옵니다. 거기 살죠. 그럼."
그 마법사―인지 아직도 감이 안 잡히는―는 그렇게 대답한 뒤 작게 투덜거리면서 숲 속으로 들어가 버렸다. 혼자 남은 나는 멍하니 그가 사라진 곳을 바라보고 있다가 왔던 길을 되돌아서 달리기 시작했다. 치맛자락을 두 손으로 잡고 긴 머리카락을 좌우로 휘날리면서 달렸다. 주민들 중 몇 명이 그런 나를 보면서 놀란 표정을 짓는 게 보였지만 지금 그런 사소한 체면을 생각할 때가 아니라고. 사건이다. 그것도 엄청나게 재미있을 듯한 사건! 마법사라니! 온몸이 떨려왔다. 책으로만 알고 있던 신기한 인종이 바로 눈앞에 나타난 것이다. 나는 저택을 향해 숨이 턱에 차도록 달렸다.

콰아앙!

저택의 현관문이 큰 소리를 내면서 양쪽으로 활짝 열렸다. 땀으로 범벅이 된 이마를 한 손으로 쓸어 내린 나는 거침없이 안으로 뛰어들면서 소리쳤다.

"에린! 집사! 누구 없어?"

내가 소리를 지르자마자 저택에서 일하던 시녀들이 나를 빼꼼이 바라보다가 슬그머니 꽁무니를 쳤고 시종 중 하나는 집사를 부른다며 어디론가 사라졌다. 현관의 홀에서 청소를 하던 시녀 하나까지 사라지고 나자 내 주변은 썰렁한 공기가 휘몰아쳤다. 이것도 간접적인 괴롭힘 아닌가? 저 겁없이 나를 무시하는 저택의 시녀들과 시종들을 모두 모아서 한바탕 난리를 피워볼까 생각했지만 그만두기로 했다. 남의 집 재산을 내 멋대로 손대면 안 되지. 암.

괜히 무안해진 내가 한 손으로 손부채질을 하면서 땀을 닦고 있을 때 에린 녀석이 집사인 시만과 함께 허둥대면서 2층에서 뛰어내려 왔다.

"부, 부르셨습니까, 마마?"

"그래!"

그런데 에린은 왜 불렀지? 집사만 불러도 될 일인데……. 난 어색한 표정을 지으며 다가오는 시만 집사를 향해 물었다.

"이 영지에 마법사가 있다는 게 정말이야?"

"…예, 마마."

작게 고개를 끄덕이는 시만 집사. 그의 대답에 난 날아갈 듯한 기분에 집사의 두 손을 꽉 잡고 초롱초롱한 눈망울로 그를 바라보았다.

"알려줘!"

"예? 무엇을 말입니까?"

"그 사람, 마법사! 당신은 여기 집사니까 알 거 아니야. 전부 알려 줘!"

"에에……."

시만 집사는 떨떠름한 표정을 지으면서 슬그머니 내 손에 잡혀 있는 자기 손을 뺐다. 작게 헛기침을 하면서 불편한 표정을 지어 보이는 그였지만 지금 내게는 그 딴 사소한 것을 신경 쓸 경황이 없었기 때문에 집사가 입을 열기만을 기다렸다.

"에… 그러니까 한 20년쯤 전에 한 노인이 영주님을 찾아뵌 적이 있었습니다."

"응, 응!"

"그 노인은 자기를 대마법사인 헤쉬케린이라고 말하면서 지금의 영주님께 탑을 짓는 공사 비용을 원조해 달라고 요청했습니다."

"호오~"

"그때까지만 해도 영지 관리에 큰 관심을 보이시던 영주님이 선선히 수락하셔서 영지민까지 강제로 동원된 큰 공사가 몇 년간이나 계속되었습니다. 완공된 탑이 마음에 들었던지 노마법사는 언제든지 영지에 문제가 생기면 적극적으로 도와줄 것을 약속했고 지금까지 무력이 필요한 일들을 도와주었습니다."

"흠, 그렇다면 부하 같은 관계는 아니고 대등한 동맹 같은 관계이겠네?"

"예, 마마."

마법사와 손을 잡은 영주라……. 도움이 될까?

"좋아! 그럼 가자! 에린, 준비해! 카렌도 찾아서 데려와!"

"예에? 어딜 가시려고요?"

"어디긴! 당연히 마법사의 탑이지!"

에린이 화들짝 놀란 표정으로 나를 올려다본다. 거기다 수시로 창백해지는 시만 집사도 갑작스러운 내 선언에 놀랐는지 나를 말리기 시작했지만…….

"가서 준비나 해, 에린! 그리고 시만 집사."

"예, 마마."

"내 의지를 꺾으려면 가서 랭스턴 자작이라도 데려오라고. 하지만 장담컨대, 영주가 직접 와서 말려도 난 갈 거야. 그러니까 에린이 준비하는 거나 도와주는 게 좋을 거야."

"……."

시만 집사가 작게 고개를 저으며 한숨 쉬는 게 보인다. 훗! 하긴 누구의 고집을 말리겠어? 이곳에선 그 누구의 눈치도 보지 않아도 된단 말이지. 모두가 나보다 직위에서 밀리는 이들뿐이니까. 이 몸은 아넬리안 폰 로세니아라고. 자랑스러운 로세니아의 왕족. 이게 자랑스러운 건지는 좀 의심스럽지만…….

내 명령에 따라서 에린은 도시락 바구니를 한 아름 들고 나타났고 집사는 열 명의 병사들과 말 한 필을 끌고 왔다. 하지만 나는 길잡이 노릇을 할 병사 하나만 남기고 나머지는 다 돌려보냈고—역시나 집사는 더 더욱 큰 한숨을 내쉬었지만 나랑은 상관없다네—슬그머니 나타난 카렌이 에린 옆에 서자 나는 말에 올라탔다. 말 안장에 엉덩이를 걸치고 앉자 내 앞에 서 있는 병사가 말고삐를 잡았고 걱정스러운 기색이 가득한 집사를 뒤로한 채 저택을 나왔다.

예의 작은 마을을 지나쳐 긴 숲길을 지난 뒤 겨우 사람 하나가 지나갈 만한 오솔길을 무려 30분간이나 걸어간 뒤에야 마법사가 산다는 탑이 모습을 드러냈다. 뾰족하게 솟은 마법사의 탑은 외견상으로는 그리 특이할 게 없는 둥근 원형 탑이었지만 국경에 설치된 감시 탑과는 다르게 탑 끝이 반원형으로 되어 있어 뾰족한 느낌을 주었다.

"얼마나 더 가야 하지?"

"한 30분 정도 더 걸어야 합니다, 마마. 언덕 하나를 넘어야 하거든요."

벤스라는 촌스러운 이름을 가지고 있는 병사는 머리보다 큰 철제 투구가 거추장스러운지 자꾸 투구를 매만지면서 건성으로 대답했다. 그의 말마따나 작은 숲을 지나자 가파르게 경사진 길이 눈앞에 나타나 나는 말에서 내려야 했다. 워낙에 가파른 산길이라 말을 타고 갈 만한 길이 못 되었기 때문이다. 수백 미터는 될 법한 언덕길. 왠지 고난의 예감이…….

…힘들다!!

"헤엑! 헤엑!"

높이 솟은 언덕 정상 위의 경치는 끝내준다는 표현이 딱 어울렸지만—저 아래 지나온 언덕길이 아찔할 정도로 구불구불하고 아슬아슬하여 여기까지 온 게 신기하다는 생각이 들게 하였지만—더럽게 힘들다. 마음 같아서는 작은 풀들이 나 있는 흙 바닥에 대자로 누워서 편히 쉬고 싶은 생각이 마구마구 들었다. 하지만 귀족의 체면이 있지 어떻게 드레스—활동용의 수수한 드레스라고 해도—를 입고 땅바닥을 구를 수 있겠는가? 그렇기에 나는 그 자리에 털썩 주저앉았다.

"물!"

"히엑! 히엑! 여기……."

에린도 지쳤는지 내 옆에 쪼그려 앉으면서 바구니에서 물 주머니를 꺼내서 내게 주었다. 단숨에 그것을 받아 든 나는 단단히 막혀 있는 코르크 마개를 한 손으로 비틀어 뽑은 뒤 미지근한 물을 단숨에 벌컥벌컥 마셔댔다.

"크아! 후우! 살 것 같다."

직접 걷는다는 게 이렇게 힘들 줄이야. 다행히 밑창이 연한 가죽신을 신고 왔기에 망정이지 무도회장에서나 신는 질긴 쇠가죽 구두를 신고 왔다가는 반도 못 올라오고 주저앉았을 거다. 그런데 말머리를 쓰다듬고 있는 카렌 녀석은 조금도 힘들지 않은지 작게 키득거리고 있었고 영지의 경비병인 벤스도 남자라서 그런지 조금 힘든 기색을 내비칠 뿐 아직 쌩쌩해 보였다. 거기다 믿었던 에린마저도 곧바로 털고 일어섰으니 여기서 연약이라는 단어와 어울리는 건 나뿐인가?

오르막길 다음은 내리막길이다. 그래도 그나마 완만한 경사로 이어진 오솔길은 말을 타고 갈 만했기에 나는 조금의 주저함도 없이—힘드니까—말 위에 올라탔다. 이제 탑까지는 손만 내밀면 닿을 만큼 가까와졌다. 조금만 더!

힘들게 도착한 탑의 전경은 솔직히 볼 게 없다. 반지름이 족히 5m는 될 법한 커다란 원형 탑이라는 것 외에는 전혀 볼 게 없었던 것이다. 운동도 못할 만큼 작은 공터와 탑과 어울리는 황갈색 녹이 군데군데 슬어 있는 철제 대문이 보였고 주변에는 무릎까지 오는 긴 풀들이 여기저기 자라고 있었다. 이건 마치 폐허 같은 분위기인걸?

"마마, 너무 조용한 것 같은데요?"

"음."

에린의 말마따나 너무 조용하다. 사람 사는 데라면 인기척이라도 나는 게 정상일 텐데 이건 숫제 무덤 속에 들어온 것처럼 사방이 고요하다. 뭐, 들어가 보면 알겠지. 난 말고삐를 잡고 있는 병사에게 문을 열라고 시켰다. 그가 힘껏 문을 당기자 '끼이익' 하는 소리를 내면서 두터운 철문이 열리기 시작했다. 나는 두근거리는 가슴을 한 손으로 부여잡고 조심스럽게 탑 안으로 들어섰다.

창문이 몇 개 없는 탓에 탑 안은 어두웠지만 군데군데 횃불이 걸려 있어서 그런대로 탑 안의 풍경을 관찰할 수 있었다. 구석구석에 걸려 있는 거미줄, 10년은 청소를 안 한 듯이 수북이 쌓인 먼지, 여기저기 나뒹구는 상자들……. 이건 딱 폐허다. 다른 말은 아무리 머리를 굴려도 생각이 나지 않는다. 폐허다, 폐허야.

"아무도 없어요? 누구 없어요?"

한 발 한 발 걸을 때마다 피어오르는 먼지를 한 손으로 휘저으면서 소리쳐 봤지만 탑 안에서 메아리칠 뿐 대답은 들려오지 않는다. 여기 맞는 거야? 나를 비롯한 여섯 쌍의 눈동자가 말을 근처 나무에 묶은 뒤 따라 들어온 벤스에게 향했다.

"예, 여기가 맞는데… 그런데…….."

라면서 우물쭈물거리는 벤스. 의심이라는 감정이 마구 꿈틀거렸다.

"여기 와본 지 얼마나 되었지?"

"그러니까… 한 10년쯤 되었을 겁니다. 에헤헤…….."

머리를 긁적이면서 히죽거린다. 저놈의 목을 꺾어 이 탑에다 버리고 가버릴까? 10년? 이거 장난치는 거 맞겠지? 이번엔 팔목 삐지 않게 조심해야겠다. 으득!

내가 막 벤스인지 펜스인지 하는 녀석을 쥐어 패려고 할 때였다. 갑자기 우리가 들어온 탑의 입구에서 굵은 사내의 목소리가 들려왔다.

"누구십니까? 여기는 아무도 안 사는 곳입니다만?"

"에에?"

갑자기 안으로 들어온 상대는 연갈색 머리카락을 귀밑까지 기른 사내였다. 대충 180㎝쯤 되어 보이는 걸로 봐서 아까 전에 숲길에서 만났던 상대는 아닌 것 같고. 누구지?

"저희는 여기 사신다는 마법사님을 뵈러 왔는데요. 보다시피……."

내가 앞으로 나서면서 대답했다. 그러자 상대는 알겠다는 듯이 고개를 끄덕이더니 손짓하는 게 아닌가?

"헤쉬케린님을 찾아오셨다면 여기가 아닙니다. 길을 따라 좀 더 들어가야 합니다. 저도 마침 그곳으로 갈 예정이니 같이 가시지요."

"초면에 실례하게 되었네요. 감사드려요."

나와 다른 이들은 그 사내를 따라서 탑을 나왔다. 밝은 곳에서 보니 그는 꽤 잘생긴 얼굴을 가진—미남이라는 단어가 어울리는—사내였는데 얇은 셔츠 사이로 단단해 보이는 근육이 자리하고 있어서 굉장히 단련을 많이 했다는 게 느껴졌다. 거기다 허리에는 긴 롱 소드를 차고 있었기에 그가 검사라는 것을 어렵지 않게 짐작할 수 있었다.

"저… 성함이 어떻게 되시나요?"

"아, 이거 실례했습니다. 전 닐크라고 합니다. 성은 없습니다. 그쪽 숙녀 분은… 성함이……?"

"전 아넬리안이에요. 아넬리안 폰……. 으음, 아니에요. 그냥 아넬리안이라고 불러주세요."

"귀족 분이시군요. 전 상관없습니다만… 괜찮으시겠습니까?"

"예, 물론."

난 고개를 크게 끄덕였다. 그는 이해했는지 작게 고개를 끄덕인 뒤 우리들을 이끌고 탑 옆의 작은 오솔길로 인도했다.

대마법사가 산다는 곳이 나타났다. 작은 1층짜리 오두막집. 그것이 신비로운 마법이라는 힘을 쓴다는 대.마.법.사.가 사는 곳이란다. 일년 내내 산속에서 생활하는 사냥꾼들도 눈길조차 주지 않을 정도로 허름해 보이는 오두막집에 도착하니 오전에 보았던 그 사내가 나타났다. 상의를 벗은 채 굉장히 무거워 보이는 도끼를 사용하여 장작을 패고 있는 사내. 구릿빛의 터질 듯한 근육들이 꿈틀거리며 육중한 소리와 함께 커다란 통나무가 반으로 쪼개졌는데 몇 번의 도끼질이 끝나자 그의 발 밑에 장작더미가 수북이 쌓였다. 한창 장작을 패던 사내가 우리들의 접근을 알아챘는지 몸을 일으키면서 손을 들어 보였다.

"여어~ 닐크! 오랜만이군!"

"그래, 오랜만이야, 아르케네스."

"그런데 그쪽은… 아, 아까 만났던 아가씨로군요. 다시 만나게 되어 반갑습니다."

"예에… 반… 갑네요."

씨익 웃으면서 내게 다가오는 사내. 아르케네스라고 했던가? 땀으로 번들거리는 상체 근육이 터질 듯이 꿈틀거린다. 나는 한쪽 입술을 씰룩거리면서 대답했다. 땀 냄새가 지독하게 풍겨왔거든. 코를 쥐고 도망치지 않은 것만으로도 대단한 거라고. 이런 내 심정을 알아챘는지 닐크가 아르케네스의 어깨를 툭툭 치면서 웃었다.

"푸훗! 가서 땀 냄새라도 없애고 오는 게 어때? 숙녀 앞에서 부끄럽지도 않은가? 하긴 그러니 별명이 무식한 오우거라고 하겠지만 말이야."

"무, 무슨 소리! 샌님 주제에 누구한테 뭔 소리를 하는 거야?"

"해볼 테냐?"

"오냐! 그간 얼마나 놀았는지 평가해 주마! 덤벼!"

라고 외친 두 남정네들은 그대로 거리를 벌리더니 서로를 노려보기 시작했다. 이거야 원, 웬 대결 구도람? 난 마법을 보러 온 거라고. 기사들의 싸움박질은 성에 있을 때 많이 봤단 말이야.

라고 말해 봐야 들어줄 사람도 없으니 할 수 없지.

"에린, 꺌아."

"예, 마마."

"에린."

"네, 마마?"

"에에리이인~"

"네… 에, 마마?"

멍청하고 바보스러운데다가 눈치라곤 쥐털만큼도 없는 녀석! 내가 자기를 노려보자 할 줄 아는 거라고는 눈 까는 것밖에 없는 녀석을 난 있는 힘껏 쥐어박았다.

콩!

"키힝~"

에린이 머리를 감싸 쥐고 주저앉았다.

"카렌!"

"…주인 아가씨."

"좋아! 에린!"

"네, 마, 아니, 아가씨."

역시 에린은 쥐어 패야 정신을 차리는군. 그제야 내가 만족스러운 표정을 짓자 에린은 황급히 내 쪽으로 달려와 바구니 안에 들어 있는 삼각형의 스카프를 꺼내서 바닥에 깔았다. 내가 자리 잡고 편히 앉자 마치 기다렸다는 듯이 두 사내가 대여섯 걸음쯤 떨어진 곳에 서서 서로 상대를 노려보며 자세를 잡았다. 아르케네스라는 자칭 마법사는 근 2m는 될 법한 두꺼운 나무 봉을 들었고 닐크라는 사내는 상대가 던져 준 1m 정도의 목검을 들고 섰다.

"덤벼라, 얼간이!"

"감히 이 몸에게 그 딴 잡소리를 하는 오우거가 있다니! 정의의 검이 널 심판할 것이다!"

닐크가 우렁차게 소리치면서 목검을 두 손으로 움켜쥔 뒤 높이 치켜들었다. 그리고는 나무 봉을 들고 있는 아르케네스를 향해 달려들었다.

"우라야아아!"

오~ 저 닐크 녀석, 생긴 건 마음에 안 들지만—기생오라비같이 생긴 놈들은 죄다 인류의 적이다—발놀림 하나는 상당히 수준급인걸? 서너 번의 달리기로 단숨에 상대에게 달려드는 폼이 상당히 단련된 느낌을 주었다. 하지만 몸놀림과는 다르게 목검을 휘두르는 폼은 그리 신통치 않아 보였다.

따악!

내 생각을 말해 주듯이 그의 목검은 단번에 상대의 봉에 막혀 힘이 좋아 보이는 아르케네스가 상체를 낮추고 봉으로 목검을 받아낸 뒤 힘껏 밀치자 어이없이 뒤로 밀려났다. 닐크를 밀어낸 아르케네스는 봉을 길게 잡고는 연속으로 찌르기를 시작했다.

퍼벅! 퍽!

"크헉!"

닐크는 가슴과 배, 허벅지를 얻어맞고 뒤로 비틀거리더니 아르케네스가 찌르는 자세에서 반 바퀴 회전하면서 나무 봉을 강하게 휘두르자 정강이 부분을 얻어맞고 잠시 공중으로 붕 떠올랐다가 옆으로 떨어졌다.

"꾸에엑!"

쿵!

데굴데굴!

쯧! 저 녀석, 폼만 좋은 거 아니야?

너무 싱겁게 끝나 버린 대련은 하품만 나오게 만들었다. 잠시 뒤에 닐크가 정신을 차리고 다시 일어나서 덤볐지만 결과는 마찬가지. 전. 혀. 상대가 안 되었다. 몇 번을 더 얻어터지고 바닥을 구르는 닐크를 보면서 내가 작게 하품하며 이만 본래 목적을 위해서 움직여 볼까 하고 생각하고 있는데 갑자기 이변이 일어났다.

"너… 너 이 자식!!"

죽도록 얻어맞던 닐크가 갑자기 씩씩대면서 일어서더니 목검을 집어 던지고는 두 주먹을 쥐고 아르케네스에게 달려든 것이다. 난 상대도 안 되게 얻어터진 닐크가 더 얻어맞으려고 발악한다고 생각했다. 그런데 의외로 닐크는 아르케네스가 횡으로 휘두른 나무 봉을 고개 숙여 피한 뒤 상대에게 달려드는 게 아닌가? 일그러진 표정의 아르케네스가 뒤로 물러서면서 봉을 좌우로 휘둘렀지만 그때마다 닐크는 허리를 숙이거나 몸을 좌우로 움직여 피하고는 팔을 내질렀다.

뻐억!

"쿨럭!"

마치 산 같은 위압감을 주던 아르케네스가 한순간 휘청이면서 옆구리를 잡은 채 뒤로 몇 걸음 물러났다. 전혀 의외였다. 주먹질이 봉을 이긴 것이다.

"헹! 역시 굼뜨군. 그동안 근육만 길렀냐, 오우거야?"

"쿨럭쿨럭! 죽고 싶냐?"

"능력 되면 죽여보시든지. 헹이다!"

오우거와 샌님의 생사를 건 사투가 시작되었다. 음, 하늘은 맑고 푸르군. 이럴 때는 천둥 번개가 꽈르릉거리고 비바람이 몰아쳐야 되는 거 아닌가? 보통 이런 생사를 건 사투에는 그런 장면이 많던데.

닐크가 주먹이나 발로 아르케네스를 몇 대 후려치면 상대가 한 방에 그를 몇 미터나 붕 날아오르게 만들었다. 하지만 닐크는 지면으로 떨어지다가도 손으로 바닥을 쳐서 다시 자세를 잡고 아르케네스에게 달려들어 또다시 난타전이 이어졌다. 주먹과 봉이 오갈 때마다 두 사내의 얼굴이 일그러지며 피가 허공으로 튀어 올랐다. 이게 바로 피가 튀고 살이 찢어지는 진정한 결투군. 그런데 저 두 사람, 대련하려는 것 아니었나? 분위기로 봐서는 둘 중 하나가 죽어야 끝날 것 같은데? 이거 언제 끝나려나? 슬슬 지겹다고.

이런 내 마음을 알았는지 닐크가 아르케네스의 나무 봉을 한 발로 쳐냈다. 두 손에서 떠난 나무 봉은 내 쪽으로 날아왔지만 카렌이 손을 들어 쳐냈다. 무기를 잃은 아르케네스는 두 주먹을 쥐고 닐크에게 주먹을 날렸지만 몸놀림이 빠른 상대를 때리지 못하고 허공만 가를 뿐이었다. 그러다 어느 순간 아르케네스가 날린 주먹을 손바닥을 사용해서 비껴낸 닐크가 상대의 품 안으로 뛰어들면서 반대 편 팔꿈치를 강하게 휘둘렀다.

퍼억!

"큭!"

가슴을 얻어맞은 아르케네스가 상체를 숙이자 두 손으로 바닥을 짚은 닐크가 바닥을 반 바퀴 돌면서 한쪽 발목으로 아르케네스의 무릎 뒤를 강하게 내려쳤다. 그러자 이를 버티지 못한 상대는 그대로 뒤로 쓰러지고 말았다. '쿠웅' 하는 육중한 소리와 함께 거구가 바닥으로 쓰러지자 지면이 들썩거린다. 난 여기서 끝난 줄 알았다. 하지만 닐크는 바닥에 쓰러진 상대에게 달려들더니 두 손으로 아르케네스의 오른손을 단단히 움켜쥐고 양다리로 상대의 목과 가슴을 누르며 몸을 쭉 폈다.

"끄악!!"

"어떠냐? 오우거 짜샤! 항복해!"

"끄웅! 절대 싫다! 샌님에게 항복하느니 차라리 오우거가 되고 말겠다!"

"그래? 그렇담 죽엇!"

"우아아악!!"

사내들의 오기란… 쯧쯧, 한심할 뿐이다.

"에린, 물."

"네, 마마… 흡! 아가씨."

따악!

한심한 녀석은 저기 바닥에 누워서 서로의 몸을 겹친 채 우정을 확인하는 녀석들만으로도 충분하단 말이야. 나는 돌덩이와 경도가 비슷한 에린의 뒷머리를 주먹으로 쓰다듬어 준 뒤 에린이 넘겨주는 물 주머니를 들어서 한 모금 마셨다. 미지근한 맛에 가죽 냄새가 올라와서 그리 기분이 좋지는 않았지만 그런대로 참을 만했다. 막 내가 두 모금째 물을 마시고 주머니를 넘겨주려는데 작은 비명을 지르며 발버둥 치던 아르케네스가 갑자기 힘을 쓰기 시작했다.

"우워어어어~"

마치 야수가 울부짖는 듯한 소리를 내면서 아르케네스가 목과 두 발목을 사용해서 몸을 마치 활처럼 둥글게 들어 올린 것이다. 그러자 그의 팔에 매달려 있던 닐크가 옆으로 몸을 돌려 더 이상 달라붙어 있지 못하게 되자 욕지거리를 내뱉으면서 상대에게서 떨어져 나가 몸을 일으켰다.

"이 괴물! 오우거 자식! 어떻게 그 조르기를 힘으로 풀어버리냐?"

"후욱… 후욱… 네놈 힘이 … 후욱… 약한 거다."

남자들은 죽어도 허세를 부리는 법이지. 시뻘게진 얼굴로 거친 숨을 몰아쉬면서도 입은 살았는지 잘만 떠들어댄다. 그나저나 또 한 판 하려는 거야? 이러다 마법은 보지도 못하고 해가 지겠는걸? 벌써 오후가 다 지나간 시간이다. 노을이 서쪽 하늘을 물들이면서 지금이 저녁때라는 걸 알려주고 있었다.

이런 내 걱정을 아는지 모르는지 두 사내는 또 싸울 자세를 잡았다. 그때 '좌아아악' 하는 소리와 함께 물벼락이 싸움 중이던 두 사내를 덮쳤다. 나에게도 물이 조금 튀기는 했지만 이 정도쯤이야 얼마든지 감수해 줄 수 있다고. 저 두 인간의 지루한 대련을 끝낼 수만 있다면 말이야.

"푸핫!"

"우에에엑!!"

"이 망할 잡것! 하라는 일은 안 하고 또 싸움박질이냐? 엉? 닐크 네 놈은 또 왜 온 거야? 할 일 없으면 가서 사냥이나 해 와!"

노인 특유의 카랑카랑한 외침과 함께 회색의 로브를 입은 노인이 한 손에 빈 물통을 들고 호통 쳤다. 노인의 외침에 아르케네스는 젖은 머리를 긁적이면서 씨익 웃었고―비 맞은 곰 같은 몰골이었다―닐크는 몸을 부르르 떨면서 입을 뻐끔거렸다. 아마도 작은 소리로 욕하고 있는 것이리라.

"스, 스승님, 저기… 친구가 와서 잠깐 운동 좀 한 것뿐입니다. 에헤헤~ 그, 그치, 친구?"

"…으, 응."

닐크도 노인을 향해 돌아서면서 어설픈 웃음을 지어 보인다. 그 꼴을 옆에서 보고 있자니 뭐랄까, 맹수 조련사에게 아양을 떠는 늑대와 곰이 연상되었다. 풋! 대충 상황이 진정된 것 같기에 나는 일어섰다. 한참 두 사내들 앞에서 설교를 늘어놓던 노인은 갑자기 나를 보더니 인상을 찌푸렸다.

"이건 또 웬 떨거지들이야? 누가 데리고 왔어?!"

"처음 뵙겠습니다, 어르신. 전 아넬리……."

"입 닥치고 꺼져! 여긴 애들 놀이터가 아니야! 나가! 가! 쉿~ 쉿~"

뭐라고 설명할 수 없는 뜨거운 감정이 가슴속에서 생겨나 머리 속까지 치솟아올랐다. 이놈의 나라에 사는 인간 중 정상적이고 예의 바른 녀석들은 단 한 명도 없는 것이냐? 왜 내가 가는 곳마다 이따위 인간들만 나오냐고!! 평생 분노할 것을 요 몇 달 동안 몰아서 다 해치우는 기분이다. 손이 부들부들 떨려온다. 그래, 오늘 한판 해보자. 어차피 더 망가질 수도 없는 몸, 오늘 사고나 한번 쳐보자고!

"이 늙은이야! 너는 얼마나 잘났기에 사람을 무시하는 거야?!"

"뭐, 뭐어엇?"

"얼마나 능력이 없으면 잘 지은 탑도 버리고 여기서 숨어 사냐? 빚쟁이들에게 쫓기나 보지? 그런 주제에 사람이 굽히고 들어오면 그런 줄 알고 받아줘야지 이름도 들어보지 않고 내쫓아? 거기다 개나 쫓는 그런 손짓으로 사람을 오라 가라 해?"

"저, 저, 저, 저!!"

늙은이—아마도 마법사겠지? 그것도 헤쉬케린이라고 한 그 대마법사—는 내 악다구니에 놀랐는지 아님 화났는지 한 손으로 뒷목을 잡고 다른 손으로 나를 가리키면서 말을 더듬었다.

"그 스승에 그 제자라고 말이야! 스승도 그렇고 제자도 그렇고 사람 무시하는 데는 일가견이 있나 보지? 확 이 동네를 몽땅 다 불태워 버릴까 보다! 어디 사람이면 답변이라도 해보라고!"

"마, 아니, 아가씨……."

내가 발악하듯이 소리쳐 대자 에린이 내 팔을 붙잡고 울상을 지었다. 하지만 그 정도로 멈출 거였다면 시작도 안 했다고.

"네, 네 이년!"

"누구보고 년놈 하는 거얏! 교수형시켜 버릴까 보다!"

"허… 허… 허허허… 허허허허허."

조금 심했나? 내 말에 노인은 제자—로 보이는—아르케네스의 어깨에 한 손을 턱 올리더니 '허허허' 하고 웃으면서 말했다.

"제자야."

"예, 예, 스승님."

"나 오늘 돌아버릴란다. 짐 싸놔라."

"예에? 스, 스승님!! 거기 아가씨, 도망쳐! 닐크! 닐크!"

"놔! 놔라! 내 오늘 저년을 찢어놓지 않으면 내 지팡이를 부러뜨릴 테다!"

갑자기 발작(?)을 시작한 노인은 자기를 뒤에서 껴안은 아르케네스에게서 빠져나오려는 듯이 발버둥을 쳤다. 그리고 닐크라는 사내도 비명을 질러대며 그런 노인의 앞을 가로막으면서 소리쳤다.

"우헥! 노인네가 힘도 좋아! 거기 아가씨! 빨리 도망쳐! 와아아악!!"

"어딜 도망가! Agannazar`s Scorcher!!"

"꺄아아악!!"

눈앞으로 엄지손가락만한 불줄기가 휙 하고 지나갔다. 두 건장한 사내들의 몸에 둘러싸인 노인의 검지에서 불줄기가 줄줄이 뿜어져 나온 것이다. 마치 채찍처럼 출렁거리는 불줄기는 노인이 손을 휘저을 때마다 주변의 덤불 등을 태워댔다. 저것이 마법이라는 건가? 놀라운데?

"에잇! 이 잡것들! 썩 비키지 못해!! Shocking Grasp!"

'파직' 하는 소리가 나면서 노인의 손에서 나오던 불길이 사라지더니 이번엔 새하얀 백색 광이 '빠지직' 하는 소리를 내면서 생겨났다. 손에서 빛을 만들어내는 건 신관들이나 하는 건 줄 알았는데 이거 놀라운걸?

"끄에에엑~"

"으갸아악~"

노인의 몸에 달라붙어 있던 닐크와 아르케네스가 비명을 지르면서 노인에게서 떨어져 바닥을 굴렀다. 몸을 이리저리 비비 꼬면서 침을 질질 흘리는 몰골이 과히 보기 좋지는 않은걸? 아니, 추하다고 하는 게 맞겠군. 그건 그렇고, 위험하게 됐는걸? 노인이 한 손에 빛줄기를 방전시키는 조그만 백색 구를 든 채 '흐흐흐' 하는 악당들이나 내뱉을 만한 웃음소리를 내면서 내게 천천히 다가왔다.

"어디, 그 주둥이를 계속 놀려보지 그러냐, 계집!"

"시끄러워! 늙은이! 겨우 자잘한 손재주 좀 부린다고 누가 무서워할 줄 알아?"

무섭긴 하지만 나도 남은 건 악과 깡밖에 없다 이거야. 하지만 말과는 달리 내 두 다리는 본능에 충실한 편이어서 슬금슬금 뒤로 물러서기 시작했다. 비명이나 질러댈 줄 아는 에린은 내게 찰싹 달라붙어서 거추장스럽게만 했고 그나마 일행 중 유일한 사내였던 그 병사 녀석은 도망쳤는지 안 보인다. 제길.

쉬익!

내 귓가를 가르며 날아가는 파공성. 무언가 희끗한 물건이 노인을 향해 날아간다. 놀라서 뒤를 돌아보니 카렌이 단검 두 개를 한 손에 쥔 채 노인을 노려보고 있었다. 그런데 왜 하필이면 내 뒤야? 그래도 카렌이라면……

약간의 기대를 가지고 노인을 다시 바라봤지만 그는 클클거리면서 웃고만 있었다. 내 옆으로 다가온 카렌이 다시 단검 하나를 던졌지만 노인이 몸을 왼쪽으로 살짝 숙이자 허공을 향해 날아갔다. 한 손으로 단검을 던지고 다른 손으로 품을 뒤지는 카렌은 다시 세 개의 단검을 더 꺼내 던졌다. 그러나 노인은 다시 제자리에서 단검을 피해낸다. 저런 괴물 같으니라고! 10m도 안 되는 거리에서 카렌이 던지는 저 빠른 단검을 다 피해내? 저게 인간이야?

"클클, 아가야, 그런 장난감으로 이 대마법사이신 헤쉬케린님을 어쩔 수 있을 것 같으냐?"

"…칫."

처음 들었다. 카렌 녀석이 인상을 쓰면서 혀를 찬 것이다. 이거 잘못 건드린 것 같다는 생각이 팍팍 든다. 이럴 땐 뒤돌아서서 꽁지가 빠지게 도망쳐야 하는데……. 이 망할 에린 녀석아! 제발 놔달란 말이야! 같이 죽자는 거냐? 카렌이 다시 단검 세 개를 연달아 던졌다. 하지만 노인네는 그것도 두 개는 슬쩍 옆으로 한 발짝 움직여 피해내고 다른 한 개는 한 손으로 가볍게 잡았다. 저건 괴물이 맞구나. 죽었다아아아!!

"큭!"

이마에서 땀방울이 주르륵 흘러내린다. 직접 내가 싸우는 것도 아닌데도 불구하고 긴장에 온몸이 저릿저릿해졌다. 단검이 모두 떨어졌는지 카렌은 등 뒤로 손을 가져가서는 역시 가드가 제거된 숏 소드를 꺼내 들었다. 이럴 줄 알았으면 카렌에게 바지를 입히는 게 아니었는데…….

"클클, 재미있었다만 너보다는 저기 있는 계집이 더 구미가 당기는구나. 넌 조금 있다 손봐줄 테니 거기서 쉬고 있거라."

"……."

"클클, 재미없는 녀석이군. Hold Person!"

노인이 그렇게 말하면서 손을 내밀자 움찔거리던 카렌이 딱 멈춰 섰다. 뭐, 뭐야? 갑자기 왜 안 싸워! 마치 지옥의 사신처럼 보이는 노인네가 클클거리면서 내게 다가온다. 옆에 있는 카렌은 눈만 데굴데굴 굴리면서 마치 석상처럼 멈춰 섰고 등 뒤에 숨어 있는 에린은 질질 짜면서 날 붙잡고 있다. 오, 신이시여! 어찌하여 저 늙은이를 이 땅에 두고 에린을 제게 보냈나이까. 망할!

"너, 오늘 한번 죽어봐라. 킬킬킬!"

"안 됩니다! 그녀는 귀족입니다! 함부로 대하시면……!"

"흥! 내가 언제 귀족을 무서워한 적이 있더냐? 거기 늘어져 있는 멍청한 제자 놈이 정신 차리면 짐 싸서 이사가 버리면 그만이야! Otiluke`s Resilient Sphere!"

최후의 보루마저 산산이 무너져 내렸다. 노인이 뭐라고 중얼거리자 내 앞에 투명한 원형의 구가 만들어졌다. 뒤가 허전해서 돌아보니 에린 녀석이 원형의 구 밖에서 눈물 콧물이 범벅된 얼굴로 뭐라고 소리치면서 구체를 쳐댔지만 탄성이 좋은지 오히려 에린이 뒤로 튕겨졌다. 부, 불길한 예감이…….

사악한 웃음을 짓던 늙은이가 갑자기 돌아서더니 바닥에 늘어져 있는 두 사내들을 일으켜 세우는 게 보였다. 그리고는 내 쪽으로 끌고 와 구 안에 갇힌 나를 가리키면서 뭐라고 떠들어댔다. 소리가 안 들렸기에 뭐라고 하는지 알 수는 없었지만 닐크가 입을 크게 벌리면서 성난 표정을 짓는 걸로 봐서는 어쩌면 여기서 빠져나갈 기회가 생길지도…….

퉁!

소리가 구체 전면에 울려 퍼졌다. 닐크가 허리에 차고 있던 롱 소드를 꺼내 들어서 구체 한쪽을 쳐낸 것이다. 하지만 검날은 오히려 튕겨 나갔으며 그 반동으로 안에 들어 있던 나는 마치 거센 파도를 만난 배 위에 올라탄 것처럼 이리저리 흔들리다 그대로 털썩 주저앉았다.

갑자기 노인이 내가 들어 있는 구체를 밀기 시작했다. 앉아 있던 나는 가만히 있다가는 치마가 거꾸로 뒤집힐 거 같아서 놀라며 엉금엉금 기었다(이것만으로도 굉장히 꼴볼견이다). 몇 걸음을 그렇게 걸은 뒤 내 앞이 환히 트여 있다는 것을 보고는 더욱 놀라며 뒤를 돌아보았다. 거기에는 마치 마왕처럼 히죽거리고 있는 노인네가 나를 보면서 웃고 있었다. 소리는 들리지 않았지만 확신할 수 있다. 저 늙은이는 나를 눈앞에 보이는 거의 낭떠러지나 다름없는 울퉁불퉁한 언덕 아래로 밀어버리려는 속셈인 것이다. 사, 사람 살려!! 우아아악!!

노인이 발로 찼는지 나를 안에 담은 둥근 구체는 공중으로 붕 떠올랐다가 바닥으로 떨어지기 시작했다.

"꺄아아아악!!"

내 비명 소리에 고막이 터질 것 같다. 하지만 비명이라도 지르지 않으면……

아아악!!

경사진 자갈덩어리들이 눈앞을 가득 메운다. 죽는다아아!!

퉁!

어라? 바닥에 부딪친 구체는 다시금 튀어 올랐다. 아무런 감촉도 없이. 사, 살았다!

"하아아… 아아악!!"

돌 바닥에 부딪쳐 납작한 피 반죽 신세는 면했지만 구체 안에 갇혀 있는 상황은 이전과 동일, 아니, 더 불행해졌다. 경사 면을 튀어 오른 구체가 그대로 아래쪽을 향해 점점 속도를 더해가면서 구르기 시작한 것이다. 으아아아!!

하늘과 땅이 수십 번 뒤집히고 쉴 새 없이 위아래로 튀어 올라 정신이 하나도 없다. 비명을 지르다가 내 머리카락이 입속으로 들어가서 콜록거리고 앞뒤로 구르고 옆으로 구르고 위로 튀어 올랐다가 머리부터 바닥 쪽으로 떨어지길 십여 번. 눈앞이 팽팽 도는 게 미칠 것 같다. 누가 제발 나 좀 구해줘어~

"으… 우읍!"

구, 구토까지! 아, 안 돼에에!! 여기다 실례(?)해 버리면 내 몰골은……. 죽어도 싫어! 차라리 죽고 말겠다!! 나는 장하게도 구체가 언덕 아래에 있는 작은 나무들에 걸릴 때까지 두 손으로 입을 막고 눈을 감았다. 그리고 그대로 기절해 버렸다.

그 뒤에 에린에게 듣기로 난 미치광이 노인네에게 밀려서 언덕 아래로 떨어졌지만 아무 데도 다치지 않고 무사히 구출되었다고 한다. 단지 흠이라면 두 손으로 입을 꼭 막은 채 기절한 것과 뒤집혀진 내 드레스 덕분에 단정치 못한 모습을 보여줬다는 것 정도? 아, 머리도 산발한 몰골로 늘어져 있었다고 한다. 하여간 체면을 왕창 구기고도 모자라 아예 하얗게 불타올라 재가 되어 저 하늘로 흩날려 버린 날이 되었다. 인생 최악의 날!

눈을 떴을 때 나는 침대 위에 누워 있었다. 나무껍질이 누렇게 떠 있는 천장을 올려다보면서 내가 왜 여기 있는 건가 하고 머리를 굴려봤지만 아무것도 떠오르지 않는다. 본능적으로 구토만이 올라올……

"우욱!"

제길, 생각나 버렸다. 그것도 전부. 으아~ 죽고 싶어! 그런 비참한 몰골을 전부 보여 버렸잖아! 이제 어떻게 얼굴을 들고 다니냐고!!

"마마!!"

"으윽!"

에린이군. 도움이라곤 눈꼽만큼도 안 되고 오히려 방해만 한 녀석!

"마마, 괜찮으세요? 네? 마마! 마마!! 뭐라고 말 좀 해보세요!"

"에린……."

고개를 옆으로 돌리자 내 팔을 붙잡고 울고 있는 에린이 보인다. 내가 손짓하자 에린은 눈물 범벅인 얼굴로 활짝 웃으면서 내게 얼굴을 들이밀었다.

"이… 멍청한 것아! 너 혼자 살자고 날 붙잡고 늘어져? 너, 오늘 죽었어!"

따아악!

"키힝!"

벌떡 일어서면서 에린의 뒷통수를 후려갈겼더니 기분이 조금 나아진다. 에린 녀석은 눈물을 줄줄 흘리며 침대맡에 주저앉더니 내가 주먹을 들어 보이자 지은 죄를 아는지 움찔거리면서 슬금슬금 도망친다.

"푸하하하하!!"

"시끄럿! 누구야, 감히!!"

"호오~ 아직도 떽떽거릴 힘이 남았나 보지?"

으윽! 이 귀에 거슬리는 카랑카랑한 이 목소리는? 나에 의해 위대한 대마법사에서 단순히 미친 노인네로 평가 절하당한 노인인 헤쉬케린이다. 으… 이가 절로 갈려온다.

"어디 한 번 더 그 주둥이를 놀려보지 그래? 이번엔 산꼭대기에서 밀어줄 테니까 말이야."

"스, 스승님."

"……."

"아가씨, 식사 때가 되었으니 준비하시고 나오세요."

"……."

그렇게 말한 세 남자는 자기들끼리 수군거리면서 나가 버렸다. 그들이 나갈 때까지 난 아무 말도 못했는데 솔직히 아무 말도 할 수가 없었다. 언덕에서 떠밀린 것만으로도 그 고생을 했는데 산꼭대기라고? 바닥에 도착할 때쯤이면 오물투성이가 되어 있겠군. 아냐, 아냐. 이런 비관적인 생각을 하면 안 되지. 오늘의 치욕은 훗날 거하게 복수할 테다! 암! 내가 누군데!

침대에서 일어나 구겨질 대로 구겨진 드레스 대신 닐크의 여벌옷—여행자용의 거친 옷감으로 된 착용감 최악의 남성용 의복이었다—을 입고 방을 나왔다. 거실이라고 부르기에도 민망한 조그만 공간엔 인간들로 북적였는데 이 집의 주인인 노친네와 마법사로는 절대 안 보이는 제자 하나, 그래도 예의라는 게 뭔지 좀 아는 어설픈 검사 하나, 그리고 감히 제 한목숨 살자고 혼자서 도망갔던 말단 병사 벤스도 보인다. 저놈은 돌아가서 바로 처리해 버려야지. 감히 이 몸을 호위하는 입장이면서 혼자서 도망을 가? 으득!

조그마한 창을 통해서 밖을 내다보니 새까만 검은색밖에 안 보인다. 한밤중인 건가? 산속은 해가 일찍 진다더니 정말인가 보다. 그나저나 나는 얼마나 기절해 있었던 거지? 설마 하루를 꼬박 잤다든가 한 건 아니겠지? 아무리 내가 미인이라 해도 그 정도까지 잠꾸러기는 아니니까.

내가 멀뚱멀뚱 서서 사내들을 보고 있자 테이블에 기대어 있던 닐크가 일어서서 자리를 마련해 주었다. 기쁘게도 저 재수없는 마법사 늙은이의 정반대 편으로 말이다. 우아한 자세로 의자에 앉자 젊은 남정네들이 '오오' 하는 탄성을 내지른다. 훗~ 그럼 이 몸의 뛰어난 자태가 이런 볼품없는 옷을 입는다고 어디 가겠어?

"쯧, 코가 하늘을 찌르겠군, 찌르겠어. 끌끌, 미추는 가죽 한 장 차이거늘……."

"……."

"뭘 봐? 또 혼나고 싶은 게냐? 고운 말로 할 때 눈 깔지 그래? 응?"

"스승니임……."

"시끄럽다, 이 녀석아! 하여간 꼴에 혈기 넘치는 사내라 이거냐? 계집한테 눈이 어두워서 스승도 몰라보는 못난 녀석 같으니라고 말이야."

"스승님, 그런 게 아니잖습니까?"

"아니긴 뭐가 아니야? 엉? 감히 날 붙잡고 늘어져? 한 판 떠볼래? 엉?"

노친네의 말에 쩔쩔매는 젊은 마법사—라고 말은 하지만 난 아직도 인정 못한다. 저 몸매에, 저 덩치에 마법사? 절대 인정 못해—아르케네스는 노마법사의 말에 작게 한숨을 내쉬면서 고개를 절레절레 젓는다. 그때 마침 에린과 카렌이 두 손에 커다란 냄비를 들고 나타났다.

"즐거운 저녁 시간입니다아~"

"오오오~"

주변 남정네들의 환호성을 한몸에 받으면서 생글거리는 에린 녀석. 에린아, 에린아, 너는 분위기 파악도 못하냐? 정녕 네가 매를 버는구나. 그렇게 생각하면서 내가 에린을 노려보자 그래도 잘못은 아는지 조그마한 얼굴 한가득 피었던 웃음을 거둬들이고는 새하얘진 얼굴로 슬금슬금 뒷걸음질친다. 호오~ 둔하긴 해도 학습 능력은 있다 이건가? 몇 대만 더 쥐어 패면 앞으로 상황 파악은 잘하겠는걸?

"왜 일 잘하는 아이한테 눈을 부라려? 손 하나 안 거들어놓고 일 잘하는 아이를 째려 봐서 겁주는 거냐? 엉?"

"…으득!"

저 늙은이가! 으으… 속 터져!!

"스승님, 저 작은 아가씨는 여기 이 숙녀 분의 시, 아니, 같이 왔잖아요."

"같이 왔든 말든 일하지 않으면 먹지도 말라고 했다. 저 허연 손을 보아하니 손에 물 한 방울 안 묻히고 살았을 테니 일하라고 하지는 않겠지만 말이야. 괜히 일 잘하는 아이를 괴롭히잖아!"

"그, 그래도… 스승님……."

"이치에 안 맞잖아, 이치에! 안 그래? 응?"

에린 녀석은 자기를 옹호해 주는 늙은이와 나를 바라보면서 어쩔 줄 몰라 했다. 그런 에린을 도운 것은 닐크로 들고 온 철 냄비를 넘겨받아서 테이블 위에 올려놓고 자기 의자를 빼준 뒤 자기는 나무 상자를 가져다가 쌓아놓고 걸터앉았다. 카렌까지 테이블 앞에 앉고 나자 조그만 거실은 사람들로 꽉 차서 서로의 어깨가 닿을 정도로 오밀조밀하게 모여 앉게 되었다. 이런 북적거리는 식사를 언제 해봤더라? 으음, 썰렁하다 못해 한기가 흐르는 식사만 하다가 사람들 사이에서 식사하려니 왠지 신선한 느낌이 든다.

치열하다. 평민들은 다 이렇게 먹는 건가? 으…….

"그건 내 거야!"

"스승님, 혼자 다 드실 겁니까?"

"아, 저기, 한 그릇만 더 주세요."

전쟁터라는 데를 가본 적은 없지만 지금 내 눈앞에 펼쳐진 광경은 책으로만 봐왔던 전쟁터의 치열함이 느껴진다. 처음엔 서로 눈치를 보면서 조심스럽게 먹던 인간들이 조금 지나자마자 빵 한 조각에 주먹질을 마다하지 않았고 스튜 한 스푼을 더 먹으려고 몸싸움까지 해댄다. 몇 개 있지도 않았던 딱딱한 빵은 순식간에 갈기갈기 찢겨져서 사람들 입 속으로 들어갔고 한 솥 가득 끓였던 스튜는 물 마시듯 먹어버리는—부글부글 끓는 이 뜨거운 스튜를—남정네들 덕분에 몇 분 버티지도 못하고 바닥을 드러냈다. 엄청난 먹성들이다.

"저… 마마, 더 드시겠어요?"

"…후우~ 찌꺼기라도 먹으라고?"

냄비 가장자리에 눌러붙은 스튜 찌꺼기를 보면서 대답하자 에린이 자기가 먹던 그릇을 슬며시 내 쪽으로 밀어놓는다. 내가 개냐? 아무리 배고파도 남이 먹던 걸 먹지는 않는다고! 이런 내 심정을 듬뿍 담아서 에린을 노려보자 주저주저하다가 다시 그릇을 가져간다. 우유부단한 데다가 멍청하고 바보 같은…….

"저런 성질머리 하고는! 기껏 배고플까 봐 자기 먹을 걸 주면 감사해하면서 넙죽 받아야지 눈을 부라려? 에잉~ 도대체 요즘 젊은것들은 되어먹지를 못했다니까. 말세야, 말세. 쯧쯧쯧."

"……"

"노려보긴 뭘 노려봐! 억울해? 그럼 한 판 붙든지!"

"스승님!"

"헤쉬케린님, 그만 고정하시죠."

"아~ 나는 잘못한 게 없다고. 안 그래? 너희들도 머리가 있으면 생각해 보란 말이야."

우아한 일상 253

저놈의 늙은이가 사사건건 시비를 거는구나. 하아~ 정말 내 꼴이 왜 이렇게 된 거지? 한숨만 나온다. 대 로세니아의 왕녀 아넬리안, 오늘 평생 겪을 구박과 괄시를 노망난 늙은이에게 몰아서 받는구나.

식사를 마치고 에린이 가져온 차를 마시자 조금은 진정되었다. 그동안 쌓이고 여기 와서 겹겹이 쌓인 스트레스가 따뜻한 녹차 한 잔에 얼음 녹듯이 녹아내린다.

"후아~"

뭐라고 형용할 수 없는 향기로운 차 향과 싸하면서도 끝맛이 담백한 녹차는 저 성질 더럽고 입이 거친 늙은이마저도 봄날의 따사로운 햇볕을 받으며 하품하는 고양이처럼 순하게 만들었다. 덕분에 테이블 위에서는 잠정적인 휴전 상태가 지속되었다. 나는 미지근하게 식은 차를 단숨에 마신 뒤 에린에게 찻잔을 내밀며 말했다.

"에린, 한 잔 더."

"네, 마마."

차를 마시면 헤실거리던―그렇게 맛이 좋았나?―에린 녀석이 씩씩하게 대답하면서 찻잔을 들고 주방으로 쪼르르 달려간다. 내가 주방으로 달려가는 에린의 뒷모습을 보며 입맛을 다시고 있는데 내 옆에 앉아 있던 닐크가 '마마… 마마…' 하고 작게 중얼거리다가 조심스럽게 말을 걸어왔다.

"저… 혹시 왕족이십니까?"

"…네."

"죽었다."

"크흑!"

"큼큼! 흠흠!"

거실의 온도가 10도쯤 내려간 것 같다. 닐크와 아르케네스, 그리고 영주의 사병인 벤스까지 모두가 미친 늙은이를 노려본다. 헤쉬케린 늙은이도 내가 왕족임을 시인하자 헛기침을 해대면서 슬그머니 고개를 옆으로 돌리며 벽을 바라보았지만 그래도 따가운 눈초리가 가시지 않자 태연한 목소리로 말했다.

"왜 자꾸 쳐다봐? 엉? 뭐, 불만있냐? 왕족이든 뭐든 인간이면 인간 된 도리를 다 해야지. 안 그래? 위로는 어른을 공경하고 도움을 받으면 고맙다고 대답하는 건 사람이면 당연히 해야 하는 도리라고, 도리!"

"스승니임!"

"어이, 아르케네스, 이번엔 좀 멀리 가야겠다."

닐크가 그렇게 빈정거리자 아르케네스는 순순히 고개를 끄덕인다. 이제야 상황 파악이 좀 되나 보지? 그렇게 사내놈들에게 현실의 무서움(?)을 인지시켜 준 나는 뜨거운 김이 올라오는 찻잔을 들고 온 에린에게서 그것을 받아 들고는 아주 여유만만한 자세로 한 모금 마셨다. 후릅! 뜨거워!

"크흠! 거… 귀하신 왕족께서 여긴 왜 오셨나?"

"후에, 후에… 뜨거워라. 에? 네? 뭐가요?"

입 안을 다 덴 것 같잖아! 멍청한 에린! 바보 같은 에린! 좀 식혀서 가져올 것이지!

"왜 왔냐고! 그냥 놀러 온 거야? 엉?"

"스승님, 진정하세요, 진정. 자~ 심호흡, 심호흡."

"그래요. 좀 참으세요. 저도 이놈 보려고 이리저리 찾아다니는 것도 질렸다고요. 이번에도 사고 치시면……. 이미 늦은 것 같지만 이번엔 정말로 이 나라에서 쫓겨나실 겁니다."

"흥! 쫓겨나면 다른 나라로 가면 되지. 어디 이사를 한두 번 해봤나?"

"…케센에서도… 아리츠반에서도 쫓겨났고 크레센트에서도 쫓겨난 다면 남은 건 로세니아뿐인가?"

"저 로세니아 왕족인데요?"

"……."

"사랑하는 친우여, 다음엔 사막 한가운데서 보겠구나. 더운 건 싫은데……."

고개를 끄덕이는 아르케네스. 교수대를 상상하고 있을까? 하지만 그건 그쪽들 사정이고 이제 주도권은 내 쪽으로 넘어온 것 같으니 즐거운 협상이나 한번 해볼까?

"묻고 싶은 게 있어요."

"예? 어떤 것입니까? 제가 아는 한도 내에서라면 얼마든지 알려 드리죠. 참고로 전 저기 계신 대.마.법.사.님이나 이 옆에 있는 근육질 오우거와는 모르는 사이입니다."

"닐크! 치사하게 이럴 거야? 죽어도 같이 죽고 살아도 같이 살아야지! 안 그렇습니까, 스승님?"

"흐음… 국가 단위로 수배당해 본 적은 없는데… 이번엔 좀 질기려나?"

"조용! 조용히 해주십시오! 아가씨가 말을 못하잖아요!"

닐크의 헌신적인 외침 덕에 거실은 침묵을 찾았다. 그래도 각자 자기만의 상상 속에 빠져서 나에게 집중하는 것 같지는 않지만…….

"제가 묻고 싶은 건요, 마법사가 되는 거… 어렵나요?"

"예에? 에에?"

"큭… 프호호호호……."

"……."

뭐야? 내가 뭘 잘못 물었나? 왜 반응들이 이따위야? 두 마법사—그중 하나는 추정이다. 난 인정 못한다고! 절대로! 저 덩치에, 저 얼굴에 머리가 좋다는 건 절대 있을 수 없어—와 두 청년들은 어이없는 표정을 지어 보인다. 더욱이 나를 화나게 했던 건 나와 같이 온 병사 녀석도 나를 비웃는 데 동참했다는 것이다. 내가 막 화를 내려고 하는데 헤쉬케린 노인네가 클클거리면서 말했다.

"이봐, 꼬마 아가씨! 마법사가 뭐 하는 인간들인 줄은 알고 있나?"

"그야… 마법 같은 기술을 쓰는 사람들을 마법사라고 하잖아요."

"클클, 하긴 보통의 인간들은 마법을 그저 신기한 기술 중 하나라고 생각할 뿐이겠지. 하지만 아니야. 마법은 예술이지. 끝없는 진리의 파편이고 이 세계를 이루고 있는 거대한 기둥의 일부분이야. 마법사란 진리의 탐구자이고 지식의 전파자야. 위대한 마법사는 뛰어난 현자이고 최고의 지식인이지. 한마디로 머리가 좋다는 소리야."

"그럼… 저도 마법사가 될 수 있나요?"

"음… 못할 것도 없지. 하지만 개나 소나 마법을 다 쓸 수 있다면 세상엔 마법사가 넘쳐 날걸? 크호호호……."

"……."

저 늙은이, 조금 조용해졌다 싶더니 또 성질 건드리는구나.

"클클, 사칙 연산 정도는 할 줄 알겠지? 왕족이니까 말이야."

"네… 뭐……."

덧셈, 뺄셈도 못하는 사람이 있나? 정말 저 늙은이가 사람 무시한다

우아한 일상

고 생각했다. 하지만 그 생각은 키득거리며 웃는 노마법사의 말에 고이 접어야 했다.

"간단하게 곱셈으로 하지. 321 곱하기 675는?"

"아… 음… 음… 으음……."

"클클클! 모르겠지?"

"자, 잠깐만요! 그러니까 1,605 더하기…….."

"됐다, 됐어! 제자야!"

"네, 스승님."

"485 곱하기 1,657은 얼마냐?"

"…803,645입니다."

으윽! 뭐, 뭐얏? 저게 인간이야? 말도 안 돼! 둘이 미리 짜고 한 걸 거야!

"인정 못한다는 표정이구먼. 그럼 저놈에게 문제를 내봐. 그럼 알게 될 거다."

"342 곱하기 863은?"

"…295,146."

"사기야! 7,645 곱하기 1,342는?"

"…10,259,590입니다."

쩌억 입이 떡 벌어진다. 어떻게, 아니, 계산이 맞는지 틀리는지는 모르겠지만 겨우 이십여 초 만에 답을 말할 수 있지? 아니야! 그냥 대충 둘러댄 걸지도 몰라.

"종이! 펜도! 에린! 가서 종이하고 펜 가져와!"

"클클클… 인정 못하나 보구먼. 닐크야, 가서 펜하고 종이 가져다 주거라."

작은 오두막집 안에 때 아닌 숫자 놀음이 시작되었다. 겨우 숫자놀이 따위로 질 수는 없지. 아자! 나도 수재 소리 들으면서 컸단 말이야!

졌다. 그것도 완벽하게. 저 아르케네스라는 근육질의 사내는 생긴 것과는 딴판으로 머리가 비상했다. 근 1시간 30분 동안 몇 문제를 내고 그것을 푸는 동안—답이 나오는 데는 1분도 안 걸렸다. 대신 검산하는 데만 이삼십 분씩 걸렸다—얻어낸 수확이라고는 저 머리 좋은 근육질 아저씨도 다섯 자리 곱셈에서는 헤맨다는 사실 정도일까? 결론은 나와는 비교도 안 되게 머리가 좋은 인간이라는 것뿐 비싼 종이를 몇 장씩이나 버려가면서 얻어낸 결과물이 이것뿐이었다.

"그러게 말했잖아. 마법사란 지식의 탐구자이자 진리의 추구자라고. 세상의 이치를 깨닫기 위해서 연구하는 마법사의 가장 큰 재산은 바로 이 머리지. 간단한 숫자 놀음조차 못하는 녀석은 절대 마법사가 될 수 없어. 뭐, 한 수십 년 정도 한 우물만 판다면 약간의 성과는 있겠지만 하급의 마법 한두 개 정도 쓸까? 일반인은 그 이상은 죽었다 깨어나도 될 수 없지. 암, 암. 마법사들은 하늘이 내린 특별한 이들이니까 말이야."

"……."

대실망. 좌절의 파도가 내 마음속에 휘몰아쳤다. 힘, 힘이 필요한데. 누구보다 강한 최고의 힘이…….

"그렇게 실망한 표정을 지어봐야 안 되는 건 안 되는 게야. 오죽하면 이 대륙의 마법사가 겨우 100명도 안 되겠나? 수십만 명에 한 명 정도만이 마법사가 될 뿐이지. 자고로 인간들은 각자의 적성에 맞는 일을 하면서 사는 게 행복한 게지. 암암."

우아한 일상

"…그렇다면 여자들은 결혼해서 아이 낳고 집안일 하다가 늙어 죽는 게 최고로 누릴 수 있는 행복이겠군요?"

"…으응?"

"싫어요, 그런 건! 인형처럼 시키는 대로, 명령하는 대로 사는 삶 따윈. 전 저를 깔보는 남자들을 뛰어넘을 거고 그들의 머리 위에서 명령을 내리면서 살 거예요. 그럴려면 힘이 필요해요. 누구도 나를 깔보지 못할 만한 강한 힘이!"

"끄응! 이것참… 뭐… 의지는 가상하다만… 마법은 그런 용도로 쓰이는 게 아니야. 마법이란 곧 지식이요, 진리이니 이를 추구하는 것은 수도자가 신학을 연구하는 것과 비슷하지."

"그러니까 결론은 별 볼일 없다 이거잖아요! 뭘 그렇게 빙 돌려서 말해요!"

"뭐야? 아후! 또 시작이로고. 저놈의 성질머리가 어디 가나? 에잉!"

성질 더러운 노인네 같으니라고! 도움도 안 되면서 왜 남의 귀한 시간을 잡아먹게 만들어! 에잇! 마법이라는 게 이런 건 줄 알았으면 그냥 저택에서 잠이나 자는 건데 괜히 헛고생했잖아.

내가 씩씩거리자 다른 사내들이 쩔쩔매기 시작한다. 하여간 남자들이라고 있는 게 다 뺀질거리고 겁만 많아서는……. 차라리 에린이 낫겠다!

"에잇! 결정했다. 내가 마법을 못 배우면 마법사를 옆에 두면 그만이지! 도와줘요!"

"예에?"

"누구 멋대로! 이쁜 구석이 있어도 봐줄까 말까인데 그게 지금 부탁하는 자세야?"

"할아버지한테 말한 거 아니에! 아르케니스 씨! 이 이름 맞죠? 도와줘요."

"예? 그게… 그러니까……."

아르케니스는 나와 노마법사의 눈치를 보면서 우물쭈물거린다. 하긴 아직 제자이니 자기 혼자 결정할 수는 없겠지. 하지만 이 내가 부탁하는데 설마 안 들어주겠어? 간이 배 밖으로 나오지 않았다면 말이야.

"헹! 절대 안 돼!"

"왜요? 설마 내가 공짜로 부려먹겠어요? 잠깐 빌려달라는 건데 왜 튕기는 거예요? 네?"

"내 맘이야! 네 지랄맞은 성격을 보건대 저 녀석 혼자 끌려갔다가는 뼈도 못 건질 게다. 그리고 마법사가 겨우 돈 몇 푼에 움직이는 싸구려인 줄 알아?"

아, 그러고 보니 여기 영주도 탑 하나를 거저 주고 고용했었지. 몸값치고는 더럽게 비싸네. 그래도 저 노인네가 보여준 그 마법이라는 거 있으면 확실히 도움이 될 거 같기는 하다. 아니, 큰 도움이 될 거야.

"그래도 도와주실 거예요. 전 믿어요."

"누구 맘대로!"

"아니요. 분명히 헤쉬케른님은 도와주실 거예요. 이름 안 틀렸죠?"

"…그 머리로 잘도 마법사 한다고 설쳤군 그래. 흥! 죽어도 싫다!"

씨이익. 그 말이 왜 안 나오나 했다. 저 늙은이의 성격이라면 분명히 저런 말을 할 것이라 생각했는데 역시나 말하는군. 내가 헤실거리며 웃자 노인네 특유의 직감인지 노마법사는 움찔거리면서 나를 바라보았다.

"뭐, 뭐냐, 그 음흉한 미소는?"

"호호호! 아니요. 뭐, 별건 아니고요. 원래 왕족이라는 족속들이 명예를 목숨처럼 소중히 한다는 건 아시죠? 제가 말하고 싶은 건 별게 아니에요. 그저… 우리 나라, 음, 로세니아 왕실이 다른 나라에 비해 왕족의 명예를 심하게 따진다는 거죠. 물론 헤쉬케린님이라면 아주 자알 알고 있는 사실이겠지만요."

"크~"

듣기는 했나 보군. 비록 내일 망해 버려도 전혀 이상하지 않은 아주 엉망인 나라이긴 하지만 왕과 그 친족이 관여된 일에는 전쟁도 불사하는 나라가 우리 로세니아다. 그 말은 명예에 목숨 거는 멍청이들이 널리고 깔린 나라라는 뜻이지만 말이야.

"만약… 이건 가정인데요. 만약에 제 부.탁.을 안 들어주신다면……."

"…안 들어준다면?"

침이 꼴깍 하고 넘어가는 소리가 들리는 듯하다. 테이블 위로 줄줄이 흘러내리는 긴장감을 한껏 음미하면서 나는 천천히, 아주 느긋하게 입을 열었다.

"전에 몇 명의 현상금 사냥꾼들에게 쫓겼는지는 모르겠지만… 아마 다음 추격자들은… 수천의 정규 군인들일 거예요. 아마 지옥 끝까지라도 쫓아갈걸요?"

"크흠……."

그러게 왜 잠자는 왕족의 머리카락을 잡아당기냐고. 후훗. 저 노인네의 표정을 보아하니 다 넘어온 것 같다. 이로써 한 건 낙착인가? 턱을 치켜들고 오만한 표정으로 침음성을 내뱉는 노인네를 바라보자 승리감이 온몸을 휘감았다. 아아! 기분 최고야!

"끄응! 좋다. 뭐, 할 수 없지. 대신 월급은 꼬박꼬박 줘야 한다. 설마 왕족께서 돈 문제로 툭탁거리지는 않겠지?"

"…외상!"

"……."

"돈 없으니까 나중에 줄게요. 이왕 양보한 거 끝까지 양보해요! 나중에 잘되면 몇 배로 갚아줄 테니까. 구리구리한 탑 말고 인심 팍팍 써서 대리석으로 된 높다란 마법사 타워로 지어주면 되잖아요."

"헤유~ 그래, 멋대로 해라, 멋대로. 에잉! 여기 더 있다간 못 볼 꼴만 더 보겠군. 난 가서 잠이나 잘련다."

결국 항복을 받아냈다. 우흐흐~ 이로써 내 사람을 한 명 만든 거다. 이렇게 한 명 두 명 내 휘하에 두면 그들이 또 다른 귀족들을 물어와 주겠지. 로세니아에서처럼 그런 실수는 한 번으로 족하다고. 아무리 왕족이라 해도 파벌과 지지 세력이 없는 왕족 따윈 국익을 위해서 버리는 공물 정도일 뿐이니까. 국왕도 함부로 못할 만한 세력을 만들어 보이겠어. 그 누구도 나를 함부로 대할 수 없는 지고한 위치에 올라서고 말 거야. 그렇게 난 최고가 될 테야!

다음날 날이 밝기 무섭게 오두막을 나서서 영주의 저택으로 향했다. 도살장에 끌려가는 소처럼 울상인 자칭 마법사 아르케네스와 단지 재미있을 것 같다는 이유로─덤으로 할 일도 없다는 이유로─그를 따라나선 닐크를 대동하고 전날 왔던 길을 되돌아갔다.

정숙한 숙녀가 밖에서 외박을 하다니 왕궁에서 이런 짓을 했다간 수녀원으로 쫓겨나기 딱 알맞은 짓이지만 여긴 별 볼일 없는 자작령의 영지이고 또 나에게 이를 따질 만한 지위를 가진 이가 없으니 입단

속만 조금 해두면 그만이었기에 과거의 나와 비교하면 대담하다 못해 무모한 짓을 한 것이다. 그래도 소득이 있었으니까 만족하지만 말이야.

저 멀리 숲 위로 새하얀 연기가 드문드문 보인다. 벌써 아침때인가? 마을로 통하는 작은 길가에는 가끔씩 사냥꾼으로 보이는 평민들이 활을 어깨에 메고 지나가다가 나를 보고 인사를 하였고 그들을 지나쳐 마을로 들어서자 그리 크지 않은 마을이지만 사람들로 북적이는 모습이 보였다. 아이들의 왁자지껄한 소리와 빵 굽는 냄새가 내 주위를 맴돌았고 일터로 나가는 농부들이 쟁기나 자루를 들고 일터로 나서는 모습이 보인다. 길가에 있는 주점에서는 밤새도록 퍼마신 게 분명한 뻗어버린 주당들을 대로 밖으로 내던지고 있었고 노점 상인들이 길가에 좌판을 깔고 아침부터 사람들을 유혹했다. 이런 평민들의 생활을 보면서 나는 신선하다는 느낌을 받았다. 너무나 조용하여 마치 무덤 같은 왕궁의 아침이 아닌 사람들이 살아가는 신선한 일상이 눈앞에 들어온 것이다. 훗날 나도 저 사람들처럼 시끄럽고 활기 넘치는 평범한 일상을 되풀이할 날이 올까? 조금은 기대해 봐도 죄가 되지는 않겠지? 아무리 왕족이라 해도 말이야.

마을에서와 마찬가지로 부산스러운 저택 안으로 들어서니 대충 예상은 했지만 전혀 의외였던 인물이 나를 반겼다.

"왕녀 마마!"

크렌 드 마트레인. 크레센트로 오는 동안 서로 간의 반감을 차곡차곡 쌓았던 기사 녀석이 눈꼬리를 치켜 올린 채 정문을 통과해 들어오는 내게 달려온 것이다. 이놈이 수도에서 온다던 그 기사인가? 분명히 댄 녀석의 입김이 들어갔겠군. 칫!

"오랜만이군요, 크렌 경."

"지금 이 상황에서 그런 말씀이 나오십니까? 도대체 어디를 다녀오신 겁니까? 네?"

화가 나도 아주 단단히 났나 보네? 날 보자마자 멱살이라도 잡을 듯한 기세로 뛰어와서 침을 튀겨가며 소리치는 걸 보면 말이야. 하지만 그 정도에 겁먹을 내가 아니란 말이야.

난 우아한 자세로 말 위에서 내려와 크렌 녀석을 지그시 바라보면서 그의 다음 말을 기다렸다. 열을 내면서 떠들어대던 크렌이 내가 아무 말도 하지 않고 자기를 노려만 보고 있자 금세 입을 다물었다. 이에 나는 싱긋 웃으면서 말했다.

"크레센트에서는 아무리 왕족이라도 호위 기사에게 자기의 행선지를 꼬박꼬박 알려야 하나 보군요. 미처 몰랐어요. 이거 미안해서 어쩌죠?"

"아, 아니 그런 게 아닙니다. 전 다만……."

"알았어요. 다음부터는 어디를 가든 꼬박꼬박 보고해 드리죠. 됐나요? 아! 화장실 갈 때도 보고하고 가야겠군요? 안 그래요?"

"그, 그런 게 아닙니다! 전 다만 직무에 충실하기 위해……."

"그래요, 그래. 그 마음 다 안다니까요. 나도 크렌 경의 직무를 위해 협조해 줄 테니까 걱정 말아요. 음… 지금은 우선 씻고 아침 식사부터 해야겠군요. 자알 따라오세요. 아셨죠?"

"…크으으윽!"

가볍게 낙승. 이 단순한 기사는 놀려먹기가 너무 쉽다니까. 허무할 정도로 말이야. 내가 크렌을 지나쳐 저택 안으로 향하다 등 뒤에서 '워렌 자작님, 어찌 제게 이런 시련을…' 어쩌구 하는 소리가 들려왔지만 가볍게 무시. 무시. 그래도 입꼬리가 슬며시 올라가는 건 어쩔 수 없는 걸? 후후후.

대충 세수만 하고 귀족이 식당치고는 간소한 식당으로 내려가자 가벼운 샐러드와 갓 구운 빵이 한가득 올라온 아침 식사가 날 맞이하였다. 다만 열댓 개는 되어 보이는 의자에 앉을 사람이 나뿐이라는 게 조금 슬펐지만…….
"에린."
"네, 마마."
"다른 사람들은?"
"네?"
"오늘도 나 혼자 먹으라는 거야?"
"…죄송합니다, 마마."
하아! 보나마나 그 변태 영주는 술에 절어서 아직 일어나지도 않았을 테고 결혼도 안 했으니 부인도 없고 당연히 자식도 없을 테고. 결론은 오늘도 이 식당 안에서 혼자 식사를 해야 한다는 거군. 칫! 왕궁에서나 여기서나 똑같잖아!
"가서 카렌 데려와. 그리고 옆에 앉아서 시중들어. 물 가져오고."
"네, 마마."
작게 고개를 끄덕인 에린이 밖으로 나가자 나는 의자에 앉은 뒤 천장을 올려다보았다. 결혼하고 남편이 생기고 나면 혼자 하는 아침 식사를 끝낼 수 있을까?

암살자라는 직업 탓인지 원체 말이 없는 카렌 녀석과 내 옆에만 있으면 주눅이 들어서 입을 꼭 다무는 에린 덕분에 아침 식사는 여전히 썰렁했다. 식사 내내 시종들과 시녀들이 아침을 먹는 옆 식당에서 웃음소리와 이야깃소리가 들려와서 나를 더욱 우울하게 만들었지만 그래도 샐러드 유와 비싼 후추로 드레싱한 양상추 샐러드는 꽤 맛있었기에 기분은 그럭저럭 괜찮아졌다. 사람들과 어울려서 웃고 떠들며―귀족들은 이것을 천박하다고 말한다―식사를 하고 싶었지만 난 아넬리안이니까. 로세니아와 왕족 아넬리안 폰 로세니아. 권리보다는 의무가 우선하는 왕족이니까 참아야 한다. 남들보다 우아하고 기품있고 위엄있는 모습을 보여줘야 백성들이 왕을 믿고 두려워하면서 따르는 법이니까.

에린과 카렌이 있어도 쓸쓸하기만 한 식사를 마치고 남향의 볕이 잘 드는 방에 자리를 잡았다. 내게 배정된 방이 세 군데나 있지만 어차피 손님이라곤 나뿐이고 방은 남아도니 마음에 드는 곳을 골라잡으면 그만이었다.

카렌 녀석은 아침 식사를 마치자마자 어디론가 사라졌다. 도대체 뭘 생각하는지 모르겠어, 그 녀석은. 이런저런 생각을 하면서 디저트를 기다리고 있자니 에린이 들어왔다. 벌꿀을 진하게 넣은 홍차와 크림 소스를 얹은 흰 빵이 나왔다. 김이 모락모락 올라오는 찻잔을 한 손에 든 나는 에린에게 손짓하면서 말했다.

"에린."

"네, 마마."

"가서 시만 집사랑 크렌 경 불러와. 그리고 그 젊은 마법사도."

"네."

흠, 우선 지휘권부터 명확히 하자고. 이곳에서 나는 손님일 뿐이지만 크렌센트 국에서 나는 유일한 로세니아 왕족이니까 같은 왕족이나 잘 나가는 귀족이 아니라면 모두 내 아래라는 말씀. 이런 조그마한 영지 안에서 나에게 함부로 말대답을 할 수 있는 사람은 없으니 편하게 생각하고 편하게 행동해야지. 물론 나에게 이득이 되는 방향으로 말이야.

얼마 지나지 않아서 내가 부른 이들이 우르르 몰려왔다. 갑자기 군식구가 늘어나서 얼굴에 주름살이 더 늘어난 시만 집사는 당장이라도 한숨을 내뱉으며 흐느낄 것 같은 표정이었고 아침에 내게 한차례 쏘인 뒤 벽을 붙잡고 비명을 질러댔다는 크렌 녀석은 아직도 퉁퉁 부은 얼굴이었다. 죽상인 아르케네스와 이를 놀리는 닐크는 더 볼 것도 없고. 난 우선 시만 집사를 바라보면서 말했다.

"시만 집사."

"예, 마마."

"저기 있는 두 청년들은 저를 지켜줄 분들이에요. 그러니 쓸 만한 방으로 두 개 잡아주세요. 그리고 제가 고용한 분들이니 각각 100골드씩 드리도록 하고요. 그리고 크렌 경."

"예, 마마."

"여기 시만 집사에게 200골드를 주도록 해요. 명목은… 알아서 처리하고 돈이 모자라면 왕실로 사람을 보내서 받아 와요. 설마 이 정도 간단한 일도 못하지는 않겠죠?"

내 말과 동시에 얼굴을 일그러뜨리면서 길게 한숨을 내쉬는 크렌. 그러게 왜 내게 밉보이라고 했나? 훗! 이걸로 그 미친 늙은이의 요구도 어느 정도 들어주고 내 부탁을 안 들어준 크렌 녀석도 골려주는 기쁨을 누리게 되는군. 의외인 것은 크렌 녀석이 아무 말도 안 한다는 것이었다. 그래도 명색이 호위 기사인데 자기가 맡은 일거리를 어디서 보도 듣도 못한 남정네 둘이 떠맡게 되었는데도 불구하고 순응하면서 고개를 끄덕이는 게 아닌가? 포기한 걸까?

"그럼 두 분은 나가보세요."

난 시만 집사와 크렌 녀석을 내보냈다. 그리고 닐크와 아르케네스에게 앉으라고 권하고 에린에게 차를 내오라고 시켰다. 에린 녀석은 기다렸다는 듯이 냉큼 달려와서 찻잔을 내려놓고 뜨거운 김이 모락모락 올라오는 차 주전자를 들어서 쪼르륵 소리를 내면서 따랐다.

"드세요. 전혀 쓸모없는 아이지만 그래도 요리 솜씨와 차 끓이는 솜씨는 일품이니까 맛은 괜찮을 거예요."

"아, 예."

두 사내는 나와 같이 티타임을 갖는 게 부담스러운지—아니면 앞으로 날 호위해야 한다는 사실이 불편한 건지도 모르겠다—약간 어색한 표정을 지어 보이면서 차를 마셨다. 이럴 땐 먼저 말하는 편이 좋겠지?

"제가 두 분을 부른 건 앞으로 어떠한 일을 하게 될 건지 알려 드리기 위해서예요. 우선 아르케네스씨는 제 조언자가 되어주세요. 될 수 있으면 마법사라는 사실은 알리지 마시고요. 비밀은 아무도 모를 때 가장 효과적인 법이니까요. 일이 생길 때마다 물어볼 테니까 앞으로 많은 조언 부탁드려요."

"예, 마마."

"그리고 닐크 씨는… 우선은 제 호위병이 되어주세요. 평민인 듯하니 작위는 없을 테고 기사 작위가 있다 해도 전 왕족이기 때문에 다시 왕성으로 돌아가야 돼요. 그곳으로 돌아갔을 때 제 옆에 있으려면 군에 매여야 되는 기사보다는 일반 호위병 쪽이 더 나을 것 같군요."

"분부대로……."

"그리고 내일부터 제게 검술을 가르쳐 주세요."

이전부터 벼르고 있던 검술. 검을 쓰는 자는 모두 남성뿐이라고 생각하는지 여자가 검술을 배운다고 하면 모두 고개부터 젓는다. 이게 마음에 안 들어서 난 검술을 배우고 싶어했지만 그 누구도 내가 검술을 배우는 데 아무런 도움을 주지 않았다. 이 사람도 그럴까? 닐크는 뜨거웠던 차가 미지근하게 식을 때까지 고민하는 듯한 표정이 역력했다.

"…안 될까요?"

"아니요. 뭐… 왕녀님이 배우고 싶으시다면 상관은 없습니다만……."

"그래요? 아아, 다행이네요. 그런데 뭐가 문제죠?"

"단지… 제가 검술을 배운 지 이제 겨우 4개월밖에 안 되었거든요."

"이 샌님 녀석은 원래 몽크였던 녀석인데 수도원 생활이 안 맞는다고 뛰쳐나온 데다가 마샬아츠를 구사하는 권사에게 직접 사사받은 녀석입니다. 한마디로 검을 쓰는 데는 왕녀 마마만큼이나 초보자일 겁니다."

몽크라면 그 격투기를 한다는 육체파 성직자들? 거기다 주먹과 발길질을 해대는 권사라고? 아아… 그래서 몸놀림은 좋아 보였는데 검술은 아주 형편없는 수준이었구나. 이거 실망인걸?

"그렇다면… 그 실력은 어느 정도지요?"

"뭐… 웬만한 병사들 열댓쯤은 가볍게 정리할 수준입니다. 하지만 역시 영웅은 성검을 들고 악을 퇴치해야 되지 않을까요? 그게 정석이죠! 음!"

"영웅 전기에 미친 샌님 같으니라고."

"뭐야? 이 되다 만 오우거 주제에!"

"이렇게 머리 좋은 오우거 봤냐? 거기다 마법도 쓰는 오우거 봤구냐? 응?"

"…투 헤드 오우거. 오른쪽 머리는 본능을 담당하고 왼쪽 머리는 그들 특유의 마법을 사용한다고 하던데요. 왕실 서고에서 얼핏 봤던 기억이……."

우읏! 아르케네스 녀석이 그 커다란 얼굴을 내게 바짝 들이대면서 화를 낸다. 무, 무섭다. 저 정도의 얼굴이라면 흉기로도 손색없겠어.

"기억이… 없는 것 같네요."

"푸흐흐흐… 머리 두 개짜리 오우거라……. 큭큭큭, 잘 어울리는군, 아르케네스."

"시, 시끄럿! 나보다 머리 나쁘고 책 보기 싫어하는 네놈에게 그런 소리 듣고 싶지 않다!"

또 옥신각신하면서 싸우기 시작한다. 이 둘은 자신들의 우정을 과시하려고 발악을 하는지 언제 어디서나 가리지 않고 싸워댄다. 아마 저승 사자 앞에서도 싸울 것 같은걸. 난 더 이상 말싸움이 커지기 전에 손을 들어서 두 남정네의 으르렁거림을 멈추게 했다.

"그럼… 그 권술이라는 거, 배우기 어려운가요?"

"음… 상당한 재능이 필요합니다만… 그보다 중요한 건 노력이죠. 그래도 어느 정도 단련하면 꽤 좋은 효과를 볼 수 있습니다. 대신 꾸준히 오랫동안 연습해야 되지만요. 한 10~20년쯤 수련하다 보면 아무리 평범한 사람이라도 웬만한 젊은 병사 서넛쯤은 쉽게 제압할 겁니다."

"아아~"

우선은 이 정도로 만족할까? 너무 서두르면 될 일도 그르칠 수 있으니까.

"그럼 내일부터 닐크 씨는 제게 권술을 가르쳐 주세요. 필요한 게 있으면 시만 집사에게 말하고요."

"예, 그러죠. 하지만… 솔직히 힘들 겁니다. 웬만큼 수련해서는 그리 단련되지도 않을뿐더러 여자 분이라서……. 물론 여성들을 깔보는 것은 아닙니다만 보편적으로 보자면 육체적으로 남자들이 여자들보다는 더 우수한 편이고 단련 속도도 빠르거든요."

그렇게 말하면서도 단련하기에 따라서는 남자들보다 월등히 강해질 수도 있다고 말하며 내 눈치를 보는 태도가 실력은 둘째 치고 처세술만 단련한 게 아닌지 의심이 갈 정도다. 아부 좋아하는 귀족 밑에 들어갔다면 꽤나 출세했을 것이라는 생각이 든다. 워낙 겉 다르고 속 다른 귀족 세계에서 살다 보니까 직감적으로 알아챌 정도가 되어버렸는걸? 이것도 기술이라고 해야 하나? 내가 아무 말 없이 고개를 끄덕이자 두 남정네는 빈 찻잔을 내려놓고 방을 나갔다. 자아, 내일부터는 생전 해보지도 않은 육체 운동을 해야 할 테니 오늘은 편하게 푹 쉬어볼까? 평소처럼 점심때까지 낮잠이나 자야겠다. 따뜻한 봄 햇살을 받으면서 말이야. 아! 그전에 그 벤스인가 하는 녀석에게 복수해야 하는데……. 감히 제 한목숨 살자고 날 버리고 도망친 녀석! 용서가 안 돼! 조만간 팔다리 꽁꽁 묶어놓고 대련을 핑계로 죽도록 패줄 테닷!

한 달이라는 시간이 흘러갔다. 이제 완연한 초여름 날씨가 되어서인지 낮에는 땀이 뻘뻘 흘러내리도록 더웠다. 영지를 둥글게 에워싸고 있는 산들은 짙은 녹색으로 채색되었고 들짐승들의 울음소리가 자주 들려왔다. 파아란 하늘이 내 머리 위로 펼쳐져 있었고 그 사이사이에 새하얀 구름이 흘러가고 있었다.

"마마! 마마! 잠시 쉬었다 하세요!"

"응."

에린의 외침에 난 누워 있던 몸을 일으켰다. 지금 내가 있는 곳은 영주의 저택 뒤쪽에 마련되어 있는 작은 연무장이다. 그동안 관리를 안 해서 잡초와 돌맹이들로 빼곡하던 후원을 밀어버리고 시종들과 병사들을 시켜서 연무장으로 바꾸었다. 덕분에 마른 흙먼지가 자주 피어올라 시만 집사가 투덜댔지만 누가 나를 막겠는가? 훗! 난 연무장 한구석에 놓인 차양 밑으로 들어갔다. 의자에 앉자 기다리고 있던 에린이 바구니에서 병을 꺼내서 시원한 사과 주스를 따라주었다. 꿀꺽꿀꺽.

"푸하~ 좋다!"

먼지를 많이 마셔서 목이 칼칼했었는데 차가운 주스가 들어가니까 뱃속까지 녹아내리는 느낌이야. 몸이 제멋대로 늘어지기 시작한다.

"목욕물을 받아놓을까요?"

"아니, 좀 더 하고 나서. 정오까지 얼마나 남았지?"

"한 시간 정도예요, 마마."

"그래? 흠. 그래, 알았어. 조금 더 뛰고 들어갈 테니까 준비해 놔."

"네, 마마."

뭐가 그리 좋은지 생글거리면서 뛰어들어 가는 에린. 저 생각없고 쓸데없이 명랑한 녀석은 혼내도 웃고 화내도 웃고. 하여간 나사가 하

우아한 일상

나 빠진 듯이 군다니까.

"자아, 다시 뛰어볼까?"

난 바지를 툭툭 털면서 다시 일어섰다. 아직 여섯 바퀴나 남았으니 빨리 해치우지 않으면 식사 시간에 늦을 거야. 자, 또 달려볼까나?

한 달 전 닐크가 나를 가르치기 전에 테스트를 했다. 그리고 말했다.

"기초 체력 단련부터 하겠습니다."

그때 나는 굉장히 실망했지만 순순히 시키는 대로 하기로 했다. 기본의 중요함을 모를 정도로 우둔하지는 않았기 때문이다. 그날부터 나는 늘 입고 다니던 간소한—물론 내 기준에서다—드레스를 던져 버리고 시종들이나 입을 법한 셔츠와 가죽 바지를 입고 연무장 가장자리를 달리기 시작했다. 첫날엔 한 바퀴도 채 못 뛰고—연무장 가장자리를 모두 다 합쳐 봐야 200m정도밖에 안 된다—주저앉아서 칭얼댔지만 지금은 열 바퀴 정도는 문제없이 달린다. 운동을 하고부터는 식사량도 배로 늘어났지만 다행히 몸무게가 늘어나는 걱정은 하지 않아도 되었다. 오히려 줄어들었으니까 말이야.

아침 일찍 일어나 닐크와 아르케네스, 그리고 며칠 전부터 내 강요에 의해서 참가하게 된 에린과 함께 영지 주변의 언덕을 뛴다. 전력 질주와 가볍게 달리기를 번갈아 가면서 근처 숲길과 언덕길을 달리고 그 망할 노인네의 오두막까지 달려갔다가 돌아오면 아침 훈련이 끝난다. 그리고 아침 식사를 하고 오전에는 나 혼자서 몸을 단련하는 훈련을 한 뒤 점심을 먹고 푹 쉬었다가 오후 늦게부터 저녁 식사 때까지 닐크와 대련을 한다. 물론 지금이야 닐크 놈을 단 한 대도 못 맞추지만 좀 더 지나면 그 빼질거리는 얼굴도 이 두 주먹으로 뭉개줄 수 있을 날이 올 것이다. 대련이 끝나면 저녁 식사를 한 뒤 시만 집사로부터 영지에 관련된 서류를 검토하고 몇 가지 사안을 처리한 뒤 일찍 잠자리에 든다. 이것이 요즘 내가 하는 일이다.

랭스턴 자작이 영지 일을 안 한 지 벌써 몇 년이나 되어서 처리해야 할 서류들이 꽤 많기는 했지만 머리 좋은 아르케네스와 웬만한 관리들보다 사무 일을 잘 하는 닐크 덕분에 실제로 내가 해야 할 일은 그리 많지 않았다. 이것도 다 고생하는 시만 집사를 위해서 내가 발벗고 나서서 그렇게 된 것이지 안 그랬다면 저 늙은 시만 집사는 과로로 쓰러졌을 것이다.

영주에게 충직하고 성실한 시만 집사이지만 정규 교육을 받은 관리가 아니었기에 집사는 영지 일에 그리 밝지 못했다. 주민 조사를 한 지는 벌써 몇 년이나 되었고 중앙에 보내는 세금도 몇 번이나 계산을 실수해서 큰 손해를 보기도 했다. 거기다 주민들이 원하는 넓은 포장 도로도 지하수를 퍼 올리는 공사도 어떻게 할 줄을 몰라서 모두 손놓고 있었기에 내가 두 팔 걷어붙이고 나선 것이다. 뭐, 내 조언자인 아르케네스가 영지의 꼴을 보고서는 내게 바람을 넣기는 했지만 말이야. 어찌 되었던 이 조그마한 영지의 실질적인 주인은 내가 되었다. 주민들도 술이나 퍼마시는 이름뿐인 영주보다는 아침마다 길을 따라 뛰어다니는 나를 더 잘 기억하게 되었고 말이야. 지금 내 평판은 영지가 생긴 이래 최고라나? 칭송받는다 건 기쁜 일이지. 우훗~

큰일이다. 이런저런 생각을 하면서 달리다 보니 내가 몇 바퀴를 뛰었는지 기억이 안 난다. 이런 바보!! 으아! 처음부터 뛸까? 아아! 관두

자. 온몸이 땀으로 범벅되어서 끈적끈적거려. 가서 시원하게 씻고 좀 쉬어야겠다.

먼지투성이가 된 머리를 대충 털어내고 저택을 향해 발걸음을 옮겼다. 현관을 향해 걸어가는 동안 난 내 손을 물끄러미 내려다보았다. 한 달 전까지만 해도 매끈매끈하고 새하얀 손가락들이었는데 지금은 거칠고 햇볕에 타서 구릿빛이 다 되었다. 요즘 살 타는 것 때문에 고민이야. 아, 밤에 운동하고 낮에 잘까? 이러다가 새까만 흑인이 되면 어떡하지? 히잉~

"어서 오세요, 마마. 먼지 털어드리겠습니다."

"응, 그래."

현관문 앞에서 싱글거리며 웃고 있던 에린은 내게 다가와서 내 옷을 탁탁 치면서 먼지를 털어내었다. 먼지구름이 뭉게뭉게 피어오르는 게 보인다. 먼지를 뒤집어쓰고 운동하는 숙녀라니……. 피식. 웃기지도 않아, 정말.

"저……."

"응? 왜?"

"다 됐는데요."

"응."

내가 혼자 히죽거리는 게 불안했는지 에린이 조심스럽게 말하면서 현관문을 열었다. 평소 같으면 한 대쯤 때려주고 한바탕 쏘아주었을 테지만 지금은 피곤하니까 다음에 하자. 다음에.

첨벙! 쏴아아!

차갑다.

"하아아아아아!"

나무 욕조 안에 몸을 누인 난 길게 한숨을 내뱉었다. 지하수를 퍼 담았는지 물은 몸이 떨릴 정도로 차가웠다. 그러나 뜨겁게 달아오른 내 몸을 순식간에 식혀주는 데는 이보다 좋은 게 없지. 아! 기분 좋다. 몸은 피곤하지만 운동을 하고 있노라면 내가 살아 있다는 것을 실감하게 된다. 무언가를 행하고 있다는 것과 앞으로의 목표가 있으니 그 지루하던 하루하루가 너무 빨리 지나가서 아쉬울 정도였다. 다만 한 가지 걱정이라면……

"으음, 또 굵어졌어."

요즘 들어서 자꾸 팔뚝이 두꺼워져 간다. 거기다 허벅지까지. 이러다가 남자들처럼 울퉁불퉁한 근육으로 도배하게 되는 거 아니야? 그건 정말 죽어도 싫은데. 나중에 닐크에게 물어보든지 해야지. 드레스는 입어야 하니까.

몸을 식힌 뒤 먼지를 씻어낸 나는 과일과 샐러드가 주를 이룬 점심 식사를 금방 해치우고 이층으로 올라갔다. 테라스의 유리창이 활짝 개방되어 있는 방으로 들어가 침대 위에 오른 나는 눈을 감았다. 피곤했는지 금세 잠이 쏟아진다.

"…마마! 마마! 왕녀 마마!"

"우웅……"

"일어나세요, 마마."

벌써 시간이 된 건가? 끄으응~ 온몸이 나른한 게 죽겠다. 일어나기 싫어어어……

"마마아아~"

"이잇! 뭐야?"

내가 벌떡 일어나서 소리치자 에린이 흠칫거리면서 뒤로 물러선다.

그러길래 잘 자고 있는 사람을 왜 깨우냔 말이야!

"저, 저기… 댄님이… 아니… 워렌 자작님께서 오셔서……. 그래서……."

"댄 녀석이 오든 말든 뭔 상관이냐고! 더 잘 거야! 깨우지 마!"

라고 소리치고는 얇은 이불을 푹 덮어쓰고 누웠다. 응? 댄 놈이 왔다고?

"댄 그 자식이 왔다고? 한 달 동안이나 코빼기도 안 비치던 놈이 무슨 배짱으로 여길 찾아와?! 에린! 그놈 어디 있어?"

덮고 있던 이불을 확 집어 던진 나는 급히 문을 향해 뛰어가려 했다. 에린 녀석이 결사적으로 매달리면서 붙잡지 않았으면 뛰쳐나갔을 거다.

"마마! 마마! 잠옷은 갈아입고 가셔야죠! 그리고 씻으시고…….."

"아……."

그렇군. 나 자던 중이었지?

"에린! 세숫물! 그리고 옷 가져와. 빨리! 드레스로!"

내가 너무 흥분했었나 보다.

재빨리 씻고 옷을 갈아입은 뒤 댄 녀석이 있다는 방으로 뛰어갔다. 내가 문을 열어젖히면서 안으로 들어가자 꿈속에서도 잊지 못할 뺀질이 녀석이 두 팔을 벌리면서 활짝 웃었다.

"오~ 왕녀 마마, 나날이 아름다… 건강해 보이시는군요."

으득! 죽인다! 죽인다! 죽인다!

"오랜만이군, 워렌 자작."

"언제나처럼 댄이라고 불러주십시오, 마마."

그렇게 말하면서 내 앞으로 다가온 댄 녀석은 한쪽 무릎을 꿇고 내 오른손에 살짝 키스를 했다. 물론 이런다고 내 분노가 가라앉을 리는 없지만 말이야! 죽여 버릴 테다!

"그래, 무슨 일이지? 그동안 코빼기도 내비치지 않다가 갑자기 찾아온 이유가 뭐야?"

"거 무슨 섭섭한 말씀을……. 누가 들으면 제가 마마를 시기하는 줄 알겠습니다. 이거 무척 섭섭합니다."

댄 녀석이 매우매우 섭섭하다는 듯한 표정을 지었다. 하지만 저놈이 진짜로 섭섭해서 그럴 거란 생각은 눈꼽만큼도 들지 않는다. 틈만 나면 나한테까지 수작을 부려대곤 하는 얼굴에 철판을 몇 겹이나 깔고 있는 녀석이니까. 그래도 예절은 잊지 않았는지 내게 자리를 권하는 댄 녀석을 한번 흘겨와 준 뒤에 자리에 앉았다.

"그런데… 마마, 요즘 취미가 바뀌셨습니까? 얼굴이 좀 타셨군요."

"흠, 뭐… 그냥. 여긴 승마 할 곳도 마땅히 없는 촌동네라 직접 몸을 움직여야 하니까 겸사겸사 건강을 생각해서 운동 좀 하고 있어."

"예에……."

댄 녀석이 입술을 씰룩이면서 뭐라고 말할 듯하다가 도로 입을 닫는다. 뭐, 안 들어도 뻔하지. 고귀하신 숙녀께서 땡볕 아래서 운동이라니 정숙하지 못하다고 할 게 뻔하잖아?

"그래, 당신이 여기 온 걸 보면 결론이 났나 보지? 어떻게 됐어?"

"…마마께는 다행인지 불행인지 감이 잘 안 잡힙니다. 우선… 일왕자이신 브래드릭 전하께서는 공식적으로 왕위 계승권을 포기하셨습니다. 그리고… 마틴 전하께서 왕세자 자리에 책봉되셨습니다."

그렇다는 말은 결국 로이드라는 거군.

"전처라고는 해도 정실 왕비의 자식인데다가 나이도 더 많은 로이드 왕자가 밀리다니 의외인걸?"

"배경에서 밀리시는 데다가 왕위를 잇는 데 그리 관심이 없으신 분이니까요. 마틴 전하 쪽 파벌들이 의외로 세력이 강했습니다. 귀족원에서 간발의 차이로 밀렸습니다. 역시 아직은 마틴 전하의 세가 더 강하더군요."

"흐음… 그래서 난 언제 돌아가게 되는 거지?"

"내일 저와 함께 가시면 됩니다."

휴가도 끝이로군. 치잇!

"아아! 뭐 다른 소식은 없어? 이 영지는 워낙 외진 데 있다 보니까 바깥 소식이 굉장히 늦게 들어오더군."

"그리 큰일은 없습니다. 남쪽 국가들끼리 소규모 국지전을 벌이고 있다지만 저희와는 별 상관 없으니까요."

그래, 다른 나라끼리 서로 치고 박고 싸우는 건 나랑 상관없지. 지금 내게 중요한 건 내 남편 될 인간이 그 싸가지 제로의 책벌레라는 것이니까. 난 댄의 말에 고개를 끄덕이고는 일어섰다. 그러자 댄 녀석도 나와 함께 일어서면서 말했다.

"이거 아쉽습니다, 마마. 오랜만에 뵙는 건데 벌써 가십니까?"

"일이 있으니까. 맞다! 크렌은 당신이 보낸 거야?"

"네, 마마. 유능한 친구입니다. 검술 실력도 쓸 만하고 지휘도 곧잘 하는 장래가 기대되는 기사입니다."

"그런가? 그런 건 잘 모르겠지만 내가 개인 호위병을 두었다고 화났는지 거의 말도 안 하고 얼굴도 안 보이더군. 하긴… 그 상관에 그 부하니 어련할까만은."

"…주, 주의하도록 하겠습니다."

이런 가벼운 비꼼에도 얼굴을 붉히면서 이를 갈다니 효과가 좋은걸? 후후후, 크렌, 여기 와서 은근히 날 무시했었지? 어디 한번 죽어봐라. <u>크흐흐흐흐</u>.

혼자서 이를 가는 댄을 놔두고 다시 수련복으로 갈아입고 머리를 한데 묶은 뒤 연무장으로 뛰어갔다. 거기엔 벌써 준비를 마친 닐크가 기다리고 있었다.

"아아, 좀 늦었어요."

"괜찮습니다, 마마."

새하얀 치아를 드러내며 싱긋 웃는 닐크. 저 느끼한 미소만 빼면 닐크도 꽤 잘생긴 미남인데 말이야. 아르케네스도 언제 왔는지 닐크의 옆에 서 있었다. 그러고 보니 에린이 안 보이네? 음…….

"에린! 에리인!"

"네! 네네, 마마! 지금 가고 있습니다, 마마!"

수건과 간식 바구니를 가슴 한가득 들고 있는 에린이 급히 내게로 뛰어왔다. 그런데 볼이 빨갛게 상기되어 있는걸? 왠지 불길한 예감이…….

"부, 부르셨어요, 마마? 아아앗! 꺄악!"

에린 녀석, 또 덜렁대다가 털버덕 소리를 내면서 앞으로 넘어졌다. 자기가 6살배기 어린애인 줄 아는지 저 녀석은 평평한 길가에서도 제 발에 꼬여 넘어질 정도로 바보다. 울상이 된 에린은 허둥지둥 옷가지를 털고 바구니에서 탈주한 과일들을 허겁지겁 집어 들면서 겁먹은 목소리로 조그맣게 말했다.

우아한 일상 281

"죄, 죄송합니다, 마마. 지금 당장 다른 옷으로······."

"됐어! 그보다 카렌은 어디 갔지? 또 며칠 동안 못 본 것 같은데······."

"옛? 그··· 아침에 빵 몇 개를 들고 어디론가 간 것밖에는······."

하아! 그래, 내가 너한테서 뭘 바랄까? 난 시선을 아르케네스에게 돌렸다.

"카렌 양이라면 또 스승님에게 갔을 겁니다. 이번엔 어디서 가져왔는지 작은 활까지 챙겨 가더군요."

또인가? 카렌 녀석, 아주 재미 들린 건가? 그 늙은이 헤쉬케린에게 진 것이 분했는지 정말 하루가 멀다 하고 덤비러 가는군. 맨날 지저분한 몰골로 닐크나 아르케네스에게 업혀오긴 하지만······. 그 녀석도 포기라는 단어하고는 담 쌓은 모양이다.

"또 신세 지겠군요."

"하루 이틀이 아니니까요, 마마."

"이 고릴라 녀석은 은근히 바라고 있을 겁니다. 입만 열면 독립이네 도망이네 하면서 푸념을 늘어놓기 바쁘니까요."

"너! 닐크 이 자식! 내가 언제?!"

"헹! 틈만 나면 묻어버리네 태워 버리네 하면서 스승을 살해하려는 패륜을 모의하는 녀석이 이제 와서 오리발이냐?"

"그··· 그건······."

오오! 웬일로 팽팽한 줄다리기가 아닌 일방적인 학살극 같은 장면이 연출되는걸? 하지만 여기까지! 연습을 빼먹어서는 안 되니까!

"자자, 그만 하고요, 우선 두 분께 알려줄 말이 있어요. 내일부로 왕성으로 돌아갑니다. 짐 챙길 게 있으면 오늘 내로 가져와요. 이 영지에 돌아올 일은 앞으로 없을 테니까요. 그리고 어서 오후 대련이나 해요."
 난 철심을 넣어 팔목까지 보강된 가죽 건틀렛을 낀 뒤 닐크를 향해 자세를 잡았다. 오늘은 꼭 한 방 때리고 말 테다!

 와아아악!! 쿵!
 "크으으으……!"
 "괜찮으십니까, 마마?"
 "아아……!"
 젠장! 하늘이 한 바퀴 돌았다가 제자리로 돌아오는군. 먼지가 뭉게뭉게 피어오른다. 아! 또 던져졌어! 오늘만 벌써 몇 번째냐! 내 오른 팔목을 잡고 있는 닐크는 반쯤 주저앉은 나를 번쩍 일으켜 세우면서 훈계를 늘어놓기 시작한다.
 "그러니까 너무 직선적으로 달려들면 안 된다고 몇 번이나 말씀드렸지 않습니까, 마마! 좀 더 좌우로 풋워크를 하면서 상대의 허점을 노려야 하는 겁니다."
 "아아……!"
 "그리고 마마께서는 너무 힘에 의존하는 경향이 있습니다. 대체적으로 여성은 남성보다 힘에서 밀리기 때문에 마마께서 힘으로 상대를 제압하는 건 굉장히 힘든 일입니다. 힘으로 싸우면 결과는 뻔할 겁니다."
 …라는군. 칫! 난 그저 되는대로 팔다리를 뻗은 것뿐이라고. 그래도 닐크 녀석처럼 상대를 휙휙 날려 버리면 굉장히 재미있을 것 같은데……. 난 언제쯤 저런 기술을 배울까?
 "…입니다. 마마, 듣고 계십니까?"

"응? 응!"

미심쩍은 눈초리로 본다고 누가 주눅 들 줄 알아? '나 딴생각 안 했어요'라는 얼굴로 닐크 녀석에게 초롱초롱한 눈빛을 보내주자 녀석은 작게 한숨을 쉬면서 고개를 돌려 버린다. 닐크가 뭐라고 더 잔소리를 늘어놓으려고 폼을 잡을 때였다. 우리 등 뒤에서 고함 소리와 비명 소리가 들려왔다. 내가 고개를 돌려 뒤를 바라보니 아주아주 반가운 얼굴들이 저택 모퉁이에서 나타났다.

"네놈의 바보 짓엔 정말……."

"아야야! 워렌님, 이 손 좀… 제발……!"

댄과 크렌. 댄이 크렌 놈의 귀를 잡고 끌고 온 것이다. 훗! 찍혀도 단단히 찍힌 모양이군. 나와 닐크 등을 본 댄 녀석은 급히 크렌의 귀를 잡고 있던 손을 놓으면서 '하하하' 하고 웃었지만 이미 볼 건 다 본걸.

"또 보는군, 댄. 할 일 없으면 가서 잠이나 자지 왜 싸돌아다녀? 귀족 망신이나 시키는 짓을 하면서 말이야."

"그… 뭐라고 할 말이 없습니다, 마마. 하하하!"

웃음으로 얼버무리면서도 크렌 녀석을 쏘아봐 주는 댄. 불쌍한 호위기사 크렌, 오늘 두 번 죽겠군. 댄 녀석은 주변을 휘휘 둘러보며 내게 다가왔다. 그러면서도 말 돌리는 것은 잊지 않았다.

"휘유~ 여긴 꼭 병사들 훈련장 같군요."

"아이! 원래는 영주의 사병들 훈련하라고 만들었는데 지금은 내가 운동하는 데 쓰고 있어."

"운동… 이라. 좀 격한 운동을 좋아하시나 보군요, 마마."

댄 녀석은 슬금슬금 뒷걸음쳐서 도망치려는 크렌을 단지 눈빛만으로 제자리에 돌아오게 만드는 기술을 선보이면서 나에게 다가와서 웃었다.

"뭐… 내 몸 하나쯤은 지킬 기술이 있어야 하지 않겠어? 누구누구 씨가 말한 것처럼 내가 직접 싸울 일이 생겼을 때 최소한 혼자서 도망갈 정도는 돼야지."

'그 누구누구 씨가 바로 이 사람이에요' 하는 눈빛으로 크렌을 바라봐 주자 댄 녀석이 또 뿌드득 하고 이를 갈았다. 그 결과 또 불쌍한 기사 하나가 죽도록 얻어맞겠지만 나랑은 상관없지. 아참!

"이쪽은 처음 보겠네. 여기 있는 이 뺀질거리는 바람둥이는 대니어스 드 워렌 자작. 기억에서 빨리 잊어버리는 게 여러모로 도움되는 쓸모없는 귀족이야. 그리고 이쪽은 마법사인 아르케네스. 그리고 검사… 인가? 아니, 용사인 닐크."

"아… 아넬리안 마마, 용사라뇨? 전 그저……."

"만나뵙게 되어서 영광입니다, 워렌 자작님. 저놈은 무시하십시오. 별 볼일 없는 샌님이니까요."

"뭐라고? 이 말할 줄 아는 오우거 주제에!"

"내가 어딜 봐서 오우거야? 지금 시비 거는 거냐?"

"시비는 네가 먼저 걸었잖아!"

또 시작이다. 정말이지, 둘 다 친하다는 건 너무너무 잘 알겠으니 제발 좀 그렇게 우정을 실체화시키지 말아달란 말이야. 자기도 인사를 하려고 입을 열었다가 뻐끔뻐끔거리는 금붕어가 되어버린 댄은 '아하하' 하고 웃다가 내게 바싹 붙어서 속삭였다.

"정말… 아넬리안 마마의 주변엔 제대로 된 사람이 없군요."

으득! 무슨 소리를! 이 괴상망측한 나라가 이상한 거지 난 정상이라고! 우이씨! 이 건방진 부하 놈을 어떻게 패줘야 잘 팼다는 소리를 듣지?

"마, 마마! 으, 음료수를 가지고 왔습니다아!!"

아악! 귀야! 누구야, 갑자기 고함을 쳐대는 게?

"오~ 꼬마 아가씨, 또 보는군요."

댄 녀석이 감히 겁도 없이 내 등 뒤에서 고함을 지른 에린 녀석을 돌아보면서 손을 흔든다. 저 계집애가 아예 겁을 날려먹었구나. 뒤돌아보니 에린 녀석이 '에헤헤' 하고 웃으면서 얼굴을 장밋빛으로 물들인다. 아아! 왼쪽에서는 시커먼 남정네 둘이―그중 하나는 키 190㎝에 우락부락한 몸매를 자랑하는 마법사―서로의 얼굴에 주먹질을 해가며 화기애애한 분위기를 만들고 있고 다른 쪽에서는 '아이'를 꼬시는 남정네가 수작을 부리고 있고……. 한숨이 절로 나온다. 거기다 나와 같이 소외된 크렌 녀석을 힐끔 바라보니 '흥' 하고 콧방귀를 뀌면서 고개를 팩 하고 돌려 버리고……. 정말 이것들을 모조리 감옥에다 처넣고 싶어진다. 아아! 정녕 나는 비운의 왕녀란 말인가?

"그만! 그만! 거기 남정네 둘! 그만 껴안고 뒹굴란 말이야! 그리고 댄! 전에 말했을 텐데! 에린한테 수작 부리면 죽여 버린다고!"

내가 고래고래 소리를 질러댄 뒤에야 사태는 진정되었다. 정말 앞날이 깜깜하다. 오~ 신이시여!

그날 밤 댄과 닐크 등은 술병을 들고 어디론가 사라졌다. 난 아직도 장밋빛 상상에서 벗어나지 못하고 있는 에린의 뒷통수를 두어 번 친절하게 후려갈겨 준 뒤에 잠자리에 들었다. 이제 내일이면 여기와도 빠이빠이다. 그리고 이제 정숙하고 예의 바른 숙녀 행세를 해야겠지? 물론 그 정숙함과 예의 바름은 내 식대로겠지만 말이야. 내일부터 새로운 나날들이 나를 찾아올 것이다. 친숙하면서도 낯설은 그런 일상이……. 별 상관은 없지만 어딜 가든 난 나고 내가 하고 싶은 대로 하면서 살 테니까.

〈제1권 끝〉

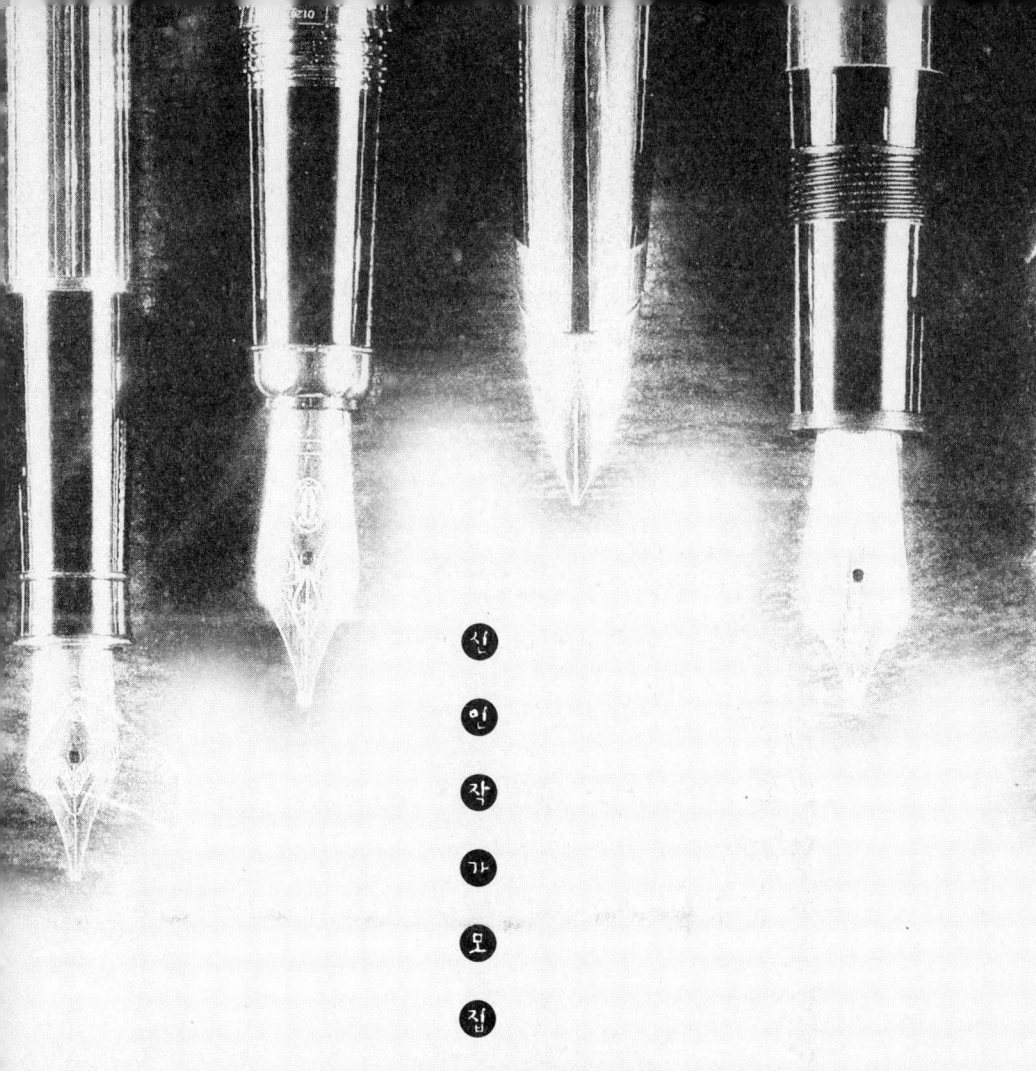

신
인
작
가
모
집

시작이 반이라고 했습니다.
작가의 길에 대한 보이지 않는 벽을 과감히 깨뜨리십시오!
청어람은 작가 지망생 여러분들의
멋진 방향타가 되어드리겠습니다.

저희 도서출판 청어람에서는
소설 신인 작가분들을 모집합니다.
판타지와 무협을 사랑하시는 분들의 많은 참여를 바랍니다.
소정의 원고(A4용지 150매)를 메일이나 우편으로 보내주시면
검토 후 출판 여부를 알려드리겠습니다.

주소 : 경기도 부천시 원미구 심곡1동 350-1 남성B/D 3F 우편번호420-011
TEL : 032-656-4452 · FAX : 032-656-4453
http://www.chungeoram.com
e-mail : chungeoram@chungeoram.com